U0819280

一怒之下

Out of Sheer Rage

[英] 杰夫·戴尔/著
叶芽/译

浙江文艺出版社
Zhejiang Literature & Art Publishing House

OUT OF SHEER RAGE
Copyright © 1997, Geoff Dyer
All rights reserved
本书中文简体字版版权，浙江文艺出版社独家所有
版权合同登记号：图字：11-2021-253号

图书在版编目（CIP）数据

一怒之下 /（英）杰夫·戴尔著；叶芽译．—杭州：浙江文艺出版社，2022.10（2023.8重印）

ISBN 978-7-5339-6951-6

Ⅰ．①一…　Ⅱ．①杰…　②叶…　Ⅲ．①劳伦斯（Lawrence, David Herbert 1885-1930）—文学研究　Ⅳ．①I561.065

中国版本图书馆CIP数据核字（2022）第134892号

责任编辑　周　易
装帧设计　棱角视觉
责任印制　吴春娟
营销编辑　宋佳音
数字编辑　姜梦冉　诸婧琦

一怒之下

［英］杰夫·戴尔 著　叶芽 译

出版发行　浙江文艺出版社
地　　址　杭州市体育场路347号
邮　　编　310006
电　　话　0571-85176953(总编办)
　　　　　　0571-85152727(市场部)
制　　版　杭州天一图文制作有限公司
印　　刷　杭州富春印务有限公司
开　　本　787毫米×1092毫米　1/32
字　　数　160千字
印　　张　9.125
插　　页　4
版　　次　2022年10月第1版
印　　次　2023年8月第2次印刷
书　　号　ISBN 978-7-5339-6951-6
定　　价　62.00元

版权所有　侵权必究

极乐生活指南

孔亚雷

生活本身就是极乐。它不可能是别的，因为生活就是爱，生活的全部形式和力量都在于爱，产生于爱。

——费希特，《极乐生活指南》，1806

我有一个习惯（我本来想说坏习惯，但习惯，从本质上说，跟欲望一样，是超越善恶的）：在写一篇文章之前，要无所事事地晃荡一段时间——时间的长短与文章的重要性成正比。我在各个房间走来走去。我给自己弄各种喝的。我整理书架。我听音乐。我上网。我到院子查看花草的生长情况。我出门散步。我担心下雨（因为没带伞），又担心不下雨（因为院子里的植物需要雨水）。诸如此类——这是第一阶段。第二阶段，我终于让自己坐下来，虽然不是在书桌前，而是在沙发上，我面前摆着两叠书，一叠是与要写的文章直接相关的，另一叠则是我凭本能从书架上胡乱抽出来的。然后我开始翻翻这本，翻翻那本，做点零星的、毫无系统的笔记，在可能会引用的句子下面画杠（同时继续不断站起来去给自己弄各种喝的）。最后，当这种福楼拜所说的“腌渍状态”达到极限，也就是说，当我再也无法忍受了，我才会坐到一直开着——一直处于一种自欺欺人的虚假备战状态——的电脑前，这样我便进入了晃荡期的第三阶段：我不知道怎么给文章开头。因为它如此重要。重要到我几乎不敢，不忍心，甚至不舍得给它开头。因为我知道一旦写出开头，我就不可能写出**更好的**开头。总之，我是那么地渴望写出开头，以至于几乎不可能写出开头。

这篇文章也一样。不，应该说更加。因为我意识到，自己这种拖延写作的习惯，这种焦虑和折磨，这种充满黑色幽默的欲望悖论，完全是“杰夫·戴尔式”的。所以这很自然：当我写（将要写）杰夫·戴尔的时候，我就变得更加**杰夫·戴尔**。也就是说，虽然我们对这种状态并不陌生——不管那是写文章，谈恋爱，还是找一家好餐厅——但正如所有优秀的作家一样，是杰夫·戴尔将它——将这种后现代焦虑，提炼成了一个定理，那就是：**我是那么地渴望……以至于不可能……**

我是那么地渴望睡着，以至于不可能睡着。我是那么地渴望真爱，以至于不可能得到真爱。我是那么地渴望写好这篇文章，以至于不可能写好这篇文章（所以如果写不好请谅解）。

这个“杰夫·戴尔定理”，在他的代表作之一，《一怒之下》中，得到了最绝妙的体现。

“多年前我就决心将来要写一本关于D.H.劳伦斯的书，向这位让我想成为作家的作家致敬。”杰夫·戴尔在《一怒之下》的开头写道。每个作家都有一个让他（或她）想成为作家的作家，一个父亲式的作家。他们之间常常会有一种类似血缘关系的亲近、继承和延续。跟劳伦斯一样，杰夫·戴尔也出身英国蓝领阶层家庭（生于1958年，父亲是钣金工，母亲是餐厅服务员），他们甚至在长相上也很相近（“我们都是那种窄肩膀、骨瘦如柴的男人，劳伦斯和我”）；跟劳伦斯一样，大学（牛津大学英语文学系）毕业后，杰夫·戴尔没有如父母所期望的那样跻身“安稳而受尊敬的”中产阶级，而是成了一名四海为家、以笔为生的自由作家；跟劳伦斯一样，无论是在文学上还是地理上，他都竭力远离英格兰的严肃和阴霾，在为美国“现代图书馆版”《儿子与情人》所写的前言中，他这样总结劳伦斯：“……经过一系列的波折，他最终觉得自己‘不属于任何阶层’；

经过多年的游荡，在任何地方都觉得自己像个陌生人，他最终觉得‘在任何地方……都很自在’。”显然，这段话同样可以用来形容杰夫·戴尔自己。

事实上，这段话也可以作为对《一怒之下》奇异文体的一种解读。这部关于D.H.劳伦斯的非学术著作，既像传记又不是传记，既像小说又不是小说，既像游记又不是游记，既像回忆录又不是回忆录，它的这种“四不像”文体，最终让人觉得它“不属于任何文体”；而这也许是因为，经过多年的文学游荡，杰夫·戴尔发觉自己对任何一种特定文体都感到陌生、不自在，以至于他最终创造出了一种“对任何文体都很自在”的新文体——一种融合，或者说超越了所有特定文体的后现代文体，一种反文体的文体。

所以，虽然书中的“我”一再声称要写一部“研究劳伦斯的严肃学术著作”，但最终却写成了一部既不严肃也不学术，而且让人从头笑到尾的幽默喜剧。它仍然是关于劳伦斯的，不过更准确地说，是关于“想写一部关于劳伦斯的书却没有写成的书”，或者，用“杰夫·戴尔定理”来表述，是关于“他是那么地渴望写一本关于劳伦斯的书，以至于不可能写出一本关于劳伦斯的书”。作者——不无自嘲地——在扉页上选用的两条题记生动地说明了全书的写作手法与结构（以及书名来源），一条摘自 D.H.劳伦斯 1914 年 9 月 5 日的书信："一怒之下，我开始写关于托马斯·哈代的书。这本书将无所不谈，但恐怕唯独不提哈代—— 一本怪书，但很不错。"另一条则是福楼拜对雨果《悲惨世界》的一句评价："对无关紧要的细节进行无休无止的说明，长篇大论却毫不切题。"

悲惨世界。跟所有效果强劲——也就是让我们不自觉地不断笑出声——的伟大喜剧文学一样，《一怒之下》也把我们带入了一个多灾多难、充满荒诞色彩的"悲惨世界"；但与《匹克威克外传》或《好兵帅克》不同，《一怒之下》中的主人公所遭受到的磨难品种极其单一，那就是作者"我"的极度写作焦虑：

> 虽然我决定要写本关于劳伦斯的书，但同时也决定要写本小说……最初，我迫切地想要同时写这两本书，但这两股欲望互相拉扯，到最后哪本我都不想写了。……最终，我所做的就是在两个电脑文件夹——空文件夹——之间犹疑不定，一个文件夹叫 C:\DHL（劳伦斯的全名缩写），另一个叫 C:\NOVEL（小说），在被它们像打乒乓一样来回纠结了一个半小时后，我不得不合上电脑，因为我知道，最糟的就是像这样把自己拖垮。最好的做法就

是什么都不做，平静地坐着。当然，不可能平静：相反，我感到彻骨的悲凉，因为我意识到自己什么都写不出，不管是劳伦斯还是小说。

但为什么？为什么一个人的焦虑会如此好笑，如此吸引人？答案是：《猫和老鼠》。汤姆猫就是“我”，而老鼠杰瑞就是那本“关于劳伦斯的书”。虽然花样百出没完没了，但主题只有一个：猫千方百计地想制服老鼠，但怎么都无法得逞（并受尽折磨）——“我”千方百计地想写出那本关于劳伦斯的书，但怎么都写不出（并受尽折磨）。继在写劳伦斯和写小说之间纠缠不休之后（他最终决定放弃小说），他又遇上了一个新问题：他不知该在哪儿写劳伦斯，因为他可以选择住任何地方——所以他无法选择住任何地方。他先是在巴黎（太贵）。然后去了罗马（太热）。然后又去了希腊（太美）。总之，没有任何地方适合写作（希腊部分是全书的高潮之一，他不仅——再次—— 一个字没写，还遭遇了一场车祸，而你可能会笑得连书都拿不稳）。于是他决定转而展开一场文学朝圣。可当他和女友劳拉费尽周折来到意大利西西里劳伦斯住过的喷泉别墅时，“我能与以前读到的文学朝圣者产生一种共鸣，我绝对能理解当时他们的感受，那也是我此刻的感受：你看了又看，结果发现所谓的朝圣感其实并不存在”。因此，这本书最终成了一部充满失败的流水账，一部焦虑日记，而它的魅力则源于所有叙事艺术的本质：关于他人的痛苦。跟《猫和老鼠》一样，它满足了我们的虐待狂倾向（施虐兼受虐），它让我们觉得大笑、欣慰，甚至鼓舞，就像纪德说陀思妥耶夫斯基日记中反复出现的各种痛苦和折磨——贫穷、疾病、写作障碍——让他觉得激励，因为“尽管如此，他还是写出了作品”。

同样，尽管**如此**，他还是写出了这本关于劳伦斯的书。不仅**如此**，杰夫·戴尔还用他那自由自在的新文体，用如香料般遍撒在文本中的对劳伦斯作品的摘录、描述和评论，为我们勾勒出了一个独特的 D.H.劳伦斯。我们从中得到的不是一个伟大作家干瘪的木乃伊，而是他留给这个世界的一种感觉，一种精神—— 一阵裹挟着劳伦斯灵魂的风，正如作者在朝圣之旅的尽头，在美国新墨西哥州劳伦斯去世的小屋的游廊上，看到一只摇椅和一把扫帚时发出的感慨：

> 不管在劳伦斯的岁月里它们是否在那里——几乎可以肯定不是——那椅子和扫帚比我们看过的任何其他遗物都更能体现他的精神：它们是依然能使用的物品，它们存在的目的超越了仅作为保存品的

事实。

在《一怒之下》的结尾，主人公再次剖析了自己为什么对写一本关于劳伦斯的书如此感兴趣，原因是“让自己对此完全不再感兴趣”。然后他接着说：“一个人开始写某本书是因为对某个主题感兴趣；一个人写完这本书是为了对这个主题不再感兴趣：书本身便是这种转化的一个记录。”这是“杰夫·戴尔定理”的一个变体：他对某个主题是如此感兴趣，以至于最终——在就这个主题写了一本书之后——变得对它毫无兴趣。

这句话可以说是对杰夫·戴尔写作生涯的完美总结。迄今为止，他出版过三部随笔集、四部小说，以及七部无法归类——“不属于任何文体”——的作品。他的小说给他带来的声誉非常有限（这点我们稍后再谈）。他的文学影响力主要建立在那七本——用劳伦斯的话说——怪书上。这些怪书分别关于爵士乐、世界大战、D. H. 劳伦斯、旅行、摄影、电影，还有航空母舰。如果说这些看上去毫无联系的主题有什么共同点，那就是它们都**曾**让杰夫·戴尔“如此感兴趣”，以至于要专门为它们写本书，以便彻底耗尽自己对它们的兴趣——然后转向另一个兴趣。

这也许正是为什么他至今都没有写出一流小说的原

因。因为他对写小说——对纯粹的虚构——从未“如此感兴趣”。写小说对他来说更像是出于一种责任，而不是兴趣。在杰夫·戴尔的写作中，“兴趣”是个核心的关键词。他最好的作品都源于兴趣，源于热爱，源于对愉悦、对快乐——对极乐——顽强而孜孜不倦的渴求。他回忆说，当他刚大学毕业时，“以为当作家就意味着写小说，要不你就是个评论家，评论作家写的小说”。然后他发现了罗兰·巴尔特、本雅明、尼采、雷蒙德·威廉姆斯和约翰·伯格，于是意识到“还有另一种当作家的方式”，他用威廉·哈兹里特的话来形容这种方式：“无所事事地闲逛，读书，欣赏画作，看戏，聆听，思考，写让自己感到最愉悦的东西。”“还有什么生活比这更好吗?”他感叹道，“这种生活最关键的一点就是闲逛，在学院派的门外闲逛——不想进去——不被专业研究的条条框框捆死。”上面的几本“怪书”显然就是这种“闲逛”的产物。虽然它们的主题都相当专业，都谈不上新鲜（而且已经被多次出色地阐释过），但还是让我们耳目一新。那些漫游般的视角，恣意生长的闲笔，令人惊艳的描绘……如果说学院派的学术专著像宏伟规整的皇家园林，那么杰夫·戴尔就是一座无拘无束、杂乱无章的秘密花园，里面充满了神秘、惊喜，以及生机勃勃的野趣与活力。

他的七本怪书中，主题性最不强的是关于旅行的《懒人瑜伽》。虽然它获得过“2004年度W.H.史密斯最佳旅行书籍奖”，但我们还是无法把它当成一部真正的游记。它更像是一部“自传、游记、短篇小说”的混合体。书中的十一个故事发生在除了英国之外的世界各地（新奥尔良、柬埔寨、泰国、巴黎、罗马、迈阿密、阿姆斯特丹、利比亚……），都用第一人称叙述。用**故事**来形容它们是合适的，因为你很难分辨它们到底是真是假。一方面，它很像一部活页夹式的、以地点为线索的自传，用坦率、自嘲、毫不自得的口吻告诉我们（罗兰·巴尔特曾在一篇文章中问：“我们该如何毫不自得地谈论自己？”这本书是个很好的回答）：杰夫·戴尔是个自由作家——不过大部分时候都陷于写作瓶颈中；他喜爱电影、音乐和羊角面包，但他最爱的还是闲散和大麻；他热衷，并多少也有点擅长泡妞，等等。而另一方面，不知为什么，这些故事又散发出唯独短篇小说才会有的那种画面感、悬念感，那种微妙的共鸣与回味（尤其是那篇《臭麻》，几乎**就是**一篇美妙的短篇小说），以至于让人怀疑这一切都是某种精巧的虚构。与此同时，你也不得不承认，它丝毫无愧于那项“最佳旅行书籍奖”。既不像奈保尔那样充满政治性，也不像保罗·索鲁那样机警睿智，杰夫·戴尔的做法是让自己成为自己所写的地方，或者说，让那个地方成为杰夫·戴尔，通过与那个地方融为一体，他准确而极富直觉性地捕捉到了那里的本质——那里最本质的情绪，因为那也是他自己的情绪：在新奥尔良，那是密西西比河的疲倦与失落；在泰国，那是热带海洋的情欲修行；巴黎是海市蜃楼般的虚幻；迈阿密弥漫着超现实的荒诞；而在罗马，他自己也“渐渐成了废墟”。

苏珊·桑塔格说：“优秀的作家要么是丈夫，要么是情人。”杰夫·戴尔显然是后者——《懒人瑜伽》就是最好的证明。它迷人、性感、富于诱惑力，它具有作为情人最根本的特征：把欲望摆在道德的前面。它让我们觉得（并相信），跟真实而纯粹的欲望相比，道德显得虚幻、虚伪，甚至荒谬。在杰夫·戴尔笔下，欲望不仅纯粹，而且纯洁，因为它已经不再是我们熟悉的那种被道德污染的欲望，而是一种极乐，一种由此产生的狂喜和宁静。这种极乐主要有两种表现途径。一种是像《一怒之下》中那样，表现为追求极乐过程中的极度焦虑、疲倦和绝望，具体说就是琳琅满目的写作障碍；另一种则是对极乐状态本身的描写，具体表现为《懒人瑜伽》中那绵延不绝的性和各种致幻剂（大麻、LSD、迷幻蘑菇……）。对于前一种，他使用的笔法常常略带夸张（一种冷静的、充满黑色幽默的夸张），而对后一种他却轻描淡写，不动声色：当他谈论性和致幻剂时，口气就像在谈论意大利皮鞋或者动物园的海豹。比如“我们接吻，各自握着一只精细的酒杯，放在对方的背后。接完吻后我们不知道做什么，就又接了些吻”。而当阿姆斯特丹的一家咖啡馆不让他们嗑药，把他们撵出去时，其中一个人抱怨说：“这就跟因为喝啤酒而被酒吧赶出来一样。”在泰国小岛的沙滩上，他看见一个穿红色比基尼的美女——她叫凯特，他们后来上了床——在海中游泳时被水母蜇得满身伤痕，第二天他对她说：

> “（昨天）我看见你从水里出来，有两个特别强烈的反应。”
>
> “是什么？”
>
> “我会告诉你，但如果可以的话，我想不按顺序告诉你。”
>
> “可以。”
>
> “一个反应是：想到是你而不是我被蜇了，我大大地松了口气。”
>
> “另一个呢？”
>
> “你穿着红色的比基尼，性感极了。”

如果说《一怒之下》让人想笑，那么《懒人瑜伽》

则让人想做别的事。它的鲜活和流畅，它所营造的气氛和舒适感——就像一个放着冷爵士，有柔软沙发，光线恰到好处的小咖啡馆——会让你有种温柔而暧昧的愉悦，会激起你生理上的渴望。你会想放下书发会儿呆，想喝杯冰镇啤酒，想找个人接吻，想也来点大麻。但它们要么太容易做到（以至于懒得去做），要么太难做到（所以也懒得去做），最终你发现你唯一能做的就是：去读更多的杰夫·戴尔。

这也许可以部分地解释为什么《杰夫在威尼斯，死亡在瓦拉纳西》会成为杰夫·戴尔迄今最有名的小说。在某种程度上，它很像是《懒人瑜伽》的拉长版。它由两个看上去没有太大联系的中篇构成，第一篇用第三人称—— 一个小小的伎俩，使其更具小说感——叙述了一个叫杰夫瑞·阿特曼的自由撰稿人在采访威尼斯双年展时的完美艳遇，第二篇中，同为自由撰稿人的“我”前去印度瓦拉纳西采访，最终却决定永远羁留在肮脏而神圣的恒河之滨。它具有《懒人瑜伽》的全部优点，但却更令人震撼，这既是因为其中对性和迷幻药的描写更加勇敢而详尽，也是因为它散发出一股混杂着厌倦与悲悯的哲学意味，一种对“杰夫·戴尔定理”的禅宗式解答。

这种禅宗式解答，也曾以一种完全不同的方式，出现在他的第二部小说《寻找马洛里》中（《杰》是第四部）。跟其他三部小说相比（另外两部是《记忆的颜色》和《巴黎迷幻》，分别回忆了他以嬉皮士兼见习作家身份在伦敦和巴黎度过的青年时代），《寻找马洛里》是最不具自传性的，最像小说的——可能也是最好的。

“这场搜寻开始于沃克与蕾切尔的相遇。”这是小说的第一句。一开始，《寻找马洛里》看上去仿佛是部十分正常——正常得几乎有点乏味——的硬汉派黑色侦探小说。落落寡合的中年男子沃克在一次派对上认识了神秘女子蕾切尔，后者请求他帮助寻找自己失踪的丈夫马洛里。他答应了，因为无聊，因为蕾切尔那“不确定性”的美，因为这是侦探小说。从马洛里信用卡账单上的租车公司，到其下榻酒店的电话记录，到查明那个电话号码的拥有者是住在默里迪恩的马洛里姐姐，至此一切正常——也就是说，仍然乏味。但就他在开车前往默里迪恩的路上，天气突变，“一道闪电划破夜空。接着是一阵长久的寂静，久得仿佛寂静本身就是一种等待，然后雷声大作”，而当他迷路后下车走向一家小镇餐厅，“雨声听起来就像肥肉在油锅里炸”。这场大雷雨是条分界线。而迷路既是事实又是隐喻。当雨过天晴，我们已经进入了另一个世界。在默里迪恩，沃克发现除了一张蕾切尔寄来的模糊不清的照片，一切线索都中断了，他甚至考虑要求助于塔罗牌或通灵师：

> 尽管这些想法荒诞至极，但这标志了一个转折点——转机的开始——在他对马洛里的寻找过程中。从这一刻开始，这场搜寻的性质发生了微妙的变化，他将越来越少地依赖外在的线索，而更多地依靠自己对在相似的环境下马洛里会做些什么的直觉。

这的确是个转折点，也是一个对读者的暗示，它好像在说：所以，你看，这其实**不是**侦探小说。一切都似乎没变，一切似乎又都变了。就像进入一个逼真的梦境，一切都跟现实一模一样，但偶尔随意掠过的超现实场景却因此更加令人惊颤：在一个酒吧，电视上正在转播的球赛比分是 540 比 665。随着搜寻的继续，线索的来源变得越来越不可思议（它甚至会“像风中的种子”一样直接落入他脑海），同时，以一种理所当然——因而也是不知不觉——的方式，类似的超现实场景越来越多，直到最终彻底取代了现实。他来到一座像整幢建筑物的城市，那里“没有马路或街道，但走廊和过道充当了街道，巨大的舞池成了停车场，无数的房间代替了一栋栋房子”。在一座叫“独立”的冻结之城，世界像庞贝古城一样被凝固在瞬间，一幅“静止的繁忙景象”，走在这群活雕像之间，他发现“像这样冻住之后，每个姿势都近乎完美，那是人们普通一天的生活片段——无论多么微不足道——都值得像对待伟大的艺术品一样看待……每个细微的生活瞬间都被揭示出来”。在到处荡漾着风铃声的新月城，一切都如此似曾相识，以至于他“重复以前做过的动作”，走进一栋老木头房子，他看见花园里有个头发花白的男人，他有着跟自己一样的习惯动作：“用拇指和食指拽自己的右耳”，而在书桌上有张明信片，“明信片的背面是他自己的笔迹，写着图片中城市的名字：艾姆利亚”。艾姆利亚，“那是个广场城市，四周是红色的塔楼和看不到尽头的拱廊。……这儿没有距离和方向感，只有城市的全景，深黄色的墙壁，赭色的街道。整个城市从任何一个方向看都是一样的——拱廊，广场，塔楼和长长的影子——但每看一眼感觉都不一样，有股陌生感”。这显然正是基里科那幅著名油画《抵达之谜》所描绘的城市，画中浓郁的神秘和超现实主义气氛与这部小说极为契合。随后，他走到同样散发出强烈基里科感的海边（“一把白色的拐杖靠在墙边。一尊雕塑遥望着大海。”），看见海岸边有本书：

书页在风中翻动着——可是那儿并没有风。所有东西都是静止的，只有书页在翻动，像是有风吹过。他走近那本书，听到书页翻动的声音：这本书就像活的一样，仿佛是个什么生物，它的呼吸只够维持这样轻微的动作。

在此，这场梦境式寻找达到了顶点（又一部《抵达之谜》，但比奈保尔的更贴切）。这本“像活的一样”的书，不禁让人想起博尔赫斯的嵌套式迷宫，我们不禁觉得，这本书就是**这本书**，这本《寻找马洛里》。的确如此。因为书的“每一页上，虽然被海水溅得斑斑点点，都写着他经过的那些城市名，按照他走访的顺序。艾姆利亚是这本书上倒数第二个名字，最后一个城市……名叫涅米西斯”。

梦境开始像海潮般渐渐退去。在旅程的终点，沃克所拥有的唯一正常线索，那张马洛里照片，发挥了作用。在一个前卫导演正在制作的新型电影（一部“城市蒙太奇”，由“这个城里的居民或游客所拍摄的照片、快照和录像组成”）中，他发现了马洛里的踪迹，但似乎有越来越多的证据表明，马洛里其实一直远在天边近在眼前，甚至有可能——就是沃克本人。

只是**有可能**。与很多借用侦探小说外壳的后现代小说一样，它给出的答案是开放的、不确定的、似是而非的，散发出抽象的形而上气质，一如这方面最典型的代表，保罗·奥斯特的《纽约三部曲》。而对那些幻想城市充满细节与想象力的描述，则可以看成是卡尔维诺《看不见的城市》的“美国现代版”。书中还有几场精彩的追杀和打斗戏，强烈的视觉效果显然是对六十年代黑色电影及黑色漫画的借鉴和致敬。只要稍加分析，我们就会发现，《寻找马洛里》与《一怒之下》有着相似的追寻模式：沃克寻找的马洛里，就是“我”想寻找（写出）的劳伦斯；而最终，就像“我”写出的更多是关于“我”自己（而非劳伦斯），沃克找到的也是他自己（而非马洛里——甚至连马洛里这个人名，也是对雷蒙德·钱德勒笔下的硬汉侦探，菲利普·马洛的一种变形，于是马洛式的沃克一直在寻找的是另一个马洛，也就是另一个自我）。它们最后都通向一个充满禅意的悬而未决：我们终将变成我们所追寻的东西——或者说，**无论我们在寻找什么，实际上我们都是在寻找自己**。仿佛忍不住要给它刻上一个杰夫·戴尔印记，在旅程的后半段，作者让沃克陷入了一次“杰夫·戴尔定理”，在一个破败的小镇，当他经过无比漫长的自虐式拖延，终于再度上路时，他感到一种筋疲力尽后的超脱，一种否极泰来，然后他像个开悟者那样说：“每件事最终都走向幸运。这场寻找是一种幸运……幸运就是一切。”

《寻找马洛里》出版于 1993 年，作为独立的一部小说看它也许略嫌单薄，但如果把它放到杰夫·戴尔的整体作品谱系中，它的精练与节制，它的非自传性，甚至它的单薄，便都获得了一种新的光芒，显得既必要又重要，就像一首交响曲中的过渡部。正如《杰夫在威尼斯，死亡在瓦拉纳西》与《懒人瑜伽》的一脉相承，《寻找马洛里》也是对杰夫·戴尔 1991 年的作品，《然而，很美：爵士乐之书》的一种呼应和延续。被《洛杉矶时报》称为“也许是有史以来关于爵士乐的最佳书籍”，《然而，很美》无疑是杰夫·戴尔至今最为精美，同时也是最受欢迎、影响力最大的作品。

这本书也是他那七部“怪书”的开端。在一篇名为《破门而入》的随笔中，他回忆了自己在美国新泽西的爵士乐研究学院查找资料时遭到的诘问：“他（图书馆员）想知道我在写的这本书是不是有关爵士乐史。不是，我说。传记？不是。好吧，那么它究竟是什么类型的书呢？我说我也不知道。”他确实不知道——也不想知道。在《然而，很美》的序言中，他说：“当我动手写这本书的时候，我并不清楚该采取怎样的形式。这点很有好处，因为这意味着我必须即兴发挥，于是从一开始，主题的基本特性便赋予了写作一股活力。”所以，不管这是什么类型的书，这都是一本充满爵士乐即兴精神的书，一本闲逛式的书。打开它，你就像走进了一座藏在城市角落的小型爵士乐博物馆（当然，是私人性质的），里面只有七个不大的房间，每个房间都属于一位爵士音乐家，房门上用漂亮的花体写着他们的名字：莱斯特·扬。瑟隆尼斯·蒙克。巴德·鲍威尔。本·韦伯斯特。查尔斯·明格斯。切特·贝克。亚特·派伯。你一间一间逛下去。与常见的博物馆展厅不同，这里几乎没有任何资料性的说明或展品，也没有专业的讲解员。但有音乐，有家具，有明暗摇曳的光线，光线里飘浮着尘埃般的回忆。每个房间都弥漫着自己独特的气氛：有的温柔，有的迷幻，有的忧伤，有的狂暴……你坐下来，让身体陷入沙发，你闭上眼睛，你能听见音乐，你能**看见**音乐……

这就是它给人的感受。因此，这本书不是研究的结果，是感受的结果。它的写作不是源于学术上的需要，而是源于情感上的需要——源于爱。在上述的同一篇随笔中，当被问到他有什么资格去写一本关于爵士乐的书——既然他既不是音乐家，也不是音乐评论家——杰夫·戴尔回答说：“什么资格都没有，我只是爱听。”

所以并不奇怪，从结构到内容，这本书都散发出典型的爵士乐气质：既遵循传统，又勇于创新；既严谨，又自由；既随心所欲，又浑然天成。它的主体由七个篇幅差不多的部分组成，每部分都聚焦于某一位爵士音乐家，之间再用艾灵顿公爵电影片段般的公路旅程把它们串联起来（就像连接七个房间的走廊），最后是一篇作为后记的，条理清晰、语气冷静并极具创见的爵士乐论文(尽管如此，作者还是认为它“只是一种补充，而非与正文不可分割的一部分”——就像博物馆里设计很酷的小卖部)。

这七部分，无论是篇幅还是文体，都让人想到短篇小说——后现代短篇小说。它们由无数长短不一、非线性的片段构成，以一种错落有致的方式连缀在一起。场景，对话，旁白，引用，突然插入的评论，梦……但它们又不是真正的短篇小说，它们缺乏好小说的那种纵深和角色代入感——再说，它们的目的也不是为了变成小说。正如作者在序言中说的：“那些音乐里发生了什么？为了描绘出我心中的答案……最终形成的东西越来越类似于小说。然而，与此同时，这些场景依然是一种刻意而为之的评论，要么是对一首乐曲，要么是对一个音乐家的某种特质。于是，应运而生的，既像是小说，也像是一种**想象性评论**。”

这种杰夫·戴尔所独创的“想象性评论”，也许是评论爵士乐的最好方法——尤其是考虑到这本书的出色表现。这主要是因为，从本质上说，爵士乐——或者说音乐，或者说艺术——是无法评论的。艺术是用来欣赏的，不是用来评论的。传统评论存在的目的是为了引诱或引导你去欣赏（就像本文），即使在最好的情况下，它也是次一等的艺术（比如厄普代克的书评）。在后记中，杰夫·戴尔引用了乔治·斯坦纳的话：“对艺术最好的解读是艺术。”他接着说：“所有的艺术都是一种评论。……比如《一位女士的画像》，除去其他种种，本身就是对《米德尔马契》的一种注释和评论。”他这样说是为了说明一点：对爵士乐最好的评论就是爵士乐本身。事实上，这也从侧面说明了另一点：对爵士乐的“想象性评论”就是另一种爵士乐，一种用文字演绎——而不是评论——的爵士乐。音符变成了词语。乐曲变成了场景。（所以我们既能听见，又能看见。）就像爵士乐中的引用和创新，那些场景有的来自真实的逸事，有的则完全是虚构，而且，用作者自己的话说，“虚构或变动的成分多于引用。因为在整本书中，我的目的是要呈现出这些音乐家在我心目中的模样，而非他们本来的模样。……即使我表面看上去是在叙述，但其实我并非在描绘那些工作中的音乐家，而是更多地在表达三十年后我初次听到他们音乐时的感受。”

但感受，仅仅是感受，会不会过于轻飘，过于脆弱？杰夫·戴尔用他形容蒙克的话回答了这个问题：

> 如果蒙克去造桥，他会把大家认为必需的东西一点点地抽掉，直到最后只剩下装饰的部分——但不知怎么他就是有本事让那些装饰品承担起支撑桥梁的重量，因此看上去那座桥就像建在一片空无之上。它应该不可能立得住，但它又确实立住了。

《然而，很美》就像一座蒙克造的桥。它充满了装饰品——只有装饰品。但那是何等精妙的装饰品：艾灵顿公爵和司机哈利在开夜车，“就像汽车是台扫雪机，把黑暗铲到一边，清出一条光的道路”。莱斯特·扬站在法庭上，“他的声音像微风在寻找风”。巴德·鲍威尔的妻子躺在枕头上，她哭泣，微笑，她说，“我耳朵里全是眼泪。”“锡色的天空，石棉般的云。”“城市静得像海滩，车流声像涨潮。”“一阵饥饿的风夺走他香烟的烟雾。”本·韦伯斯特的萨克斯“听上去充满了呼吸感，似乎它根本不是金属做的，而是个有血有肉的活物”。查尔斯·明格斯：“如果他是一艘船，那么大海就挡了他的道。”在阿姆斯特丹，切特·贝克“走过像家一样的古董店，走过像古董店一样的家”，他“站在窗边，望着外面咖啡馆的灯光像落叶在运河上荡漾，听见钟声在黑暗的水面上敲响”。……这样的句子和场景比比皆是，俯拾可得。它们如此美丽，甚至过于美丽，你不禁会怀疑它们是否能“承担起支撑文学的重量”，是否能经受时间的重压。

它们可以。它“立得住”。十多年后的今天，它依然矗立——并将继续矗立。这是一座美丽、坚固而实用的桥，它不设收费站，没有任何限制和门槛，对所有人开放。即使撇开它的实用功能不谈，它本身就是一个艺术品，一个令人赞叹和欣赏的对象，更何况，它还可以把我们带向另一个更加美妙的世界：爵士乐。无论你是不是爵士乐迷，无论你有没有听过那些歌，这本书都会让你想去听一听（或**再**听一听）。比如对几乎每个人都听过的切特·贝克：

> 突然毫无缘由地，她明白了他音乐中温柔的来源：他只能如此温柔地吹奏，因为他一生中从不知道什么是真正的温柔。……（他）不把自己的任何东西放进他的音乐，因此，他的演奏才会有那种凄婉。他吹出的音乐感觉仿佛被他抛弃了。……切特只会让一首歌感到失落。被他吹奏的歌需要安

慰：不是因为他的演奏充满感情，而是那首歌自己，感情受伤了。你感觉每个音符都想跟他多待一会儿，都在向他苦苦哀求。

这些句子让你想听，不是吗？而当你听过之后，你会想再看看这些句子。你的心会变得柔软而敏感，像只可怜的小动物。有时你会微笑，有时你会莫名地想哭，有时你会突然想起很久以前的某件事、某个人，有时你会站起来，走到阳台抽支烟。而当你看完，你知道你会再看，你会自信（甚至自豪）地向朋友推荐，你会永远把它留在书架，希望有一天，当你离开这个世界，你的孩子——你孩子的孩子——也会去读它。

就像它是另一部小小的《圣经》。或者，更确切地说，另一部《使徒行传》。莱斯特、蒙克、巴德、明格斯、贝克、亚特·派伯、比莉·哈乐黛……他们是另一种意义上的圣徒。他们无一例外地、宿命般地酗酒、吸毒、受凌辱、入狱、精神错乱（“如此众多四五十年代的爵士乐领军人物深受精神崩溃之苦，以至于可以毫不夸张地说，贝尔维精神病院跟鸟园俱乐部一样，都是现代爵士乐之家”），完全可以——应该——被视为一种献身和殉道。只不过，基督教的保罗们为之献身（并被其拯救）的是上帝，而他们为之献身（并被其拯救）的，是爵士乐。因而，不管他们的人生有多么悲惨，多么不幸，他们仍然是幸福的；不管世界有时显得多么丑陋，多么充满苦痛，然而，它还是很美。正如这本书的标题。它来自比莉·哈乐黛的一首名曲，也来自书中的一段对话：

——什么是布鲁斯？

——怎么说呢，那就像……那就像一个家伙孤孤单单，被关在某个地方，因为卷进了什么麻烦，而那并不是他的错。……他希望有人在等他，他想着自己荒废的人生，想着自己怎么把一切都搞砸了。他希望能改变这一切，但又知道不可能……那就是布鲁斯。

等他说完，她开始更为专注地听音乐，就像一个人凝视爱人父母的照片，竭力想找出某种隐约的相似。

——充满受伤和痛苦，最后她说。然而……然而……

——然而什么？

——然而……很美。就像亲吻眼泪……

再一次，这里回荡起杰夫·戴尔永远的主题：人生的自相矛盾，欲望的悖论，极乐与极痛的不可分割。不管是《一怒之下》中的作家，《寻找马洛里》中的侦探，还是《然而，很美》里的乐手，都被他们自己追寻的东西所折磨，所摧残，但同时又被它所拯救，所升华。我们也是。我们每个人。这是生命的法则。杰夫·戴尔用他的所有作品，为我们提供一份极乐生活指南，它们从不同的角度指向同一个方向：通往极乐之路。那条路的另一个名字叫“痛苦”。顺利通过它的唯一办法，就是爱，爱你的痛苦——“就像亲吻眼泪”。

一怒之下

一怒之下，我开始写关于托马斯·哈代的书。这本书将无所不谈，但恐怕唯独不提哈代—— 一本怪书，但很不错。

——D. H. 劳伦斯，1914 年 9 月 5 日

对无关紧要的细节进行无休无止的说明，长篇大论却毫不切题。

——福楼拜评价雨果的《悲惨世界》

现在回想起来，一方面简直难以相信我已经浪费了那么多时间，在把自己弄得筋疲力尽的时候才要去开始对 D.H.劳伦斯的研究；另一方面几乎同样让人难以相信的是我曾经开始过这项研究，但由于着手这个工作而加速引发了我的精神紊乱症，只得暂停下来待情绪得到缓解。说到分散注意力，马上就会想到需要某种能够分散注意力的东西来分散注意力，换句话说就是我自己。如果，我对自己说，如果我可以让自己保持冷静——我记得自己反复对自己说“冷静”，说了一遍又一遍，直到需要拉响精神错乱的警铃——如果我可以让自己保持冷静，那么，进行对 D.H.劳伦斯的学术研究将会迫使我振作起来。我成功地让自己专注，但所专注的事项——至少对于现在的我来说，现在我已经迷失在远离原本预期的严肃的学术研究中了——将是要对这本书大加批评一通，而这本书，原本是要让我振作起来的。

多年前我就决心将来要写一本关于D.H.劳伦斯的书，向这位让我想成为作家的作家致敬。这是个非同一般的野心，意识到这一点并为此要做些准备的我于是避免阅读劳伦斯写的任何东西，这样的话等将来研究他的时候即使不是全新的也至少不会太陈腐。我不想消极被动地去研究他，不想无目的地照抄《儿子与情人》来打发时间。我想有目的地去读他。于是，经过几年的逃避劳伦斯，我进入了可以称其为预前准备的阶段。我拜访了伊斯特伍德，他的出生地，我读了传记，我攒了一堆照片，把它们放在曾是全新的文件夹里，蓝色的，上面用黑色的墨水毅然决然地写着“D.H.劳伦斯：照片”。我甚至做了惊人的一叠关于脑海里模糊的劳伦斯印象的笔记，但这些笔记对于现在的我来说，显然，实际上起到的作用不是准备和促进这本书的写作，而是在推迟和拖延写作。这一点也不奇怪。全世界的人都在把做笔记当作推迟、延期和替代的理由。我的情况更为极端，因为做关于劳伦斯的笔记不仅仅是在推迟写一本有关某位作家的学术研究——向其致敬——是这位作家使我想成为作家，而是我在拖延的这个研究本身就是在推迟和拖延另一本书。

虽然我决定要写本关于劳伦斯的书，但同时也决定要写本小说，当稍后做出决定要写本关于劳伦斯的书时，这个决定并没有取代之前的决定。最初，我迫切地想要同时写这两本书，但这两股欲望互相拉扯，到最后哪本我都不想写了。同时写两本书是不可想象的，所以这两个气势相当的雄心从最初的相互折磨消耗成了最后的精疲力竭。我只要一想到动手写小说就忍不住想写劳伦斯的研究也许会更愉快些。我一开始做关于劳伦斯的笔记便意识到自己可能在永久性地蓄意破坏写这本小说的机会，它比以往我写过的任何一本书都重要，必须立刻动手写，赶在其他可能会突然冒出的事情横在我与灵感之间——所谓灵感，我的理解就是类似本哈德式的漫无目的的夸夸其谈——的前面。机不可失，时不再来。于是我从做关于劳伦斯的笔记转为做小说的笔记，我的意思是从不写劳伦斯的书转为不写小说，因为所有这些反复和做笔记实际上都意味着我两本书哪本也没写。最终，我所做的就是在两个电脑文件夹——空文件夹——之间犹疑不定，一个文件夹叫 C:\DHL（劳伦斯的全名缩写），另一个叫 C:\NOVEL(小说)，在被它们像打乒乓一样来回纠结了一个半小时后，我不得不合上电脑，因为我知道，最糟的就是像这样把自己拖垮。最好的做法就是什么都不做，平静地坐着。当然，不可能平静：相反，我感到彻骨的悲凉，因为我意识到自己什么都写不出，不管是劳伦斯还是小说。

最后，当我忍无可忍时，我全身心地投入到对劳伦斯的研究中。因为小说会让我更接近自我，而劳伦斯——一本关于劳伦斯的严肃的学术著作——则相反，将会带领我摆脱自我。

我感到高兴，因为我已经打定主意。现在我已经决定全身心地投入到一直想写并有可能写出的诸多书中的一本中去。我认为写哪本书实际上并不重要，因为书，如果需要被写出来，总能找到属于它们的写作时刻。重要的是要避免可怕的令人麻痹的迟疑和优柔寡断。任何事都好过这个。然而现实是，“全身心地投入”到我的劳伦斯研究意味着做做笔记，意味着**三心二意**地进行劳伦斯研究。在任何情况下，“全身心地投入到我的劳伦斯研究”——让我绞尽脑汁的另一阶段——实际上都是不可能的，因为，除了要决定是写还是不写我的劳伦斯研究之外，我还不得不决定在哪里写它——**如果**我打算写的话。是“如果”而不是“当”，因为一旦我起初兴致勃勃的决心开始坍塌时，可以写小说的念头又冒出来吸引我。而即使我没有决定是否写劳伦斯研究，我也不得不决定住在哪里，因为不管我写不写劳伦斯研究，我都得住在什么地方——但如果我**打算**写本关于劳伦斯的书，那么就给我在考虑住哪里时带来了一系列需要权衡的变数，尽管决定住在哪里已经被诸多的变数弄得复杂化了。

实际上，不可能开始写劳伦斯或小说的原因之一就是因为我纠结于住哪里。我可以住在任何地方，我所要做的就是选择——但无法去选择，因为我可以住在任何地方。我身上没有任何束缚，因此无法进行选择。当有东西约束你时很容易做选择——工作、孩子的学校——但当一切都取决于你自身的需要时，生活变得相当不易，甚至可以说是无法忍受。

就连钱都没有成为问题，因为那时我住在巴黎而没有什么地方比巴黎还要贵了。汇率变得一个月比一个月糟，巴黎变得一个月比一个月贵。钱是个问题，到目前为止，它只是让我在想我宁愿住在除了巴黎以外的任何地方，但论及下一步去哪儿，搬到哪里去，几乎与它毫不相干。在巴黎的经济情况——更准确地说，汇率的情况——要强调的是，尽管我认为我定居在巴黎，但其实我只是路过，极度缓慢地。这是所有英国人或美国人在巴黎所能做的：路过。你也许在这里度过了十年的光阴，但本质上你只是个看风景的人，一个游客。你来了又走，服务生一直在。我待的时间越久，这种只是路过的感觉越强烈。我曾想过靠签订付费电视来让自己感觉更像定居一点，但有什么意义呢？很可能签了付费电视之后几个月我就会搬走。显然，能让我感觉自己安顿下来的方法就是获得某些永久性的牵绊，但拥有所谓永久性的牵绊似乎不会有任何意义，在我几个月后可能就离开的情况下。可能会离开，几乎就肯定会离开，因为没有什么能让我待在一个地方不动窝。如果我拥有了某些永久性的牵绊，我可能会留下。但我从来没有取得过任何永久性的牵绊，因为我知道从拥有牵绊的那一刻起我就将被离开和搬走的渴望攫取，然后我就不得不想方设法恢复自由。所以，没有任何永久性的牵绊，我就一直处于潜在离开的边缘。那是唯一能让我待在某处的方法：持续地处在不是真的离开而是潜在离开的边缘。如果我感觉安顿下来了，我就会想要离开，但如果我处在离开的边缘那么我就可以留下，无限期地，尽管留下还是会让我充满焦虑，因为我看起来像是留下了，可生活又有什么意义，如果我并没有留下而仅仅只是路过？

这些就是我想要表达的全部，用不同的方式，要么在我的劳伦斯研究里婉转地体现，要么在我的小说里直接点明，或者恰恰相反，不过还有另外一项现实的混乱。由于我不得不在我所住的地方之外度过一段时间，也由于我巴黎的公寓租金太高（因为汇率的关系，变得逐月增高），我只得经常转租（严格地说是再转租，因为我自己就是转租来的），因此，如果你把你的公寓转租出去了，你不会愿意拥有太多昂贵的或私人的物品，因为它们可能会被损坏，于是，情况就变成你自己主要生活在为那些从你手上转租房子的人安排的环境中：事实上，你转租了你自己。那就是我正在干的事情：转租我自己（严格地说是再转租），住在一间没有任何一样东西可以从家的感觉上说是我的公寓的公寓里。我故意把自己置身于所有世上可能发生的最糟糕的境地当中，我的日子就在牢不可破的焦虑怪圈中度过，这个怪圈总是在同一个地方打转，一遍又一遍，虽然不断有些新的变数钻进去，但从来没有任何改变。我必须做点什么来打破这个怪圈，所以当玛丽·梅里斯尼，我的二房东（我的公寓是从她那儿转租来的），说她不想租这间公寓了，要跟那个我不喜欢的可怜虫吉恩·路易斯——虽然他曾在我住院那几天借过一套雅致的浅蓝色睡衣给我——结婚时，我决定要签一份能让我成为正式租客（相对于非法转租而言）的合同。我甚至不确定我是否想要待在这间公寓里，在这里我百分之九十的时间都不开心，在这百分之九十的时间里我都为两件事情所焦虑：一、我是否打算留下；二、我是否打算开始写一本小说或开始我的劳伦斯研究。可是当房屋经纪人说他们不愿意将这个地方租给我—— 一个没有工作和稳定收入的外国人，在任何人眼里我都是个毫无前途的人，甚至我自己也这么认为——时，我才确信我必须待在这间公寓里，我在这里曾经是那么快乐，实际上再没有任何一个地方能像这里一样令我满足了。最终我的富人朋友，赫夫·兰德里（我喜欢叫他“金钱·兰德里”）有着好几栋房子，其中有一栋是在希腊群岛的阿罗尼索斯，同意替我做担保。于是房屋经纪人大发慈悲，让我签了租约，我成了正式的**承租人**。

我欣喜若狂了大约五分钟。紧接着便意识到我背负了多么可怕、几乎是不堪重负的责任。非但没有解决在哪儿住的问题，反而是火上浇油，现在我的不确定性在压力之下就像沸腾的开水，随时会将我毁灭。唯一可以确定的是我必须离开这间公寓，在这里我甭想得到片刻的安宁，越快离开越好。如果我留在这里，我现在就能知道，将既写不出小说也写不出劳伦斯。这是显而易见的。麻烦的是，要离开的话我必须提前三个月通知，因此不得不预想一下未来三个月里我会作何感受，那一定会非常难过。事到如今很容易做出决定说我想要离开，但重要的是我在这三个月里会怎么想。你今天可能会非常高兴，我也许会这样对自己说，而三个月后你可能会自杀，因为你将清楚地看出三个月前没有放弃签约是个多么巨大的错误。另一方面，我也许又会对自己说，你今天可能会失望透顶，坚信在这间公寓里多待一天都会杀了你，坚信你的小说和劳伦斯研究都不会有任何进展，然后在这三个月里你会发现，只有留在这里才能让你不至于被放弃这间公寓那一瞬间的失落和挫败感吞没，因为冲动地声明放弃原先说好的三个月通知期会迫使你这么做。我翻来覆去地想，没有取得任何进展，这一秒决心这么做下一秒又要那么做。“我再也忍受不了了”，我对自己说，就像人们总是对自己说“我再也忍受不了了”，而其实他们是用这种方法来让自己继续忍受下去。最后我真的再也忍受不了了，一秒也不能忍受了，于是我给房屋经纪人写信，正式宣告放弃这间公寓，声称出于“职业”原因需要我回英国。经纪人回信认可了我要离开的决定。我又回信说这个“职业”原因现在要求我留在巴黎。因此是否可以不放弃我的公寓？为了省去再出租的麻烦，经纪人同意让我继续留在我刚刚决定放弃的公寓里。然后就这样继续来回：我再次写信声明“最后一次”放弃这间公寓。他们发来一个简短的确认，同意我的决定。我又写信说要改变那最后一次要离开的决定，变为最后一次留下，但已经太晚了，我必须得离开。

现在我**真的**不得不离开了，我要面对的糟糕局面是没有地方可住，必须马上决定去哪儿，没法拖延了，只有到这个时候我才意识到这间公寓对我有多么重要，实际上它早就成了我的家。尽管我之前认为这间屋子里几乎没有什么属于我的东西，但其实有很多我自己的东西需要找地方放。这些年来我其实有了很多永久性的牵绊。我甚至拥有数量惊人的家具，有些还相当好。我要把它们存放在哪里呢？我自己呢？我要把我自己存放在哪里呢？罗马是个可能。劳拉，差不多算我的妻子，在罗马有一套漂亮的公寓，一直力争让我们在那儿定居，但尽管罗马是个过日子的好地方，我却知道在那儿几个月后我就会变得非常忧郁，尤其是冬天。甚至在我变得忧郁之前，我知道罗马总能让我烦躁，特别是商店荒谬的关门时间和电影总用意大利语配音。不过罗马仍然是个可能——或者说会是个可能，如果劳拉没有把她的公寓转租出去的话。她来巴黎工作六个月，部分是为了和我在一起，部分是因为这份好差事合她的意，但现在她回罗马了，从别人那里转租来一套公寓住，因为她自己的公寓租出去了。这是千禧年来临前西方社会的真实情形：每个人都从其他人那里转租房子，没人能十分确定自己的去留，在定居与流浪之间拉锯，最终以转租者的身份安顿下来。在未来的几周里她必须决定是否要继续把她的公寓转租出去或是搬回去——这部分取决于我想怎么做，因为尽管我们习惯于长时间分开的生活，但我们两个都觉得是时候应该花更多的时间在一起了，甚至应该考虑在日常生活和感情的基础上“生活在一起”了。我们已经有了共同的座右铭，准确地说是近乎共同的，因为劳拉的说法是“永远在一起”，而我的是“随时在一起”。劳拉喜欢我们在一起的紧密程度是“由厚到薄”，而我选择的是更为悲观的“由薄到再薄些”。我早就准备把这些语义上的差别置之脑后了，因为如果我还打算在我的劳伦斯研究上有所进展——有正当的事关幸福的理由去讨价还价——我知道我将不得不“把命运抛给”一个女人，正如劳伦斯对弗丽达[①]所做的一样。况且我已经一个人过很久了。如果我继续一个人过下去，大概我这辈子都会一个人。就连我这优柔寡断的毛病都是一个人过太久造成的。两个人一起生活，争吵争辩中就做出了决定；当你一个人时，没有人跟你争论。因此我放弃了离群索居的生活，尽管那是我能忍受的，主观地认为两个人生活在一起就是会不断地为住哪儿、做什么争论不休。问题是那个我准备与之共同生活的女人也是个经常拿不定主意的人，只因为我的犹豫不决更厉害，才让她以为自己是那种很清楚自己的想法并固执己见的女人。比如她经常吵着说要住在罗马，可又总想

① 劳伦斯的妻子。

着定居在巴黎——她最喜欢的城市，但又经常渴望回到美国——她的故乡。

我也渴望去美国。我想到曾经住过的纽约和稍作停顿过的新奥尔良，还有旧金山，我应该会喜欢住在那里，那还是劳拉成长的地方，但这些地方我仅是想想就知道自己不会住在其中之一，尤其是新奥尔良，尽管那是我日思夜想的地方。即使坐在密西西比河边的回忆再美好，我知道自己再也不会住在新奥尔良了。虽然有时发觉自己一直在想希望能够再回新奥尔良，坐在密西西比河边，但我知道自己再也不会住在那儿了，这种认知让我感觉自己的生命快走到尽头了。我就是那种人，我在心中暗想，一直声称“我在新奥尔良住过一阵子”，实际上只是在那儿待了三个月，孤独得要死，纯粹出于爱好在那儿不停地写些无用的小说。

那么，我们到底去哪儿住呢？更准确地说——孤僻和自私的习性难改——哪里是能让我进行劳伦斯研究的最佳地点呢？我在巴黎安定不下来的原因之一就是那里与劳伦斯的联系太过疏远。巴黎是个写小说的绝佳地点，尤其是把小说背景设在巴黎，但那儿不是写劳伦斯研究的好地方。他讨厌巴黎，称其为“夜晚丑陋的城市”或做过类似这样的评价（我的笔记里某处有着准确的原文）。如果我打算在劳伦斯研究上有所进步，如果我还有望在劳伦斯研究上有所进步，我知道我必须住在一个与他有着某种密切联系的地方，或者说一个让我可以与他产生共鸣的地方：比如悉尼，或新墨西哥州；墨西哥，澳大利亚。可供选择的地方非常多，因为**劳伦斯**下不了决心住哪里。在他生命的最后几年里他一直写信给朋友们问对于他应该住哪里他们是否有什么主意。“人想住在哪里？关于这个主题你有什么聪明的想法？你说你在马赛西边有一栋房子？那里怎么样？”这是他在问威廉·格哈迪[1]。稍后不久他问一位以前住佛罗伦萨时的邻居：“人想住在哪里？如果你能够回答的话请告诉我！你觉得伦敦怎么样？”然后又问奥托琳·莫瑞尔[2]：“人最终想住在哪里？”

我将劳伦斯关于住在哪里的焦虑都列了出来，因为这么做能缓解我自身的不安；到底这么做是安慰了自己还是让自己变得拿不定主意，我也不确定。无法知道。谁能辨别呢？也许不能决定住在哪里，这个被认为是阻挠我的劳伦斯研究取得进展的一个因素，恰恰是我为开始写劳伦斯所做的准备之一。

① William Gerhardie（1895—1977），英国小说家、剧作家。

② Ottoline Morrell（1873—1938），英国贵族，她的赞助在当时的知识圈和艺术圈颇有影响。劳伦斯、赫胥黎、艾略特等人都是她的好友。

能确定的是，在英国我无法写劳伦斯研究，而让人羞愧的是，实际上英国让我感觉疲惫。事实上我想念英国的电视节目。我有股冲动想要回去看电视，但搬回英国意味着搬回劳伦斯所说的“自我最柔软的中心”，这句话我记在了笔记里。身在国外——无论是哪国——意味着处于自我的边缘，处于有所为的边缘。比如说在英国，我可以说英语，而如果去罗马，我就会陷入语言的困境，不像劳伦斯能说一口流利的意大利语。他有学语言的天赋（他甚至一度从一本语法书上学习俄语），尽管他声称讨厌说外语，但那时他已经掌握了好几门外语，只是觉得从一种语言转换到另一种太累而已。而我在巴黎的前六个月甚至都没有尝试着去学法语，因为似乎无法想象我能学会一门外语。那段时间与我关系最为密切的就是猫和狗，我与它们有一种不使用语言的同病相怜感。后来我不经意间学会了一点法语，并不多，当然够用了，能够符合文法地表达一些任性的意见。实际上经过几个月基础用语的磨合，现在的我在即将离开时才发觉自己有多么热爱说法语。按我的标准来看，我的法语很流利，而说一口蹩脚的流利法语是我快乐的源泉之一。除非我在生气时——那是我的常态。我不会用法语表达愤怒，这让我非常沮丧、生气，为了表达这种沮丧与生气，我只能求助于英语。而在罗马我将又变成哑巴。

在罗马我没有机会学意大利语，因为劳拉会说，她甚至比劳伦斯更有学语言的天赋。这也是我当初爱上她的原因之一。与劳拉谈恋爱，似乎所有她会说的语言成了某种预言，预示着我也会爱上说外语，比如说法语。劳拉学习一门新语言的方法是看用这种语言演的肥皂剧。看了几集以后她就掌握了简单的时态，一周之内她就运用自如了。也因此她是个差劲的意大利语老师，我可以预见自己在罗马看了六个月的肥皂剧之后还将是一句意大利语也不会说，因为尽管我觉得说外语是个不错的想法，但痛恨去做任何需要付出努力的事情。这些年来我已经改掉了做事情需要付出任何努力的习惯，所以没机会学意大利语也很难在我的劳伦斯研究上有所进展，因为写它需要付出与其说巨大不如说是艰辛无比的劳动。

我既焦躁又好奇。卖掉了家具，公寓里家的气息一天比一天少。劳拉逼着我做决定，因为她需要决定如何处理她的公寓。我去不去罗马？更重要的是，我为什么要如此犹豫不决？不去罗马我就是疯了，罗马在意大利，那是劳伦斯待过的时间最长的国家；离他住过的西西里岛也很近，如果我打算在劳伦斯研究上有任何进展的话，罗马也许就是最佳地点。

我一到就知道自己做了个正确的决定。我下定决心：准备开始写劳伦斯。唯一的问题是太热。天气热得可怕，而且全罗马没有一个地方比劳拉的公寓更热。她回到自己的家太高兴了，以至于都忘记了它有多么热。热就是这样，冬天的时候难以忍受的酷暑在记忆中凉爽起来，变得诱人，叫人渴望。现实却是热得吓人。连灯光都是热的。我们试着只开隔间的灯，但它从钥匙孔里钻进来，从门缝里挤进来，从百叶窗最小的缝隙里透进来。我下定决心要准备工作了——但热得无法工作。热得我们白天打瞌睡，晚上躺着睡不着。我们处于一种精神恍惚的状态。然后在一个地狱般的晚上，赫夫来电话了——信号很差——邀请我们去阿罗尼索斯避暑，与他和咪咪一起，他就是在岛上给我们打的电话。“你觉得怎么样？”劳拉问我，可她的眼睛已经做出了决定。

“我要学希腊语。”她说。之前她急切地想回来，但现在她渴望离开。而我认为在希腊岛上待六个星期，相对来说一个**凉爽**的海岛，听起来是个非常诱人的主意：完美的时间和地点来写我的劳伦斯研究。那就是我将要做的，我对自己说，我将开始在阿罗尼索斯写劳伦斯。那是个完美的写作地点。我手里有一切所需要的资料，除了那本《诗歌全集》，我把它留在了巴黎的一个朋友家。它也没那么重要：就在罗马的英国文化协会图书馆夏季闭馆前，我借出了几本剑桥版的劳伦斯书信集，这些能让我研究上好一阵子。我还有一本自传可以查看日期，几本小说原稿的复印件……太棒了。赫夫将会给劳拉和我安排一个单独的房间，上午我就可以开始写我的劳伦斯研究。太棒了。如果《诗歌全集》在手上会对我的研究有所帮助，但它对于我开始这项研究并不是不可或缺的。重要的是我有这一整段不被干扰的时间。我应该从英国文化协会图书馆把剑桥版的劳伦斯书信集第四卷也借出来，不过我已经借出的第二卷和第三卷肯定已经够用了。我更担心的是没有那本《诗歌全集》，对我来说，那可能是劳伦斯最重要的一本书，老实说，没有它，我的劳伦斯研究也许只能取得非常有限的进展，有限到根本不值得开始。我的那本《诗歌全集》里写满了笔记和注释，没有它我也许在阿罗尼索斯会更放松，积蓄力量，让脑子里各种关于劳伦斯的想法整装待发，而不是真的试图写出些什么。突然之间，那本诗集，两周前还在我手边，实际上已经在我身边放了两个月，我甚至都没有打开过——所以才决定把它扔在盒子里，放在巴黎的朋友家——成了写劳伦斯的必备之物。

幸运的是，那位朋友的一个朋友要从巴黎飞来罗马，他答应把那本诗集带给我。我们在圣卡利斯图酒吧碰头，我给他买了杯咖啡，他递给我了那本书。如此简单。在我们飞去阿罗尼索斯的前一天晚上与我的《诗歌全集》重聚不仅让人高兴，更是一个预兆，表明那个夏天我确实要进行劳伦斯研究了。

取回《诗歌全集》后，劳拉和我就回家打包行李。装上所有劳伦斯写的或有关劳伦斯的书之后我的行李重得叫人难以置信。这样不仅不方便而且大大超重。我拿出几本不需要的书，之所以把它们装进去就是因为它们薄——《墨西哥的早晨》《启示录》——但这两本这么轻，对重量根本没什么影响，于是我又把它们放回包里。我看着那本《诗歌全集》，忽然间很确信如果我把它带去阿罗尼索斯，它会像在巴黎躺了两个月没被打开一样在那儿躺六个星期；但如果我不带去阿罗尼索斯，同样确信的是一旦我抵达阿罗尼索斯就会认为那是不可缺少的，没有它，我将无法开始写劳伦斯。如果我带上它就不会需要它；如果我不带则无法承受没有它的后果，我一边自言自语一边把我的包关上又打开，把那本《诗歌全集》放进去又拿出来。过了一会儿我决定留下《诗歌全集》，带上企鹅出版社出版的《诗歌精选集》，但这是个荒唐的妥协，因为《诗歌精选集》最显著的特点就是里面没有一首诗是我需要的，《最后的诗篇》中的大部分，特别是《死亡之船》都不在其中。这是个直截了当的选择——要么就带这本大部头的《诗歌全集》

要么就什么都不带——而且，一旦我意识到真正关键的并不在于我是否会用到这本《诗歌全集》时，选择就变得很简单了。这本《诗歌全集》的价值就像个护身符：如果我带着它在身边就能开始写书；如果我不带着它，哪怕我并不需要使用它，我也会不断地想我要用它，没有它无法开始写关于劳伦斯的书。这样一来《诗歌全集》成了我的行李中最必要的部分。除了带上它别无选择；至于我会不会去用它根本无关紧要。因此我把《诗歌全集》放在了那堆必须要带走的劳伦斯写的或有关劳伦斯的书的最上面，将帆布背包袋口的绳子系得紧紧的，堆放在门边，为第二天早上的出发做好了准备。

第二天早上，在出门前我把那本《诗歌全集》拿了出来，没带它就动身去希腊了。

事后证明这是个好决定。我不需要这本《诗歌全集》，因为我们在阿罗尼索斯一安顿下来我就再也没有开始劳伦斯研究的冲动了。问题不在于手里有没有书籍资料，问题在阿罗尼索斯这座岛本身。我们总是觉得在海岛上的生活会非常惬意，而实际上真的到了岛上往往会心生厌烦。虽然无从考证，但据说劳伦斯也不喜欢海岛。“我对岛屿不感兴趣，尤其是小岛”，他在地中海浪漫小岛上得出这个结论。一周以后，似乎一开始他只是试图表达一种看法，而现在他已经下定决心了，他最终宣布：“我不喜欢小岛。”

我也不喜欢。当你在一个小岛上时所有能考虑的就是在你想离开的时候——不是因为你所在的岛太大你想去一个更小一点的岛，就是因为这个岛太小你想去一个更大一点的——却不可能离开。当我们乘坐的“飞豚”号抵达阿罗尼索斯时，一眼望去，这个岛是如此美丽，六周的时间似乎根本不能尽兴。赫夫的房子有一个漂亮的大阳台，是观赏蓝天碧海的好地方，那儿的景色就像希腊群岛度假广告上充满诗情画意的图片一样。

“这里是天堂，”我对劳拉说，坐在阳台上被海天一色的美景环抱着，“我希望我们能在这儿再住六个月。”结果一周以后，即便从黄昏熬到就寝都让人难以忍受。除了看着如同旅游宣传册上一般的蓝色大海与天空以外——几天之后我们就对此熟视无睹了——没有任何事情可做，更别提写作了。最好的写作环境——在抵达阿罗尼索斯后的那些日子里我意识到——是身处不断有事发生的环境中；这样你所从事的工作才能产生一种压力，好与身边的世界相抗衡。而在这里，阿罗尼索斯岛上，没有任何需要与之抗衡的，没有任何动力去产生工作的压力，于是空虚感趁机侵入弥漫，使整个人陷入懒散。你所能做的就是看着大海和蓝天，几天之后你就连看都不想看了。

不要怪我没有开始工作是因为把《诗歌全集》留在了罗马，因为其实我带到阿罗尼索斯了。是的，在最后一刻，当出租车已经到楼下时，我冲回房间拿了那本书，把它一路扛到阿罗尼索斯，正如预计的那样，它待在我们的床头没被翻开过。我反而读起了赫夫带的书，里尔克的一本书信集。

“必须工作，不用别的只需工作。”1902 年里尔克前往巴黎写一篇关于罗丹的专题，雕塑家的这句劝诫给这位二十七岁的诗人造成了革命性的影响。他在一封又一封信里重复着罗丹的口头禅。投入到工作中去：任由生命流逝，将自己奉献给伟大的工作。必须工作，不用别的只需工作。

我发现自己跟里尔克一样，在身体力行，推崇这一准则的朴素性和可信度，沉溺其中，像迷恋洗热水澡一样乐此不疲。但详细地描述这些实际上是在逃避工作，就和我阅读大量里尔克的书信一样是在放纵自己。我应该写我的 D.H.劳伦斯研究，却在里尔克的文字里虚度光阴。除了工作还是工作。我应该写关于 D.H.劳伦斯的书，我对自己说，所有其他的事情都应该为此让道——不过谁能辨别这项工作从哪儿开始到哪儿结束呢？也许从看里尔克的书信里能得到巨大的收获。实际上，我看得越多越肯定，更好地理解里尔克是我理解劳伦斯的关键。如果我来阿罗尼索斯是要写一本关于里尔克的书，那么几乎可以肯定地说，我会坐在赫夫的阳台上读劳伦斯写的书；事实就是我所谓的开始劳伦斯的研究就是坐在那儿看里尔克的书信集，尽管他被罗丹的那句除了工作什么也不做的警句所诱惑并奉之为真理，但发现在实践中很难遵守："我已经在犹豫每天把自己关起来了，无论我在哪儿，处在什么样的外部环境，都工作太长时间了。"他还对工作与惰性是否很容易对立犹豫不决：

> 我经常问自己那些我们被迫懒散的日子是否正是我们进行最深奥的活动的时候？我们所做的一切，最终是否都是那些无所作为的日子里所发生的伟大时刻的回响……

此刻这种想法立马迎合了我的心意，我太喜欢这个说法了。以至于几天之后这本里尔克的书信集跟《诗歌全集》一样，躺在我们旁边的桌子上无人问津。在阿罗尼索斯，一切都待在那儿无人问津，甚至包括我的网球拍。在阿罗尼索斯不可能写作，不可能阅读，不可能打网球。劳拉发现她的希腊语不可能有所进步。实际上不可能做任何事情。我原本打算上午完成写劳伦斯的工作以后下午打网球，但那儿没有网球场，因此上午既没有写劳伦斯也没有读里尔克，下午也没有打网球。上一次我在一个希腊岛上时，那儿有一场游客与当地人的常规对抗赛，场面激烈。这儿既没有足球也没有网球。实际上这儿什么也没有。你能做的就是吃好午餐从老城区蛇虫出没的岩石上跳进水母出没的海水里。我们在那儿的第三天看到了一条蛇。劳拉和我正穿过一小片灌木丛往岩石那边走，就在那时我们看到了蛇。我一辈子都怕看见蛇，在阿罗尼索斯就看见了。我们俩同时看到它，马上转身逃开。劳伦斯曾穿着白色睡衣与他的蛇[①]约会；我们却逃开了。我甚至不确定发生了什么：我们看见它躺在那里不动，因为我们的惊慌使得它突然溜走了还是它听到我们走近，然后开始迅速移动使得我们看见了它？一切发生得太快了：它看见我们，逃走了，我们看见它，也逃了；我们希望再也不要看见它，它可能也同样这么想我们。完全没有心情来作诗。

经历了这个之后我们对附近的岩石都感到紧张，因为尽管我们是在灌木丛中看到的蛇，但它实际上是在被太阳晒得暖乎乎的岩石上，蛇与我们一样——与见到蛇之前的我们一样——喜欢日光浴，喜欢使诈。我们也对

① 此处作者是指劳伦斯创作的诗歌《蛇》。

海水感到紧张，因为有水母，现在我们对岩石紧张，因为有蛇。我们连躺在床上都觉得紧张。我们躺着，听到沙沙作响的声音，仿佛门外有什么东西在爬。我们清醒地躺在床上讨论会是什么东西。

“我讨厌爬行的东西。”我说。

“我讨厌瑟瑟作响的东西。”劳拉说。

“那是会瑟瑟作响爬行的东西。”我说。这样的对话很白痴，一方面我不相信真有什么东西在外面。另一方面……另一方面我还是不相信会有什么东西，最终我们被折磨得累得睡着了。

早上，我们与赫夫和咪咪共进早餐，被嗡嗡作响的生物叨扰：黄蜂，一大群黄蜂。蜂蜜和果酱把它们招惹来的。咪咪采取一种听之任之的态度。我想要把它们统统杀光——至少可以做些什么——但咪咪争论说最好的方法是忽视它们。

“当你的嘴被叮了，舌头肿起来，快要窒息而到处找身边会气管切开术的人时，你试着忽视看看。”我说。看到一只黄蜂在碟子上爬，我用沾着酸奶的希腊当地报纸把它拍死了。咪咪看着我。她戴着条黄黑条纹的头巾，这也许是我为什么冲她半真半假发火的原因。

“蒲公英的生命力比蕨草强大，”我说，“黄蜂的生命力比蒲公英强大。我的生命力比黄蜂强大。黄蜂可以摧毁蒲公英。我可以摧毁黄蜂。”说完，劳拉和我就起身离开了。我们在阿罗尼索斯实在太无聊了，人变得越来越烦躁。这里什么都干不了，除了找人吵架和在岛上的连续弯道上骑摩托车骑得飞快。那真是很有趣！尽管觉得有趣仅仅是因为周边的环境无聊得要把人逼疯了——我们发觉我们自身变得有点儿和环境一样无聊了——不过环岛飙车还是非常刺激的。对付无聊的一个办法应该是开始写我的劳伦斯，就像劳伦斯在去斯里兰卡和澳大利亚的路上翻译乔万尼·弗加一样，但开始写劳伦斯似乎比什么都不做更无聊。我连写张明信片的精力都没有。在长期无聊的日子里似乎对存在感的唯一反应就是无聊地骑着摩托车沿着岛狂奔。

在罗马，劳拉一直骑摩托车，那是她的出行方式，但在阿罗尼索斯，我们仅仅是因为实在无事可做才骑着摩托车瞎转悠。我们在偏僻的马路上加速、收油门减速，头发在空中飞舞。在罗马我是个精神紧张的乘客，我们曾吵过很多次，因为我总是咆哮着警告劳拉注意避开危险。而劳拉承认在罗马骑摩托车是她最爱的乐事之一。由于在阿罗尼索斯没有危险可言，我甚至都骑了几次，但在罗马我从来没骑过。我们进入了有坡度的路段，越过坡道，熄了火沿着长长的下坡滑行。后来证明我们犯了大错。由于坡度太大，在我们滑下一段蜿蜒的山坡时，摩托车每过一个坡段都会加速，直到当劳拉大叫着“小心！”时，我们以二十英里每小时的速度撞在了悬崖壁上。嘭！简直叫人难以置信。我跌坐在地上，惊呆了。劳拉在呻吟。我只是傻坐在地上，哼哼着，惊呆了，听着劳拉呻吟。

“你撞到头了吗？”我问。

“嗯。”劳拉哼哼着说。我只是坐在那儿，哼哼着。不论怎样，我们不想发生的事情已经发生了。做什么都太晚了。前一秒我们眼看要撞车，下一秒就已经撞上了。车祸就发生在这两秒之内。根本没有时间指望有什么东西能减慢速度，尽管据说有应对撞击的方法。劳拉躺在地上，呻吟着，然后她站起来走动了。我坐着，哼哼着。一辆出租车停在我们面前。

“我们可以乘出租车。”劳拉说，虽然我们已经赶不上听音乐会了，眼下也没有公共汽车。我站了起来。“我动不了。”我说着挪向出租车。一切都糟透了，在出租车后排座上我一直向劳拉说对不起。震惊过去之后感觉到两种不同的伤痛：擦破皮的刺痛没什么，割伤的疼痛也没什么，臀部的痛虽然没那么厉害但更严重，后背上的痛感在很深的地方，甚至很难察觉是不是痛，一种非常迟钝的痛，这种也许更可怕。劳拉在哭。我不断地问她有没有撞到头，她说撞到了，但既没有肿起来也没有流血什么的，所以我说你不可能撞到头，她表示同意。我们下了出租车，车停下来又走了。情况很糟，我们走进一家甚至连医院都称不上的医院，就是一个急救站，没见到医生。然后出现一个人，一个医生，或至少是穿着白大褂的人，毫无急迫感地走过来。劳拉说她的肋骨受伤了，我说“真是太叫人难过了”。我坐在椅子上，到处都受伤了，不同的地方伤得也不一样。那个医生先把劳拉领进了一个房间，她躺下了而我坐着，不是跟她在同一个房间而是在等候室。我非常小心地坐着，一动也不动。我走进那个房间时劳拉还躺着，医生说她由于受惊血压不稳定，等一会儿会恢复正常。现在我坐在那个房间里，劳拉躺在睡椅或是床上，医生在给她清理手指上的伤口。她手上戴的饰物把手指割伤了，她躺在床上将脚抬高然后放下。“我的肋骨受伤了，”她说，“我觉得伤到了肋骨。”

“别担心。”我说。

接下来轮到我了。医生处理了我的手臂，清理出一些异物。他开始给我的手臂缝针，劳拉离开了房间。我有很多针需要缝，但我一点也不担心。割伤没什么，尽管很痛。身体里面受损才是大事，就像我的脊椎也许断裂了，这让我担心。手臂缝好了，我站了起来。“我的臀部受伤了。”我说。医生脱下我的裤子，见我的屁股上都是深口子，说：“我们最好也要处理一下这个。”

所有这些检查治疗结束后我们坐着等了一会儿。这个小医院没有 X 光拍片，所以对于劳拉越来越痛的肋骨以及我那痛感奇怪的后背也做不了什么。我们坐了会儿，最后步行回家了。一辆出租车把我们带回撞车的地方，我原来以为还能骑那辆摩托车回去，结果发现它已经被毁坏得惨不忍睹没法儿骑了。我们走路回家，爬过围墙进了屋。我们上了床，浑身都痛。

后来情况变得更加糟糕。随着时间的推移，伤痛如潮水般袭来。我们浑身都痛，而且我们控制不住地要去回想撞车的一幕，尽管每想一次都会令人难过。另一件我们控制不住要做的是不停地做爱。我们的状况很糟，但，不知道为什么，我们急切地想做爱。我想是因为受惊了。我们两个都不能行动自如，但如果我们控制得好，都能满足对方。我仰面躺着，劳拉在我上面，当她达到高潮时会说：“啊，我的肋骨！”我们轮流达到高潮，我们轮流说着“怎么可能没有撞到脑袋”。我们不断地这么说，因为越是回顾这场车祸越是觉得我们没有因此而丧生或瘫痪简直是个奇迹。我还不断地说以后再也不会碰摩托车了，无论在哪里。

是我的错，这次撞车，但劳拉从未因此而责备我。如果是劳拉在开，我会拿这件事不停地埋怨她鲁莽、不顾后果的驾驶，在罗马是如何令我们有性命之忧的，而现在，在阿罗尼索斯，我差点把我们的命送掉。不过话说回来，这场撞车虽然是我造成的，不过我也首当其冲承受了主要撞击。我为劳拉挡住了冲力，我的后背痛得如此厉害也许就是因为她的头撞到了我的脊椎。我拼命想回忆撞击的那一刻，但"撞击"和"撞击的那一刻"两个词一直在脑海里重复。那是我所有能想的：撞击，那一刻，撞击的那一刻。

第二天早上我动不了了。我只能在别人的帮助下下床。我动不了。我的后背，我叫嚷着，我的后背和脖子。我的屁股、手和手臂都痛苦不堪，但后背最让我担心。我们去见一位整骨大夫，一个澳大利亚女人，她的手在我的脊椎上一上一下地挪动，用手指充当 X 光射线，以她的方式感受皮下的骨头。

"没什么问题，"她说，"否则你会痛死。"

"我就是痛死了。"我说，但不是她所想的那种。有可能我撞断了一节椎骨，但仅此而已，而且即使我真的断了一节椎骨在这儿也无计可施。劳拉和她的肋骨也是同样的情况：即使她的肋骨断了她所能做的也是等着它们自行恢复。打消顾虑后我们拖着缓慢的步子回家，劳拉收着腹小心着她的肋骨，我则右手托着腮。这在小岛上的其他人看来似乎我正在沉思，在与什么哲学难题作斗争，而我所做的不过是力图支撑这沉重的头颅——不过再想想，这确实是所有哲学思想的体现：如何支撑你沉重的头颅。

我们急切地想要离开阿罗尼索斯，赫夫与咪咪也急于摆脱我们。我们多多少少破坏了他们在岛上的蜜月。离岛之前我试图跟租给我们摩托车的家伙商量一下，至少把部分押金退给我们。他不肯，一德拉克马[①]也不肯退。他从钱匣子里拿出一沓钱——机修工的钱：油迹斑斑，破损的地方都被胶水粘着——向我们解释靠出租摩托车谋生有多么不容易。劳伦斯曾经说："如今的意大利人真的是没有教养的下流坯。"他在做这样污蔑性的总结之前应该去希腊，去阿罗尼索斯租一辆摩托车开并撞车——对希腊人做这样的评价，因为他们以作为没有教养的下流坯为荣。

赫夫与咪咪将我们送到"飞豚"号，将有一段艰辛的旅程在前方等着我们——船、长途客车、飞机、转机、火车、出租车——但并非不可完成。行李是个问题，所以我把《诗歌全集》留下了，连同其他许多劳伦斯写的或有关劳伦斯的书一起。我把《诗歌全集》带去了阿罗尼索斯，现在我们返回罗马，回去后我将闭门不

---

① 希腊货币单位，现被欧元所代替。

出，天知道我会有多久再一次见不着这本书。我不在乎。那是本被下了诅咒的书。没有它我的情况会有所好转。

回到罗马后，人们还在用“热浪”这样的词，尽管已经是8月中旬了。我有两大难题：一是如何凉快起来，二是如何能不打喷嚏。每当打喷嚏时都感觉我的脊椎要断裂开似的。打喷嚏太可怕了，当现在我不能打喷嚏时才意识到自己以前很喜欢打喷嚏。打喷嚏是生活中的一个小乐趣，我不能再冒险尝试的乐趣之一——就像也不能侧身睡觉一样。我只能平躺着睡觉，我不得不努力平躺着睡觉，当我清醒地平躺着时，努力想睡着，不断地在想侧身睡是多么舒服，先侧在一边，等快睡着时再翻个身。劳拉也只能平躺着睡，所以我们平躺在床上，想着撞车的事，我们不再把那当成一场事故而是一场神奇脱险了。它怎么可能发生，我们怎么可能幸免于难？我们怎么可能以每小时二十五英里的速度直接撞到悬崖上而没有撞到头，没有撞坏身体的任何部位？我们仅仅穿着T恤衫和短裤，却没有撞坏任何部位：我们浑身青紫但脾脏没有受损，骨头也没有断。我们没有瘫痪，没有成为植物人，没有死——只是必须平躺着睡觉，我还得避免打喷嚏。因行动不便我们被困在公寓的事就更不值一提了。我只能靠将手放在水龙头下面来感觉室外、居民区的生活。刚开始水温是微暖的，室温的样子，然后变凉，再变暖，因为水管沿着墙壁进入室内，当经过太阳烘烤的屋顶时水温变烫起来，再度转成微暖是因为水管下降到另一边，靠阴处，然后变凉起来，接着是变冷，叫人欣喜的幽冷，因为水管已经消失在了地下，进入了另一个世界。

渐渐地我们开始康复。晚上我们一瘸一拐地走到朗奥比托瑞尔叫一份比萨，然后去我们街区的小酒吧圣卡利斯图，法布里齐奥，那儿的酒保，已经拉长着那副洞悉世态炎凉的脸。他始终紧皱眉头，粗暴地对待一切他所触碰的东西，狠狠地拉开盛冰激凌的盖子，凶猛地挖出冰激凌，把它们扔进玻璃杯里，再把玻璃杯放到柜台上，震得砰砰作响。用如此粗暴的方式做这些简单的举动并没有多么了不起，不过了不起的是他做这些时所流露出的铁汉柔情。他一贯的粗暴作风——噢，当结账时想到这一切终于要结束了是多么愉快啊！——也不失为一种欢迎的方式。我们喜欢坐在酒吧露天的位子，听着他准备一份卡布奇诺：将托盘扔在镀锌的吧台上，勺子扔进托盘，牛奶灌到咖啡里，再将咖啡杯扔进托盘，在刀叉的叮当声和服务生的嘈杂声中蹦出仓促的一声“不客气”。即使在卡利斯图没什么客人的时候他也这么干：这是招揽顾客的一种方法，就像冰激凌小贩的铃铛，在告诉客人：“这里的卡布奇诺很棒，我们一直很忙。”

我们甚至又开始骑摩托车了。我曾经发誓再也不碰摩托车，但是劳拉，即使在撞车后的那段黑暗日子也只肯说回到罗马后会更加小心谨慎地骑车。现在我们回罗马了，她急于，用她的话说就是“回到马背上”。劳拉对待生活的态度是积极向上的，这点甚至比她看肥皂剧学外语的能力还要强，也是我爱她的原因。而我恰恰相反，对生活总是持消极的态度，年龄越大这个毛病越严重，不过这并没有妨碍劳拉把我劝上摩托车。劳拉做司机，开得非常小心，尽量避免颠簸。在威尼斯广场我们因为交警——戴着白手套的警察——停了下来，他指挥交通的动作优雅迷人，简直有催眠功效。他在指挥台上像指挥交响乐般指挥交通：前行，停止，前行。无法辨认一个手势什么时候结束，下一个手势什么时候开始。“停止”——手势干脆利落，毫不含糊——转眼就巧妙地转换成了流畅的“前行”。每一个手势都是用挥手来表达，但这一挥手——经过精心设计的必要的夸大动作——增强了其含义的明确性和几何学意义上的精确性。因此它是类似罗马的巴洛克式教堂般的建筑学意义上的挥手。这个交警的动作如此清晰明确，仿佛他在同每一辆车交流，让司机觉得遵守他的指挥简直是种荣耀。他的交通指挥非常及时，让人不禁认为他从车辆的移动中得到了某种暗示，使他的指挥成了一种舞蹈。

然后我们从那儿走上通往卡比托利欧广场的台阶，那是劳拉最喜欢的一个广场。

“你注意到这个广场有什么特别的？”她问。

“挤满了观光客。”

“还有呢？”

“他们都穿着格子裤子。”

“我在说广场。”

“这是个完美的四方形广场。”

“你知道它为什么完美吗？”

“不知道。为什么？”

“因为它并不是一个完美的四方形。”劳拉说道，解释着米开朗琪罗如何根据透视法延长了一边的长度而缩短了另一边。我还没来得及思考是否能从卡比托利欧广场推断出更多真理时我们就再度出发了，前往朗格塔维尔，并力图保持住排在等红绿灯的摩托车队的第二十或三十位的位置，跃跃欲试。刚开始由于撞车的创伤，我们一直只在不拥挤的道路行驶，而且因为我们的摩托车比亚乔“霸俏”的加速性能弱，我们总是爬行在等红绿灯的车队末尾。随着日子的推移劳拉变得越来越自信，排位也一点点往前挪，直到现在我们行驶在拥挤的街道上。于是，我也变得越来越自信。

“可以换到G挡了。”我说。

“不”，劳拉兴奋地说，伴着引擎的咆哮，“在D挡。”

最初因愧疚而沉默了一段时间之后我对评论劳拉的车技也变得自信起来。我又开始大喊大叫地警告她：“前面有一辆公交车！小心，侧面一辆出租车过来了！井盖！注意点，后面有汽车！”

“当然后面会有汽车，当然前面会有公交车，”劳拉说，在四面八方涌向我们的金属流面前镇定自若，“这是座城市，你以为呢？”

在阿罗尼索斯所发生的撞车事件，劳拉向我保证说，问题在于那不是一个城市，那里的道路空寂无人，这正是它无比危险的原因——因为在罗马骑摩托车处处都充斥着险情，这样反而非常安全。这也是为什么，她继续说道，喝酒喝到微醺时摇摇晃晃地骑着摩托车在城市里兜风感受一系列的虚惊是完全可行的。

天气还是极热。凉快下来的唯一办法就是在提贝里纳岛附近停下来喝杯冷饮。玻璃杯里装满了冰碴，果汁就浇在这些冰碴上。这里总是排着长队，即使在凌晨三点钟也不例外。有个男孩的工作是在一块巨大的冰块上刨冰。劳拉注意到他冻伤的手指上贴着令人倒胃口的膏药。难以想象他的手会有多么冷，甚至比鱼贩子的手还要冷，但那是他讨生活的活计。

还有一处凉爽的地方，位于曼奴左伊大街上的一座建筑，我们并非情愿地经常前往。周围到处都是热气滚滚，但只有这座建筑散发着凉气。门上被谁用英文写着“殡仪馆”。我们常常去那儿然后加大油门逃离，惊恐地跑去别的地方，并很高兴重新回到摩托车上。

什么事都能令我们高兴。我们在好转。我们沉浸在“康复的喜悦”之中，像尼采所说的，充满着“对明天、后天重新觉悟的信仰，对将来的顿悟和期待，对未来的探险精神，心扉再次打开，目标重新设定，再度相信”。

我再度相信我的劳伦斯研究会成功，尽管怀疑去阿罗尼索斯、读里尔克的诗（只看了一点儿）、撞车以及发现与劳伦斯之间存在某种关联，这一切都是我命中注定要发生的。非常了解劳伦斯的赫胥黎认为，劳伦斯对事物极高的敏感性来自他的“存在是一个漫长的康复过程，仿佛他的每一天都是从不治之症中重生而来”。我在阿罗尼索斯看的书信集里，里尔克也写过“漫长的康复期是我的生命”。我们四个人——尼采，里尔克，劳伦斯和我——因共同拥有康复期而联系到了一起。在阿罗尼索斯的撞车事件之前我的劳伦斯研究没有取得任何进展；现在，沉浸在康复期欢欣感中的我渴望前行。问题是除了几本从英国文化协会图书馆借来的书信集之外，我手头没有任何劳伦斯写的书：我把它们全留在了阿罗尼索斯。赫夫曾说他会邮寄给我们，但谁知道会花多长时间？意大利与英国之间的邮政服务非常糟糕（劳伦斯对此一直咬牙切齿），所以只有上帝才知道阿罗尼索斯与意大利之间的邮政情况会如何了。据我所知，我的书可能要花上好几个月才能到。

这真是太幸运了。因为我无法参考所需要的书籍，因为，没有它们，我不可能开始我的研究，于是我转而去翻看自己收集的劳伦斯的照片了。那时我才意识到自己对劳伦斯的照片比对他的书更有兴趣。

“米什莱[①]在没有尽全力研究对方的肖像和版画之前不会写任何人的任何事。”效仿他研究对象的习惯，罗兰·巴尔特[②]在写米什莱的过程中收集到了几乎所有米什莱的肖像。特别是想到奥登，约瑟夫·布罗茨基说，读过某个作家一定量的作品之后，我们就会对他或她长什么样子感兴趣。就我而言，对劳伦斯相貌的好奇心甚至在我还没有意识到时就得到了满足；不像米什莱–巴

---

① Jules Michelet（1798—1874），法国著名历史学家，被学术界称为“法国最早和最伟大的民族主义和浪漫主义历史学家”，以及“法国史学之父”。

② Roland Barthes（1915—1980），法国社会评论家及文学评论家。

尔特一直有搜集研究对象画像的习惯：我的这项工作完全是非系统的随意之举，在我决定对劳伦斯进行严肃的学术研究之前就开始了。在罗马等待身体康复的那段时间里，翻看照片才意识到实际上我收藏了劳伦斯大量的照片。这些年下来，收集劳伦斯的照片已经成为我众多的爱好之一，其量之大让我觉得自己这么做是有目的性的，一反往常无目的性的作风。在二手书店我总是在劳伦斯作品架周围打转，主要是为了我寻找多年的企鹅出版社出版的《凤凰》（老早就绝版了），不过也为了找带有劳伦斯照片的书。每当我看到关于劳伦斯的新书，即使是那种从不想看的枯燥乏味的评论类书籍，我也会拿起来翻看，因为有可能会遇到从没见过的照片，或最好是能遇到那张自从我十七岁时见过一次之后就再也没见到过的照片。

在罗马时我突然想到可以将这些照片整理成相册，按照自己的喜好整理——在合适的位置用自己的和家人的照片作为点缀——加上标题（通常很啰唆），后来某天拿走了照片只剩下标题和照片的魂魄留在那儿。这还没完：重新调整这些标题的位置，使其偶尔能与所指的照片对应上，从而让它们相互依存——我自认为这么做即使不能算开展了研究工作，也能在一段时间内防止我陷入懒惰和消沉。

我越看自己所搜集的劳伦斯的照片越觉得不知道劳伦斯长什么样。照片所展示的恰恰是本该由它来回答的问题：劳伦斯长什么样？据说他的胡子是红色的，照片上是黑色的。劳伦斯本人也曾对此发过牢骚。“我讨厌照片，那根本不是我，我一直怀疑那会是谁。看看我两天前拍的护照照片，一个长着我所没有的黑胡子的家伙。”对劳伦斯这个人实际的外貌所持有的不确定被作家劳伦斯那持久、标志性的形象所弥补。因此会有一种奇怪的感觉，那个印刷出来的逼真的红胡子男人——比如企鹅出版社出版的《诗歌精选集》封面上简·朱塔[①]画的那张——看上去不像 D.H.劳伦斯。

我买过那本书——因为没带去阿罗尼索斯而得以留在了罗马——上大学时因为我们要“研究”劳伦斯，在布莱克威尔书店[②]买的。也许与当时相比我的长相变化了不少，可即使距当时 1977 年近二十年的时间过去了，对我来说，我还是我。我们都知道：在生命的每个时刻，我们长得都跟自己一样；而别的人，我们从未谋面、只从照片上认识的人，他们的容貌会固定在某个特

① Jan Juta（1895—1990），知名画家、壁画家，最著名的作品是一幅劳伦斯的肖像画，现存于英国国家肖像馆。

② 英国著名的学术书店，专门为图书馆、学术机构和学术研究人员提供全面服务。

定的时间段。只有当他们出现在照片上时我们才认识。当作家不断有作品出版时，封面上的照片通常每隔几年就会更新：特定的照片对应特定的书，或某个特定阶段的作品。对于已故作者，一两张照片就代表着整个一生：所有 F.S.菲茨杰拉德的书都是由满脸稚气的菲茨杰拉德写的；所有亨利·詹姆斯的书都是由谢顶的中世纪教师模样的人写的。作家的寿命越长，成就越大，肖像所带来的浓缩效应越明显：一张狄更斯的照片足以涵盖三十年的岁月和千百页的文字。罗兰·巴尔特在一篇著名的随笔里曾提到，这种照片所起的作用是强化、加深这个作者已故的概念。另外，与此相通的一个说法是，作家的照片实际上并不是一个人的照片而是一个符号——出版商标——以他或她的名字印刷出版的作品的符号。当一张照片代表着跨越几十年的创作生命时，不可避免地会出现相当程度的扭曲与失真。

戴维·赫伯特·劳伦斯开始像作家 D.H.劳伦斯是从他 1914 年留胡子时起。“我声名狼藉，长了一脸红胡子，”他写道，“我将竭尽所能地藏在胡子后面，就像躲在灌木丛里的野兽。”劳伦斯也许是想躲在他的胡子后面，但这么做的结果却是被他的胡子永久性地烙上了印记，在隐藏中暴露了自己。（“我寄了一张本人的护照照片，不管怎么样你都会认出来——因为我的胡子。”）

没有胡子的劳伦斯不是D.H.劳伦斯。在一张他二十岁生日时候拍的照片上——“胡须剃得干干净净，戴着高领领结，像个年轻的助理牧师”，劳伦斯自己挑选了这张照片，在他去世前两个月不到的时候，“以确保抵抗所有报纸随意刊登照片所带来的险恶影响”——他看上去不像D.H.劳伦斯：他看上去像那个将成为D.H.劳伦斯的人。用玛格丽特·尤瑟纳尔[1]笔下哈德里安的话来说，只有当有机会凝视他濒临死亡的侧影时，才是他最像D.H.劳伦斯的时候。他越接近死亡越像D.H.劳伦斯。一张拍于1928年林中小木屋的照片上有他和姐姐艾米丽。她的健硕衬托了他的孱弱和干巴。他的衣服挂在身上，整个人缩成一团。几乎没有肉体能够垫在他的腿和长椅的木板条之间；唯一的填充物就是穿在腿上皱巴巴的裤子。面料看上去都比人厚实。他两臂交叉在胸前，环抱着自己。面孔干涩得如同泥土。几个月后，在2月里，从法国旺斯写给艾米丽的信中他回想起拍照的时候，似乎那段时间还是他体力充沛、健壮的时期：“我不得不投降而过来——莫兰医生非常坚决地要求，我体重下降得厉害，每周都在减。我现在只有

① Marguerite Yourcenar（1903—1987），法国诗人、小说家、戏剧家和翻译家，代表作小说《哈德里安回忆录》。

六英石[1]多点儿的体重，而春天的时候，我还有七英石多重，快接近八英石了。”

死亡让劳伦斯与他的经典形象完全一致了。死亡使形象固定化并呈现出来——肉体已成为一种符号表达——不可能再有进一步发展。这也是劳伦斯和里尔克痛恨照片的原因。对这两位作家来说照片预示着终结。

其实劳伦斯生前最后一次创作行为是在旺斯的疗养院接受裘·戴维森[2]的突然造访。我最后一张劳伦斯的照片——那副行将就木的面具——就是产生于那次会面。“裘·戴维森来了，给我做了一个泥脑袋——让我筋疲力尽。”劳伦斯在他最后一封书信的附言中抱怨道，“一堆庸俗的泥巴而已。”事实当然并非如此，但劳伦斯这样的反应也在意料之中，即使到了生命的尾声也不愿意直面自己即将死亡这个赤裸裸的事实：为什么一定要他看着自己的死亡成形，变得如此具象、不可否认？“我为什么要关心是第一版还是最后一版？”早几年前他就曾反问道，“对我来说，书没有完成日，没有装订期。”所以无疑他会对戴维森的来访不满：这预示

---

① 重量单位，1英石约6.35千克。

② Jo Davidson（1883—1952），美国雕塑家，以国际名人肖像而闻名。

着——尽管只是提前了几天——他人生散落的篇章将被宣告何时装订、完成。

在我所有劳伦斯的照片中没有一张摄于老喷泉别墅，那是位于意大利陶尔米纳的一处房子，1920 年至 1923 年之间他断断续续地住在那儿。我们感觉身体恢复得越来越好了——劳拉的肋骨已完全康复，我的后背只偶尔疼痛——我对劳伦斯的研究又如此热忱，于是我们决定去那儿拍一张照片。

对于一个花了那么多时间搬家的人来说，劳拉对旅行永远不会感到厌倦。她总是提前几天打好包，带着超过所需天数的行李在检票柜台开放前就到达机场；在飞机上她会仔细观看飞行安全须知的录像，就像第一次坐飞机一样。这次她担心的是我们在火车上有没有足够的食物，足够多的薄脆饼干。她喜欢吃薄脆饼干。为之疯狂。薄脆饼干和太妃糖。我建议她多留点空间给面包和番茄酱，紧接着又为她的相机争吵起来。那是架尼康的非自动相机，重得要命，所谓划时代的科技，说的就是它。尽管它很重，劳拉还是坚持我们去哪儿都带上它——这没问题，只是我不得不承担由此而多出来的重量。我不背相机但最终得背与之等重的其他东西。即使这样也好过背相机。相机是背起来最糟糕的东西。沉甸匍的，还戳人；它有十个左右尖锐的角，每个角都戳人。这架相机笨重得像把铁锹。我讨厌它。我喜欢轻巧现代的自动相机，可以插进衬衣口袋的那种，不会戳到皮肤，但现在去弄一个已经太晚了。在过去的五年里，我去过各种非常值得拍照的地方，但从来没有带过相机。如果现在有了相机将会使之前那些没有相机、没留下照片的旅行变成一种笑话。我还很迷信地想，如果我拥有一架相机，为了记录我的旅行而特意去买一架相机，我将可能会终止旅行，将再也不离开屋子而满足于用那个轻巧、易携带的自动相机在屋里拍照了。

总之，劳拉有一架可爱的相机，重到带去哪儿都不合适，但因为它如此可爱，她拒绝将它卖掉去换成轻巧的能拍出好照片的自动相机。通常最终我们会将这架可爱的相机留在家里，买个一次性相机拍一些无用的照片。可是这一次，她非常坚定地要带上它。

“没有相机我们要怎么拍劳伦斯的照片?”她问道。

“我就是相机。”我说。

火车和高峰时候的地铁一样拥挤。尽管我们已经提前二十分钟到了，却还是车厢里最后落座的。人们正忙着放行李。距离我们上一次看到火车站台已经是六个月以前了。行李架上刚好只剩下一点空间放我们的包。这时一个体形健硕的男人，书里常被描述为“家伙”的那种，走过来指着另一个身材更为健硕的家伙说他坐错位子了。不，坐在那儿的家伙说，举着自己的票给其他乘客看，的确是正确的座位，正确的隔间……车厢错了！站着的男人喊叫着澄清道。他们换了位置，所有的行李都被拿下来好让要出去的家伙拿出手提箱并给替换他的人腾出空间放行李。过道立马变得拥堵起来，为了腾出行李架的空间，必须要把一部分的行李放进我们这节车厢，于是所有的东西都要拿下来重新放，并堆放得更加随意了。我们俩，他们俩，都站在那儿。即使不用举任何东西，我们也抬着胳膊，投身于这项任务当中。

一对中年夫妇在敲车窗，试图吸引过道上那个青少年的注意。他穿着一件高更的 T 恤，为父母在车窗外挥手、喊叫以示离别的方式感到窘迫。当汽笛声响起时，他比谁都松了一口气，几分钟后，火车准点驶离了车站。在我们与天空之间，头顶的电线网如此之广袤，看起来就像处于给整个意大利造天窗的工程初期。被单和毛巾从每个阳台里挂出来。洗好的衣物都晒出来晾干：这是意大利真正的国旗，日常生活中的布料要经受些什么的象征与证据。

很快我们就要经过被削顶的古罗马桥遗址；再往远处可以瞥见意大利的高速公路，整个罗马历史的核心轨迹仿佛就是一条直线，怀着毫不动摇的决心尽可能快地到达别处。背景中的群山像是从天空中切下来的一块：稍微有些暗影，那是唯一的区别。如果我们有能力去分析，那绝对也是属于对大气与岩石的地质学研究范畴了。

检票员过来了，要罚高更T恤少年的款，因为他在车站时没有检票：那正是他的父母当时那么大呼小叫的原因。有一项新规定：没有检过的票有效期为三个月，这就意味着不检票有利可图——因此对于逃检者要予以重罚。大家都对少年表示同情，检票员仁慈了一把，只罚了他最小的金额。一场热烈的争论围绕着这个新规定是否公正就此展开了。检票员继续检票但大家都围着他，这场争论——不可能把他排除在外：刚执行了新规定并不意味着他得放弃作为一个意大利人的权利：参与争论——变得越来越亢奋，尽管实际上大家的意见都是一致的。新的规定总是会通过但几乎改变不了什么。它们真正的目的是，准确地说，引起公众的争论，给意大利人民一个切实的与政府唱反调的机会，当公众的反对意见如此一致时，实际上就创造出了团结统一的积极氛围和社会和谐。每个人都觉得在被政府剥削，受到了不公正的对待，因此感到被政府欺骗——要一点欺骗政府的小花招——就变成了民族统一的黏合剂。在这种情况下政府会让步于民众的意见。简而言之，意大利的历史就是如此。

检票员胳膊肘靠在门上，脚踩着烟灰缸（当然不是那种放在座位上的烟灰缸），经典的意大利式散漫态度：昂着头，斜靠着，意大利人总是这姿势，仿佛在暗示争论会引发单纯的生理需求来散发热量。六个月以后，他说，摘下帽子以强调他现在所说的话的权威性，他将会失业。新的车票规定是取缔检票员的第一步。因此，经济效益合理化浪潮已席卷意大利——多么遗憾！在英国我们已完全接受了成本效益的经济原则。降低成本——不惜一切代价！对我们来说这很容易理解。即使当我们抗议某项此类做法时，在我们英式的经验主义内心深处，依然承认这是必须遵守的法则之一。我们很容易舍弃非必需的享乐——但在意大利，这里是致力于让生活更美好，为卡布奇诺和羊角面包提供额外糖包（他们的糕点师与客人都相互认识！）的国度，完全是背道而驰的理念。所以政府的钱在减少又怎么样？有效率更高的机器检票系统又怎么样？有一个像这样英俊的检票员，穿着烫得笔挺的蓝色衬衫，走过来检票，参与他这个职业即将被废除的讨论，这样更美好，更有趣。

争论还在继续，检票员已经离开去参加下一节车厢的讨论了。和在英国的火车上完全不同，英国的火车上每个人都怕被别人冒犯，唯恐自己的腿碰到对面的人。

英国大概是世界上唯一一个这样的国家：在火车上你与隔壁就座的人不会说一句话，常规的打招呼就是让你的眼睛始终保持盯着地面。可是在这儿，我们这节小车厢里的六个人完全就像一家人。火车车厢其实是意大利人室内生活的最佳诠释。我们这里就像一个微型广场，大家聚集到一起讨论的地方。这个车厢广场的民主氛围和意大利南方的其他地方一样是热度的产物。我们中没有一个人穿外套。大家都穿着衬衫或T恤。在这样的天气里系领带那准是疯了。在没有外套的情况下，等级制度很难维持下去。穿着衬衫，大家觉得彼此都是平等的——如果没有外套而想要建立等级感唯一的方法就是把衬衫变成制服。所以南美的军事政变如此频繁，并试图用暴力来反对衬衫的流行。

突然，一个醉汉推开车厢门，向大家讨钱。没人打算施舍，他就对着车厢里的人谩骂一通。坐我旁边的男人，渡船上的服务生，叫他嘴巴放干净点。醉汉跌跌撞撞回到过道上，悄悄做了个刻薄的割脖子的手势——不是那种无恶意的海盗式勒脖子，而是细细的一道口子，似乎在说切开你的脖子对他而言不过是剃胡须时划了一刀。然后他就不见了，扭着身子消失在过道尽头。几分钟后，从醉汉离开的方向，传来一阵骚动，其动静之大远远超出拥挤的过道所能发出的正常的喧闹声。服务生立马站起来冲到过道上，把牛仔裤提到肚子上，那一刻他的肚子显得一点儿也不臃肿，充满了力量与无畏，不怕被打。他有着蓝色的眼睛和很黑、很黑的皮肤。站在过道上并非多么高大的他战胜了那个割脖子的醉汉，后者嘟囔着去了下一节车厢——碰巧是头等车厢。这下他真的是在自找麻烦了。

旅行就是一路吃东西。我们吃了很饱的午餐，其实就是劳拉在嚼薄脆饼干而我在吃面包和番茄酱。这里的番茄酱和英国的番茄酱味道一点儿也不一样。吃起来太有番茄味了。我都不喜欢，这味道仿佛是儿时的记忆，实际上并非是吃起来的味道而是**闻起来**的味道，催熟的味道——我真的闻过——在亨利叔叔位于谢丁顿的暖房里，玻璃屋里的空气都被催熟了。我们想把食物与车厢里的每个人分享，但没有人愿意接受。我们是唯一在吃东西的人。其他人在忙着讨论吃的。他们都攒着力气等待晚上的大餐（尤其是渡船上当服务生的那位，他已经两个月没见到妻子了）。午餐后车厢里安静下来，大家开始打起瞌睡。

我在看《大海与撒丁岛》[1]。更准确点说，我在一

---

① D.H.劳伦斯写的一本游记。

遍又一遍地看《大海与撒丁岛》的第一段，直到犯困为止。我喜欢第一句话，充满紧迫感："突然有一股绝对的渴望要去远行。"这句话就此结束了，戛然而止，接着写别的，几乎和它开始的一样突然，而我这个勤奋的读者还在核对它具备了**成为**一个句子的一切要素。整个第一段都是这样的情况，我心想：这就像一列火车稍稍提前发车了，车门还半开着，让读者跟在后面跑，虽然不确定它会开往何方，但确信必须要在它全速前行之前爬上车："突然有一种绝对的渴望要去远行。更重要的是要去某个特定的地方。于是就产生了两种渴望：去远行和知道去哪儿。"只有知道目的地我们才有可能调动情绪，乖乖坐在座位上。我喜欢这第一段，昏昏欲睡的我暗自想着。我决定要更加仔细地看这本书，要"详细"地在我的劳伦斯研究中进行讨论，打算去西西里岛进行我的研究。在罗马我想到了把劳伦斯的照片整理成册的主意。我还是想做这件事，但现在，在读了《大海与撒丁岛》的第一段以后，我又想把劳伦斯曾经去过的地方整理成一个系列旅行素描，一本旅行照片集，我思考着，昏昏欲睡。一股绝对的要睡觉的渴望袭来……在睡着之前我曾睁开眼看到劳拉已经睡着了，事实上车厢里所有的人都睡着了，因此看起来我像是个站岗的守卫，在应该坚守岗位的时候睡着了。

我睡醒了，其他人醒着或睡着。我看书，看窗外，睡着，看书，或梦见自己在看书，看窗外。

在圣乔瓦尼镇，我们坐在火车上等待车厢被拖上渡船。坐在那儿等啊等，什么也没有发生。原来是那些负责拖车厢去渡船的工人在罢工。意大利经常被这样的罢工所钳制，但效果甚微，除了造成一些不痛不痒的不便之外。这些罢工几乎从来不会协同发生，不会持续很久，也不大可能达成目的——如果他们谈得上有目的的话。野猫大罢工？这词儿用得太过了。意大利人生活上的混乱使得任何一种分裂破坏最终都会产生微妙的聚合作用。比如说现在，看上去就像我们到达了一个港口而所有相关的工作人员碰巧在午休一样——超长、不定时的午休。没有冲突的迹象，只是某项工作的拖延，一场工业的午睡。我们乘客也被这种困意所感染。旅途的无聊乏味变得麻木了。我们就坐在那里等着，精力逐渐被耗光以至于都没有被惹怒或主动去搞清楚接下来要怎么办。

我们需要一个领头的，这时一个年轻的士兵站了出来，他是在那不勒斯上的火车。他建议我们步行到渡船港口搭乘渡船。我们跟着他，毫无头绪，不急不忙。一个胖女人，也是后上火车的，声称不管他要去哪里她都跟着一起。士兵劝她不要跟着，解释说要走很长一段路而且要爬很多级台阶。我们将拿字谜杂志当扇子的她留在了车厢。我们步行了十分钟，搭上了一艘马上就开的渡船。

大海：你盯着它看一会儿就失去兴趣了，接着因为没有其他的东西可看，只能继续看海。它能占据你的思想，面对海你无法想别的或专注于其他，除了这无边无际的海，大脑被领入了真空地带，出于一定要给出某种描述的本性，能让你满意的只有“敬畏”两个字。你靠在栏杆上，看着大海和其他的船只，那些船上的乘客也靠在栏杆上看你，想要向对方挥手致意但不知怎么就丧失了勇气。士兵说，墨西拿海峡的海水非常危险，有着很厉害的暗流，从船上跳下去你就会被海水吸走。

那些生活在仅被细长带状的海水隔离的陆地上的人经常以这种方式来表达他们对大海的自豪与爱。他们“欢迎”的版本往往是指出大海的危险、狡诈、深不可测，暗流和激流会将不小心的人们卷入海底。不能因为它只是窄窄的一条海水而低估它的力量。那种认为海水是平静、安全、暖和或适宜洗澡的说法根本无法让人感到骄傲；大海必须是有威慑力的。在英国我们根本无须对此小题大做，因为毕竟大西洋是如此巨大而让人畏缩，还有英吉利海峡和北海，是如此明显地难对付、危险、容易发生伤害和意外，所以不需要再加以强调。但在这儿，海水是如此美丽的深蓝色，必须要让注意力集中到潜藏在表面之下的凶险上。也许海水**的确是**阴险的，我不知道，但士兵的话实际上与大海无关，或者至少大海在这里只是一种隐喻，是在告诉我们一些关于被海水环绕的岛，关于西西里岛以及阴险的西西里人的特点。

我们没有付钱就下了渡船，“英式作风”，我们的士兵朋友如是说，并没有冒犯的意思。我们都不知道怎么去火车终点站。

“我来问。”劳拉说，她总是喜欢提问。

“不要问，”士兵说，“什么都不要说。让我来说。”对此我没有意见——除了这个让他来说的主意包括什么都不说。五分钟后他一句话也没说，我们毫无进展。

“他不去问路，还不让我们问路，”劳拉说，“他就是沉默的代号。”不知怎么我们一路无话竟走到了一个出租车总站，从那儿我们得知火车站在好远的一个地方。当然会在很远的地方。最近的出租车站总是离你要去的地方最远。一辆出租车已经准备好等着我们了，但在我们上车之前劳拉打破了规定问司机会要花多少钱。司机抓狂了：我们是在怀疑他的诚信度吗？会要花多少钱？计价器上说要多少钱就是多少钱。士兵看着她，证明自己是正确的。她问出来的事。

“在西西里岛就是这样，”劳拉在出租车后排座上对我耳语道，“你永远不会知道他们会如何反应。”这是事实。我们身处一种暴躁的“尊重”文化中，即使最微小的举动也能造成巨大的冒犯，这里的人们一方面很放松、迟钝，但同时又非常焦躁。他们屏着屏着然后就一下子爆发了。也许这与住得离火山太近有关系。最好保持沉默，像我们的士兵朋友所说的。司机趁我们沉默的时候解释说有些出租车司机这样跑一趟会要一万两千里拉，但他打表计价，因为他诚实。

“不，”劳拉打断道，“我想说的是，我并不是——”

“你插什么话?”司机打断说，“他和我在说话——不是你和我。”哦，是呀，一如平常的暴躁，不过在坏脾气的背后还是藏有一丝善意，使这一切看上去都只不过是个笑话。

由于年轻的士兵帮助了我们，我把他那一份车钱也付了。“你为什么要那么做?”他想知道，似乎我替他付钱冒犯到了他，反正如果我不这么做同样会冒犯到他。

“多少钱?”我问司机。

“一万两千里拉。”

最终表明这么做代价不菲，因为现在又变成得等我们的火车——还被困在陆地上——赶上我们。与其这么等下去不如改乘当地的火车，我们跳上火车，与刚刚建立起紧张友谊的士兵挥手告别。

夜色降临，火车被笼罩在黑暗中。我们在沿着海岸线跑，乒乓球般的月亮弹出来跟着我们。车厢里的灯光昏黄陈旧。我们站在过道上，靠着窗户看着海。火车跟公交车一样老是走走停停，就像一只小狗，狂跑一阵又气喘吁吁，乐此不疲。如果我们有时间冲到前面看火车头的话，它肯定像小火车托马斯一样有着眼睛和灿烂的笑脸。当火车开动时我们似乎是上面唯一的乘客；火车站也像是荒废了的，但人们每一站都上上下下，仿佛他们把车厢当成了穿过小路的桥，左手边上，右手边下，并在小狗般的火车喘着粗气重新上路、嗅出下一个车站之前消失。

当我们抵达陶尔米纳时，没看到西齐奥——劳拉朋友妈妈的男朋友，住在我们打算去的富尔奇附近。我们来得既早又晚。晚于这班火车准点到达的时间，早于原本那辆火车实际到达的时间。我们给西齐奥打电话，忙音，又打给瑞娜塔——劳拉朋友的妈妈，她刚刚在和西齐奥通电话，他来过又走了，会再返回来接我们那辆被困的火车。

还有半个小时要打发，我们想找个地方喝杯啤酒。车站对面好像有一个餐馆，或者更准确地说，像一个正巧有一些多余桌子的起居室。一个女人在看一部意大利语配音的欧美电视剧。我想对意大利电视台说：你们与欧美片的差距并不仅仅是几个频道。她看电视的样子就像全世界的夜间门房一样：他们连续好几个小时看电视但从来不会因为过于投入而介意被打断。考虑到欧美片是有限的而可以看它们的夜晚是无限的，他们知道到最后错过的都能被补上。对他们来说，电影其实不过是成千上万个小时编织在一起的一部叙事诗的片段，因为所涵盖的信息量太过巨大而永远不可能被剪辑成最终版。所以欧美片代替了古代伟大的神话故事：改变的是角色外表和场景，大量的重复，但万变不离其宗。

劳拉问我们能否只点喝的不点吃的，那个女人说不行，不能单点喝的。然后她示意我们坐下：她会给我们点喝的。在西西里岛他们就喜欢这样，劳拉说。他们的本能是说“不”，但一旦他们明确了某件事不能做他们将很乐于去做。这么一来这瓶啤酒近乎奇迹般美味。我们在一个荒凉的餐馆阳台上喝着啤酒，看着对面荒凉的火车站和空寂的马路，时不时被淹没在电视里雷鸣般的马蹄声和子弹横飞的啸叫声中。那一天中有三四次我感觉到一种奇怪的、对一切都无所谓的情绪。由于这种感觉完全不熟悉而且也并非不愉快，我决定，如果再次体验到，我将视其为满足。

我们的火车一到站西齐奥就到了。他矮壮结实，动作敏捷（这在西西里人中很少见），黑到骨子里的皮肤归功于晒了五十年的阳光浴。如果他的眼睛能哪怕停下来一小会儿就能说他的眼神和善了，否则他看起来很焦虑。他的握手非常完美，坚定有力，仿佛在暗示握手就起源于这里，从南方传到北方和西方的。我好奇起来：握手的起源是不是像我曾经读到的那样（在《神奇四侠》里），表示一种信任，表明你的手上没有武器？还是从最开始就是一种妥协，让双方都伸出一只手表示友谊而让另一只手空着以作防卫，建立身体接触的同时最大可能地保持距离？我觉得西齐奥会知道。他的握手很有学问。

我们的相互介绍一结束，西齐奥就马上联系瑞娜塔（她之前很担心这次碰面会搞砸）让她放心一切都好。我挤进西齐奥小车的后排座，和一台收银机坐在一起。与它相比，一般出租车上所用的计价器显得既廉价又微不足道。那是西齐奥的生意，劳拉解释说。他销售和维修收银机。

我们蜿蜒而上到达了陶尔米纳，简直是你所能想象到的最美的地方：海湾，峡谷，大海在月光下波光粼粼，美丽的老建筑和餐厅。如果我们是来度假的，此刻一定不会失望。所有堆积在心头关于来陶尔米纳是否是个好选择的疑虑将会烟消云散，我们会拥抱对方，互换充满爱意和决定太正确的眼神。然而即使意识到这些，我心底有一部分还是感谢上帝，我们**不是**在度假，没有在玩这么有风险的游戏。西齐奥停好车，用路过的公用电话打给瑞娜塔，这次劳拉和她讲了几句。接着我们继续前行。

我们来到一家很好的有着绝美大阳台可以俯瞰海湾的餐厅。下面还有一层阳台，也是属于同一家餐厅，人很多，那儿也可以眺望海湾。我们进入了旅游观光业的地形等级制度，在这个制度中，所有的事物，如果有任何价值的话，必须能够俯视其他事物。任何不能俯视什么东西的东西都会被小看。低层阳台的正规程度比高层阳台的——太正规了，实际上，都没人在里面就餐——就低一点，于是我们去了下面一层。服务生把我们领到能够眺望海湾的位置，但西齐奥坚持要一个角度更佳的。第二个服务生给我们点了单，第三个给我们端来了啤酒。他们全都认识西齐奥。我们的啤酒有了，西齐奥和我的，但劳拉的葡萄酒还没来。“嗨，弗兰克，”西齐奥向第四个服务生说道，“葡萄酒呢？我们要干杯。”西齐奥用各种各样的方法让整个餐厅的服务生时刻准备着为我们提供服务。

由于啤酒是我知道怎么用意大利语或任何其他语言

所说的少数单词之一，我得要说说它的美味——也因此西齐奥又加点了两杯，尽管我们的第一杯都还剩三分之一。我们喝的是大杯而不是小杯，因为点小杯会显得不够好客。可是大杯啤酒的麻烦在于我们无法尽快喝完：几分钟以后它们就暖得像茶一样，桌子上摆满了喝了一半的啤酒杯，那不是浪费而是过剩，作为好客的战利品。开胃菜也是。有一回我已经吃完一盘了，我问西齐奥，为了找点话说，能不能再要一份。严格地说是不可以的，但西齐奥坚持说我可以——并更为坚持地让服务生又给我们上了一盘。我开始说话小心起来以防西齐奥——或让服务生——再提供些什么。我这辈子不是第一次对此感到有点厌倦了，更别提这种待客之道让人筋疲力尽的本质就是尊重-冒犯文化的一部分。我个人推崇的好客之道很适合繁忙的都市人，如果有朋友的朋友来了，一起到附近的酒吧喝点酒，给他们毛巾和钥匙，教他们怎么用沙发床，跟他们说“我家就是你家”，然后接下来的四天就让他们自由活动。

不过，喝着这些半大杯的啤酒以及过度的好客之举显然对西齐奥起到了镇静作用。他已经有二十分钟没有给瑞娜塔打电话了——但我所认为的平静事实证明只不过是电话风暴前暂时的休息。一个服务生拿着无绳电话过来了：找西齐奥的，瑞娜塔。他们讲了十分钟。然后劳拉讲——然后，尽管我从来没见过瑞娜塔（她不讲英语），轮到我讲。接着我们准备好开始下一轮，于是我把电话转给西齐奥。这时候他正在和劳拉聊关于她想开一家旅馆的事。

“你想开一家旅馆？”

“嗯，不是旅馆：是民宿。我会很自豪地保持房间整洁。”她说。此时电话无疑已经上升到了我们西西里生活的主导地位，因为现在最基本的现实是大家在面对面操作，这种交流真的很怪异。

最后西齐奥终于挂断了电话并示意买单。我提出我来付——英式风格，并不是真心想付——但西齐奥已经起身去结账了。在出去时，他将我介绍给餐厅的经理，一个满头鬈发的家伙，年纪比我轻一点，抽着雪茄，身上那件格子夹克对他来说显得或可能会显得——这是个风格问题——太大了。

“西齐奥说你在写一篇关于餐厅的文章。”他说。

“嗯，是关于陶尔米纳的，大致上。”我说，明白了西齐奥是用西西里的方式结的账：声称我是为英国航空公司杂志写文章的，那种能保证餐厅一周七个晚上都有顾客排长队的文章。

“这是个不错的餐厅，我们必须得弄成这样，休闲随意的感觉，但我还有另一家餐厅，真正的好餐厅。一家高档的餐厅，里面所有的东西都是特别的。你应该去那儿。那是个特别的地方。我想你会喜欢。”

“是啊，肯定会喜欢的。”我说，心想如果每次别人对我说我会喜欢什么东西而我确信百分百会讨厌——其理由正是他们认为我会喜欢的——如果以航空里程数来计算的话，我现在都能绕地球一周了。我拿了一张餐厅的名片和一份迪斯科舞厅的传单，舞厅也是他开的。离开前我保证说我们会两家店都去体验一下。

我们一离开餐厅西齐奥就完全放松下来，因为他又直接走到公用电话亭给瑞娜塔打电话。打完电话他开车带我们去富尔奇，我们将要在那里逗留几天。我问为什么仪表盘上有一个红灯在闪。

“那是表示我没有系安全带。”西齐奥说。欧盟有一项规定要求所有新轿车都要配备这个警报装置。一个愚蠢而危险的主意，他认为。闪烁的灯光会干扰你，让你撞车。不过他认识的一个人打算把警报装置里面的电线剪断，这样就可以既不系安全带舒服地坐着又不闪红灯了。那系上安全带不是更简单点吗？我问道。但这不是重点。重点在于有办法绕过法规。意大利人喜欢为微不足道的事情别出心裁。将这种独创性运用于某些高尚目的的时候往往就是减少其独创性。越是不重要的结果其过程中所使用的手段越明显。你越往南边走，这种情况越极端。比如说罗马的独创性与那不勒斯的相比就差远了。西齐奥甚至还认识一个人卖那种在胸前印上对角斜纹的T恤，这样会让警察误以为你系着安全带。

富尔奇，我们第二天早上看到的，是个惨兮兮的小镇，加固用的钢筋水泥柱子像发芽般从未完工的建筑物中抽出来。因为税收方面的原因这些建筑无法得以竣工。西齐奥很早就起床了，所以我们等公交车返回陶尔米纳，靠看一群男孩打闹来打发时间。意大利的男孩把所有的时间都花在了玩耍、打闹和相互嬉戏上。

当这些男孩长大成人后什么都不会改变——只是玩耍的尺度相应缩小，直到他们六十多岁，坐在那里玩，几乎不用说话。比如这个穿着肥大黄色T恤的家伙，骑着自行车摇摇晃晃地经过。十三岁的他曾是被大家嘲弄的胖男孩，现在三十岁的他是个长大了的胖男孩。朋友嘲弄他，他骑车跑开了，生着闷气，但很快，以无法独处的胖男孩的原谅方式，他会回去，准备接受更多的嘲弄。

街角的林荫处一个女人在卖鱼，大声招揽开车经过的司机；一个老人骑车经过，是卖牛至叶的；一个在二楼窗边刮胡子的男人与街上的朋友在进行一场冗长的谈话：这些活生生的例子说明了为什么——除了语言本身固有的乐感之外——那么多伟大的歌剧演员都是意大利人，歌剧诞生于集市之中，出于简单的竞争需要，得能够吸引顾客的注意力，摊主要通过他们的叫卖将水果的颜色和味道传递给顾客。比如说那个卖牛至叶的老人：他一吆喝空气里就充满牛至叶的香气。他的工作不是**卖**牛至叶而是要通过声音将其香气传播到空气中。虽然意大利人喜欢近距离接触就像在我们火车上那样，但他们喜欢远距离的谈话，或隔着一条街相互喊叫。便携式电话的流行就是这种文化特性的技术体现。

我们一到陶尔米纳就开始打听劳伦斯曾租住的房子，老喷泉别墅。没有人知道老喷泉**别墅**，但有几个人知道老喷泉**路**。我们就往那个方向走，而劳拉因为不用再受不许说话的限制，几乎逢人就问路。仿佛我们不是在寻找指引而是在做调查，因为关于老喷泉别墅在哪里的意见简直可以媲美当地的选票政见了。调查的结果肯定了我们对西西里人最初的印象，因为他们最典型的反应是声称没有这个地方，一旦我们看上去沮丧得恰到好处，他们就会指出方向。我们辗转到了那里，开始找具体是哪一幢房子。我们看见一个男人在看报，以意大利人特有的看报方式，尤其是看体育新闻版：完全**沉浸**在阅读中，全身心地投入进去，脸上却挂着一副深表怀疑的表情。看着他，似乎能肯定每天早上看报已经代替了祈祷。不想去打扰他，我们问了一个走路显得软弱无力的女人，她认为可能是拐角第一幢房子。一幢可爱的老房子呈现在我们眼前，正巧在招租。我当场决定要租六个月来写我的书，因为这明显是个机缘巧合：能租到劳伦斯住过的房子。问题是无法确认它就是那幢房子。我们又问了一个走路更加无力的女人（西西里人都是这样），她摇头说那绝对不是劳伦斯的房子，那是她女婿的。

我们继续走，老喷泉路变成了戴维·赫伯特·劳伦斯路。啊！我们走的路是对的。尽管有点遗憾的是没有写成洛佐伦[①]路，否则会与其他路名更配一些。劳拉给我拍了一张照片——用新买的一次性相机：那架重尼康背到了西西里岛，她又把它留在了糟糕的富尔奇——在路标的下面，因为这是我们能想到的庆祝这一发现的唯一方式。我们问一个拄着拐杖的男人是否知道那幢房子。他急切地作出了回答，不出所料：拄拐杖的人总是乐于指路：举起拐杖指方向的动作赋予他们一种当预言家的感觉。劳伦斯的房子很大，有点儿远，在右边有着深黄色墙的地方。我们迈着沉重的步伐沿着山腰上的小路走。太阳在云层中穿行，三角梅时而阴暗时而迸出紫

① 洛佐伦为劳伦斯的意大利语变体。

色的光焰。这条路非常曲折以至于我们已经来到预言家所指的那些房子的后面，却不可能辨认出他当时指的是哪幢了。

“文学朝圣路上常有的事，”我边走边说，“你经常不知道你想要拜访哪一栋房子。其实也并没有什么区别，但却很难返程除非你有了确凿的证据表明你去对了地方。所以我总结出需要在墙上挂一个牌子：以解除我们的疑惑。”

我们继续走。一个男人正打开车库，劳拉开始用意大利语问他……

“是的，是的，”他打断说，“粉色的那个。”在马路的另一边，入口是与我们所在位置同等海拔的大门，其实高高竖立在上——陶尔米纳的所有东西都竖立在其他东西之上。顶层被漆成了粉色。有三扇百叶窗，都紧闭着，还有一个狭长的阳台，带有黑色铁栏杆。下面一层是奶白色，也有一个长阳台，三扇拱形的诺曼窗，在西西里很常见（我以前从未见过）。左边黄色的看上去像是个附属建筑或延伸物。陡峭的台阶从房子里伸向与我们等海拔的大门，门紧锁着。劳拉去四周查看是否有其他的入口，而我凝视着房子。劳拉几分钟后回来了，我跟着她向通往屋后的路走去。有一些道路工程在施工，整个地区弥漫着一股莫斯科汽油的味道。那儿显然有两套公寓：黄色的附属建筑和主建筑，主屋的墙上挂着块牌子：

D.H.劳伦斯

英国作家

1885.9.11—1930.3.2

1920—1923　居住于此

我们找到它了。我们静静地站着。根据以往的文学朝圣经验，我很了解此刻的感受：你看呀看，试图唤起并不存在的情绪。你试着对自己唱起颂歌："D.H.劳伦斯在这里住过。"你说："我站在他站过的地方，看他看过的东西……"但什么都没有改变，一切都还是原样：一条马路，一幢房子，房子上面是天空，远处大海在闪烁。

我们沿着房子周边走，透过围墙往里看。那是下午三点钟，即使屋里有人也是在午睡。唯一能做的就是晚点再来。我们离开时看到一只旧鞋躺在屋外的矮墙上。

"你觉得这是洛佐伦的鞋吗？"劳拉说。我们现在是真正的朝圣者了，极度渴望看到遗物。

有了这趟既成功又失败的老喷泉别墅之行之后，能够再次恢复到常规、易识别的感觉真让人松了口气：旅行的疲倦，想在酒店里雪白的床单上好好睡一觉。回破旧的富尔奇太远，我们就在咖啡馆里消磨时间。我们喝了杯卡布奇诺然后又逛去另一家咖啡馆喝可口可乐，想恢复一下精力，已经对身边的美女们产生视觉疲劳了。被迫进入旅游模式的我们吸着可乐，打量着经过的其他游客：意大利人总是放假时去意大利各地旅游，美国人一句意大利语不会，穿着丑陋无比的奇装异服在逛礼品店，那些商店里卖的尽是无意义的垃圾，商店的特长就是卖那些正常人都不会想买的东西。感谢上帝，我们只是在做一个与工作相关的短途旅行，勉强称得上是研究之旅，能够随时离开回家。如果是那种跟团、限时两周的假期旅游就太可怕了。假期是为那些上班的人准备的，而我们为自己工作，假期是我们最不需要的东西。对那些每天去办公室或工厂或商店上班的人来说，一个假期会是很好的放松，但对随心所欲度日的我们来说，假期是不可想象的负担。有时我会妒忌那些上班、有工作的人。尤其是到了星期五的晚上，因为又一个礼拜结束了而放松下来，他们能够放下工作期待两天不被打扰的休息日——直到开始想起星期一，所以每到星期日下午他们所能想的就是早点上床，不要做任何会影响他们返回工作战场的事情。不过不是现在。此时此刻这两样东西——工作和因工作而有的假期——都同样让人无法忍受。坐在陶尔米纳，这是我所热爱的**我的**生活，因为我不用度假，不用做一名游客，尽管此刻我感受到了当一名游客的兴奋，递钱出去，花钱打发时间。我想到了西齐奥和他的收银机生意。我欣赏这个生意的纯粹性：售卖人们计算收益的工具。纯赚钱的唯一途径大概就是自己印钞票了。多妙的一个想法！在一个这样的小镇，游客就是来**花钱**的，那么多的三明治商店和餐馆挣起钱来毫不费力，还有什么产品能比收银机更受欢迎呢？陶尔米纳的收银机整天都在响，因为人们要消磨时间，买无用的纪念品，吃饭，买卡布奇诺来恢复体力。

我们付了可乐钱，溜达到了希腊竞技场然后又兜回城区，我们把自己逛得先是觉得疲倦，然后是筋疲力尽，简直比暴风雪里被迫行军翻越达特姆尔高原还要累。我们坐进一家咖啡馆，累瘫了，但之后仍疲惫不堪地回到洛佐伦的房子。

现在是六点半，道路施工的工人们在收拾工具了。我嫉妒他们工作的辛劳，那与我们闲逛的劳累是截然不同的，嫉妒他们的满足感和一天工作结束后的放松。我甚至嫉妒他们明天早上来这里上班，打开工作棚看到所有的东西都原封不动，和前一天晚上他们放好的一样，然后在树荫下开始一天的工作。

其中有一个工人认识住在我之前认为是附属建筑里的男人。他敲开门将我们介绍给一位中年妇人，妇人耐心地听他介绍并让我们进去——我们马上就看出来两套公寓实际上是一套。她把我们介绍给一个刚讲完电话的男人：塞尔瓦托·加莱亚诺。整个地方二十五年前都现代化装修过，他解释说，同时领着我们参观，不过劳伦斯的桌子还在那儿。还有他的沙发。他介绍我们认识他的母亲，她正坐在沙发上——不是劳伦斯的沙发，是另一个。他的母亲现在九十多岁了，塞尔瓦托解释道，但在她是个小女孩的时候给劳伦斯送过信。

我们走到阳台：景色非常美丽，海湾、大海和天空。我们看着那风景。那正是我们所做的；我们不是在看大海和天空，我们看的是风景。劳拉给我和塞尔瓦托拍了些合影，我们就准备离开了。这时塞尔瓦托说也曾有人为了劳伦斯来过这里。欧内斯特·威克利？不，是金基德·威克斯，金基德·威克斯教授来过这里。啊，金基德·威克斯，我认识他，我说，希望通过这无关大雅的小谎言（我听说过他）来增加一点自己的信誉度。作为一个地方的保管人，像塞尔瓦托这样用提人名的方式在给自己的权威与称职打包票，这也是为什么我说“啊，我认识他”的原因。这都完全可以理解，但很难想象有人通过说我来过这里或去过其他什么地方作为吹嘘自己的资本。

当我们走到街上，我再次陷入沉思，我没有问塞尔瓦托母亲任何东西，这一点儿也不让人吃惊。尽管她认识劳伦斯，但我除了用意大利语对她说“晚上好”（还说错了）之外什么都没再说。如果她当时说，“劳伦斯先生是个非常好的人，非常好”，或类似的话，那该多好，多有权威性。出自一位真正认识他的女人之口，这绝非普通的评论，所包含的分量远远超出了任何我所读的好几十本劳伦斯传记。这是我从未有过的机会，距离劳伦斯如此之近，我却没有向她询问任何事情，部分原因是她年纪太大又很疲惫，但主要的原因却不过是我没想起来要问她些什么，而现在已为时过晚。

当晚，作为感谢，我们请西齐奥吃饭，地方由他选。结果他选了家海鲜餐厅。在我看来不是个好选择，因为海鲜太脏了是我绝不要吃的东西。我最喜爱的食物是各种各样的面包，还有那些你吃起来毫不费力，甚至用不上刀叉，完全不需要准备并只需花费很少的金钱或精力的食物。而另一个极端则是那些你必须要拼命鼓捣的食物，有壳的需要你撬开壳，花数小时去准备，剔除骨头还要花大价钱：简而言之说的就是海鲜。现在我们进了一家海鲜餐厅。第一道菜上来了：不是传统海鲜（即根本不能吃的）而是**终极**海鲜（即实际上没什么可吃的）：海胆，深栗色的壳中间有一条极细的带状（据猜测）、黏稠、辛辣、橙色的软组织。这无疑是一道精心烹制的佳肴，精心烹制是必需的，这一点心照不宣：让人反胃的脏东西要求格外仔细的准备，否则你下一周就准备拉肚子吧。更别说，就这恶心的、咸乎乎的东西据说是很好的春药。

“味道怎么样？”我出于礼貌地问，嘴里啃着法棍。

“你记得小的时候跳进海里，海水冲到鼻子里的感觉吗？就跟那差不多。只是没有那么疼。”

西齐奥和劳拉吃了好几盘这些深栗色的壳。吃海鲜总是会这样，吃出来的壳比吃进嘴的食物多多了，很快桌子上的海胆壳就堆成了山。下一道菜是什么？我好奇。啊，生蚝，当然了。我讨厌一切带壳的食物，而这顿饭可能除了贝壳类之外什么都没有——贝壳，如果我幸运的话，还有鱼刺。这会儿我已经快饿死了，虽然我不吃海鲜但可以吃鱼——不得已时——我弄了一点西齐奥给我们大家点的鱼。我没有问是什么鱼，但吃了一口就知道了：北梭鱼，浑身长满小白刺的一种鱼，你每一口都得仔细查看、甄选，把刺挑出来才能保证不被刺到——没多久我就因为它不值得花费如此大的精力而让它剩在了盘子里。

就在这时，在我很低落的时候，西齐奥的一个朋友来了，背了一袋东西让我们带给瑞娜塔。他握好手，递过包裹就离开了。袋子里是几大盒百忧解[1]：一盒又一盒的百忧解。这项委托事宜显然令西齐奥放松起来，现在他可以开始进行夜晚最重要的活动了：给瑞娜塔打电话。服务生拿来无绳电话，西齐奥拨过去并立刻投入到对话中。我之前在想，西齐奥的电话账单很惊人，现在看来他的熟人也要为他与瑞娜塔的关系承担一些不菲的费用。不过这次通话出奇地短，他把电话挂断了。

“她会打回来。”他解释说，脱下手表放在面前的桌上，仿佛在说：好，现在我们会有一通**真正**的电话了。结果三十秒过去了，她还没打过来，于是他打过去。占线。他点燃一根香烟，接着打。占线。他们陷入了电话大堵车；两边一直占线是因为他们都在给对方打。狠狠吸了一口香烟，西齐奥拿出所有的毅力让电话待在那儿不去用它。电话响了，西齐奥一把抢过来。是瑞娜塔，她已经接近歇斯底里了。为什么他不打过来？整个场景就像政府做的公益广告，在警告服用百忧解的不良副作用。不过话说回来，如果她不服用百忧解会怎么样？也许会死，而因此意大利电信业要么营业额大幅减少，要么会腾出部分网络资源为更紧急的事情服务，而不是服务于这种疯狂的浪漫。

① 一种抗抑郁药。

最后我结的账，甚至在我递出去一大卷里拉的时候还在希望西齐奥会提出让他付，或告诉餐厅老板我在写一篇关于这个餐厅的文章。我们离开餐厅，西齐奥开车送我们回破旧的富尔奇。我们开得小心翼翼又满不在乎。所有视线内的车我们都在赶超，但因为其他人也都在超我们的车，所以——根据意大利的高速公路法规——我们开得非常安全。

我渴望在火车里坐上八九个小时，看《大海与撒丁岛》，思考劳伦斯与西西里岛，绝不离座。结果我们一到圣乔瓦尼镇，不肯离开的是火车。更准确地说，它一点点在挪动，为了从渡船上拖车厢每次来回挪几米。火车每次增加两节车厢直到车身长度达到了半英里。在这段时间里我就倚在门上，以司闸员的姿势，目光越过铁轨和空荡荡的货车厢眺望着墨西拿海峡和远处的西西里岛。当火车准备好了，车门也关起来了……我们在原地待了半个小时。然后空调系统开启了……我们在原地又待了更长一段时间。

后来证明这只是一系列周折中的一小部分。稍后在我们驶离那不勒斯的时候，发生一声巨响，我的车窗被砸了。玻璃的爆裂声。我们全都躲到车厢的另一侧，车厢里充满了尖叫声。什么东西砸到了玻璃，把玻璃砸裂了，但我们现在看到玻璃尽管裂开了但还没有完全损坏。双层玻璃窗拯救了我们：外层的窗户被撞碎了但里层还是好的。一个警卫跑过来，火车停靠在了下一站，阿佛沙。一块石头，他说，或者是砖块。这种事经常发生。男孩子们聚集在桥上向火车扔石头或砖块：那不勒斯很常见的一种爱好。去年五个人因此而死去。

“不是个好主意，”坐我旁边的一个胖男人说，“在那不勒斯靠窗坐。”

一组铁路公务员开始收拾残余的玻璃窗。我们下火车兜了一圈又再上车。我还坐在原来的位置，意识到现在自己与外面石头乱飞的世界之间只隔有一层窗户了。一切都很顺利直到车内广播响起来，警卫在问车上是否有医生。如果有的话请速去后面的车厢，有一例急诊。我们没有再听到相关的消息，但在下一站火车又做了一次临时停靠。在月台远处有一副担架在等着。

“接下去还有什么事？”当火车再次缓慢开动时我那胖乎乎的邻座说。

接下去警卫宣布由于前方出现“一个致命的中断”，火车不得不停靠下一站，西斯特纳。要停多久？大家蜂拥而出，去打听消息，在周边转悠。消息被四处传播。我们车厢的那个胖子就是个不靠谱的信息源。此刻我沉浸在旅行的精神中，甚至希望事态发展得更严重些。我很高兴能在西斯特纳转悠，看夕阳下的火车站。尤其是现在我能有机会做在英国绝对被禁止的事：横跨铁轨。我不是唯一享受这件事的人。实际上有一群乘客已经坐在铁轨上了。很快，每个人都以各种理由在铁轨上蹦蹦跳跳。这次延误还为移动电话提供了绝佳的使用机会：月台上下的人们都在往家里打电话，推迟晚饭的时间。人们买来吉拉提冰激凌吃，自制足球，自创简单的用脑袋打网球的游戏。有人开始唱起歌来：一首搞笑的歌，劳拉解释说，关于列车售票员爱上美丽的乘客的故事。关键是每个人都抓住机会表现得像个意大利人。这是意大利人最爱干的事：像意大利人一样行事。他们对此永不厌烦！天天如此！年轻的少男少女，步入中年的妈妈，甚至八十岁的老人——尤其是八十岁的老人！——全都热爱像意大利人一样的行为举止。

劳拉问能否让我进火车头的驾驶室。司机说不允许这么做，但鉴于在意大利实际上没有什么是严格禁止的，所以他大发慈悲，劳拉给我在驾驶室拍了张照片。接着她又请警卫站在我旁边给我们合影，因此我们的乘客朋友将会确信这是英国人最爱干的事：像十三岁孩子一样被对待。我们在回程拍了很多照片，但很难想象会有人像我对劳伦斯的照片那样去搜集和钻研这些照片。

我们又在四处逛了逛。突然，汽笛鸣响！回到火车上！回到火车上！我们再次上路——直到停靠下一站，我们又下车转悠到警卫得到通知继续前行为止。

我们晚点了五个小时到终点站。我没有抱怨。实在很有趣，上上下下火车就像电影《大逃亡》里逃亡的战俘。那些悲惨的时刻，四处闲逛，摆造型拍照使乘客之间产生了亲昵感，尤其是我们车厢。在月台上劳拉和我与他们所有人深情地握手，依依不舍。在某种程度上我希望我们还在转车中，正在往更遥远、更南辕北辙的方向行驶，这样我们大家就能够继续在一起了。离开他们我觉得很遗憾。

当我们回到罗马，回到公寓，回到那个不是我家的家时，我处于一种奇怪的状态。我发现自己一直在思考西西里之行，在想缺少了什么感觉，无论那是什么都是我原以为在老喷泉别墅会感觉到的，尽管我不知道它意味着什么。我想起了更早以前的一次旅行，去伊斯特伍德，那次旅行起到了决定性的双重作用——让我想写一本研究劳伦斯的书以及让我怀疑自己能否做到。我仔细看了一遍当时写的笔记，惊讶于几乎没什么内容是关于伊斯特伍德的。劳拉接了一份翻译的活要出城几天，我待在罗马的公寓里，觉得忧伤，我猜想，想念我的父母，思考着伊斯特伍德、英国、切尔滕纳姆和阿尔及尔。

我开车去的那里，劳伦斯的家乡——莎士比亚的家乡以北，勃朗特的家乡以南，正好位于高速公路的中间——12 月份从格洛斯特郡（戴尔的家乡）出发。两个小时的高速公路天气：双向行驶阵雨，车道合并飓风，可能误点的毛毛雨。就在伯明翰南边几英里的地方有标记警示说“没有硬路肩”。这似乎不准确：那儿有六条硬路肩而没有高速公路。两个方向的车成堆地停在那儿。我曾寄希望于能及时停进离伯明翰出口很近的宜家，但交通堵塞得如此厉害，看起来几乎不可能了。也许这么堵就是出入宜家的人造成的。宜家变得如此成功，尽管依旧是个零售商店，但同时也是个博物馆。人们把这个家具大超市当成主题公园一样参观归功于所谓的宜家体验，正如他们会在铁桥峡谷尝试工业体验，或从英国传统的经验仓库里抽取任何东西作为样品来体验。区别是在宜家你可以当场买到体验，在它变成历史之前；你可以体验正在造就的历史，买回家平板式包装的家具自己动手组装。面对这个诱惑我几乎快要放弃体验劳伦斯而要选择体验宜家了：这是个重复发生的问题，总有一股冲动要放弃我已经开始在做的事情而想去做其他的什么事，并不是因为其他的选择更令人愉快而仅仅**因为**那是其他的事情。这是我有点想说的——并不只是在这本书里，而是现在，立刻，尽管这个想法本身就是试图诊断的症状，偏离我最初的任务——无论是什么任务。而这一次，去伊斯特伍德的途中，去一趟宜家更是无意义的跑题，因为我没有家可放任何家具。此刻我被困在交通堵塞的体验中。

高速公路两边都是灰绿色的郊野，接着在视野之外又是六条高速公路：郊野充当了硬路肩。在二十世纪六十年代城市无序扩张直到结合成集合城市；现在高速公路也如法炮制：由于已经没有任何地方可去了，它们开始横向扩张，它们合并了。以后不用再在英国旅行了：就等着一切合并吧。

等我合并到伊斯特伍德时已经快中午了。我直接开到了 D.H.劳伦斯的故居博物馆和礼品商店，由于太过狂躁所以我在白孔雀咖啡馆点了一小杯茶让自己镇静下来。

“马克杯还是小杯？”

“小杯。”我说，在想我应该说“我说了小杯”。我说小杯是因为从来不喜欢用马克杯喝茶——其实也很少用小杯。基本上我不喜欢喝茶，但那儿还有什么呢？生活真的不过是寻找一个人喜欢喝的热饮罢了。与冰的饮料(啤酒，果汁，苏打水，各种各样的矿泉水）相比，白孔雀咖啡馆里的热饮奇缺，我心里想着，呷了一口——碰巧——非常不错的茶。咖啡馆里还有另一个顾客，在抽烟。我说“嗨”，他嘟哝着回应了一下。我能看出他看着我在想我是来参观劳伦斯博物馆的游客之一。从我的角度，我也在想：我表现得正如一个来参观劳伦斯故居博物馆的人。不可能是假冒来干别的。否则我怎么会在白孔雀咖啡馆喝茶？怎么会在伊斯特伍德？

咖啡馆的取暖装置是两根电热丝，四周围着木头，塑料做的炭块和波浪状的掩护物，一闪一闪的让人联想到火苗。收音机里放出一首无名氏的歌，将我带回到了往昔……

在我十二岁的时候，我们从（最尾端的）排屋搬到了一幢半独立式房屋，位于谢丁顿路上，离父亲出生的村庄五英里远。新房子里有真火（即电炉），在老房子我们用的是炭炉。11 月或 1 月的时候，有时我从学校回家发现老房子的客厅里都是烟。如果风朝着某个方向吹，或木头是潮湿的，客厅里就会冒烟，母亲坐在那儿等我放学回家。冬天，下午四点半天就黑了。一间烟雾缭绕的屋子，母亲坐在那儿，母亲现在已经老了，坐在我十二岁时搬去的半独立房子的后屋，一天天老去。

她喜欢玩拼图游戏。小时候我们一起玩，现在她依旧在玩，还在同一张硬纸板上玩，那纸板是父亲三十年前为我们做的。我们把侧边拼好，搭出一个空心的，不稳固的框架，然后再来填中间部分。（父亲长年在工厂工作；即使在家，一碰到木工活，他就成了闷头干活的工匠。母亲也非常勤劳，做什么事都小心仔细。所以也许是不可避免的，我们会以半工业化的精神有条不紊地完成拼图。工作已经渗透到父母生活的方方面面，就算是闲暇娱乐也带有劳动的意味。）我们允许自己参考盒子上的图案：经常是码头，或倒映着（令人困惑）蓝天的湖水，树上的黄叶。我喜欢当时流行的电视系列片里的动作场景，比如说跳伞（做自由降落的空降兵们：成百上千块整齐划一的天空碎片），但母亲喜欢大自然题材的图案，除了那些明明拍摄于春天、夏天或冬天却让人感觉是秋天的。有人用不同的方法玩拼图游戏，定不同的规矩（不许看盒子上的图案），让自己有更多的自由度（想从哪儿开始就从哪儿开始拼），但我们总是从边缘开始拼。有一个我们玩了好多次的拼图，是张带有插图的不列颠群岛的地图，有着曲折的蓝色海岸线。有一次我们打破常规：从中间开始拼，然后再到海岸线，到大海。我记得很清楚，那幅地图拼图，但我无法像记忆中那么清晰地将它描绘出来。很多著名的地点都有插图，但我只能想起三个我们开始拼的地方：一个苏格兰高地风笛手，焦德雷班克望远镜，巨石阵。（没打算给这本书定框架，将其塑造成某种形态。我靠着一两个影像从中间开始，用自己的方式向前走，走向还在被形成中的边缘。）母亲仍然在玩拼图游戏，她还喜欢玩填字游戏，所有杂志里的都填遍。她也许现在正在玩，就像我从伊斯特伍德回家那天她正在玩一样，坐在火炉边穿着红色的开衫，蓝色的休闲裤，戴着眼镜。我在她旁边坐了一会儿，她让我帮她想线索。我嘟囔着回答，通常是“不知道”。帮助她——作用跟用拼图盒子上的图案一样——她有一本破旧的名叫《词汇》的参考书，就放在她膝盖上。她坐在火炉旁查看《词汇》，而父亲——他从不认为拼图游戏和阅读有任何意义——在看电视，音量开得很大因为他有轻度耳背。楼上全都是我的书，有一些在架子上，大部分在盒子里，等着一个永久的地址。

特拉斯提弗列的圣马利亚广场上的大钟敲到了十二点四十五分——钟声里面最长的序列了：十二声长，三声短。白孔雀咖啡馆的钟指向了正午。我离开咖啡馆，向劳伦斯博物馆走去。礼品商店的橱窗里小劳伦斯的遗物非常少：主要是泰迪熊，还有圣诞礼物。位于维多利亚街 8A 的房子重新维修粉刷过，以展示“维多利亚时期工人阶级的生活方式，以及劳伦斯的童年时代”。

客厅显得压抑，黑乎乎的，离灯太远了，室内属于宜家的北欧风格。有面墙上挂着一幅方形的锦旗，上面写着“甜蜜之家”，看上去像个咒语。房间里占首要位置的是壁炉及炉栏，栏杆被漆成黑色，煤炭的颜色。室内的一切物件都在暗示家想要和矿井一样——从某种意义上来说确实如此。不是大地而是漆黑的天空在重压这里。这个城镇就是在大地与天空之间挖出的一道狭窄煤层。连这个建筑的术语都是压抑的：洗涤室，客厅，炉盘……沉重的字眼：黑暗，煤烟熏黑的。被关在这样的房子里丝毫感觉不到舒适。一切都被阻止在外(所以也许是凸窗的关系)：灰尘，天气，债务，外面的世界。这种精神延续到了当下。离开劳伦斯博物馆，沿着环绕伊斯特伍德的蓝色指示线，游客会发现许多房子的门上都有着诸如“小心有狗：擅入者后果自负”或“商贩，推销员，宗教人士禁入”之类的标志。除了这些警告语，为了那些可以忽略警告的熟人，门前往往会有个写着“欢迎”的垫子。

客厅的楼上是间卧室，看上去像有人一个世纪前或前天死在了这里，无所谓谁的寿命更长。米白色——死亡的颜色——的女式睡袍摊在床上，仿佛它就是被设计成临死前穿的；要么临死前穿要么分娩时穿，理想的情况是两者同时发生。这个房间的这种宁静似乎是一种悲痛。故居博物馆的物品总让人感觉到死亡的气息。房子只能存在着；无法对它们进行防腐处理。这所房子自然死亡了，在它被废弃、分解腐烂后，他们想让它再次复活，但只能在死亡的时候进行防腐处理才会成功。

我在楼上快速地走动，感觉到了那股熟悉的冲动想要草草结束这次的拜访，而原本应该让我逗留很久，最初正是为了这次的拜访才让我来到此地。在楼上的另一个房间，天花板上装饰了发亮的塑料叶片来象征——据推测——附近的舍伍德森林。在地板中间刻着劳伦斯的首字母 D.H.L.，作者的旅行箱载满了这个地方的骄傲。这个旅行箱成了特定地点的一个雕塑。你围着它走了一圈。你绝对不会想带这样的行李箱去旅行。行李箱是我很感兴趣的东西，一个我打算好好研究的课题：它的演变和发展，需求、功能和局限性（重量与体积方面）的矩阵，以形成一个独有的项目。对劳伦斯来说这些都不是问题；身后有那么多搬运工来搬行李箱，不管有多笨重。

隔壁房间有一段录像在介绍劳伦斯和伊斯特伍德。开场音乐是北方的铜管军乐队，听起来就像开赴自身一个多世纪以前的葬礼一样，每一个音符都在哀叹它即将灭绝的命运。除非灭绝的定义不再是“不复存在”。许多灭绝的东西仍还在这儿。例如铜管军乐队：乐声还越来越强劲，即使他们不复存在了；即使他们不复存在了，乐声还越来越强劲。录像强调伊斯特伍德及周边是

“劳伦斯心灵的故乡”。他在布维勒寄宿学校供过职，但，自传里承认道，“人人都说痛恨”它，正如他痛恨那“肮脏可鄙”、专门为矿工建造的寓所广场一样。坐在那儿看这样的录像感觉很怪，录像里的人似乎痛恨这个城镇的诸多方面而这个城镇现在不仅仅是简单地以他为荣，还要将其回收为当地作家。

看笔记看得厌烦了，我穿过台伯河来到法尔内塞广场。一些男孩在踢足球，那架势仿佛他们是国际米兰或罗马队的：踢球出界，拖延时间，突然加速，将人群吸引到这个美丽而不公平的游戏中。

来到室外，离开劳伦斯的出生地和博物馆，走出那阴沉的房间，进入另一种阴沉的室外也能让人轻松不少。一群少年在街头踢球。我沿着蓝色指示线走，它是漆在人行道上的一条蓝线，将“出生地与（劳伦斯）住过的另外三处房子以及八个与劳伦斯相关的地点”连了起来（还没算上劳伦斯小吃店，劳伦斯城汽车店或劳伦斯兽医院）。有几个地方不在旅行指南上，比如劳伦斯教过一段时间书的布维勒学校和不列颠学校。“这两个建筑，”录像上解释说，“在 1971 年为了建新的超市而被拆除了。”现在你知道了：对文化的保护产生于一直存在的文化破坏之中，这就是当代英国。简而言之是受文化遗产的影响：保护一处荒野上奇怪的凹坑或偶然一处历史建筑，实际上就是一张拆毁别处的通行证。那样的伊斯特伍德不值得保护。蓝色指示线是个好主意，但那也改变不了伊斯特伍德是一个丑陋的郡里丑陋的小镇的事实。诺丁汉周边的乡村对劳伦斯来说似乎很美丽，煤矿是个差错，“风景画中的一场意外”。不过劳伦斯认为十九世纪工业化真正的罪行是“将工人置于丑陋、丑陋又丑陋的境地：肮脏混乱的环境，丑陋的理想，丑陋的宗教，丑陋的希望，丑陋的爱，丑陋的服装，丑陋的家具，丑陋的房子，丑陋的工人与雇主之间的关系”。现如今我们几乎注意不到丑陋了。我们注意到它的缺失。劳伦斯认为，工人们面对无处不在的丑陋，依然渴求美丽。经常会在矿工家里看到钢琴，它们“不过是对美的盲目寻求”。

我们每年要去三四次什罗普郡与爷爷奶奶待上一阵。我的爷爷是个农场工人，奶奶爱抽烟。那是我对她所有的记忆：她身上的烟味和咳嗽。一开始她抽烟，最后死在烟上，她咳死在卧室里，卧室下面是一间没人知道该怎么叫（除了有架钢琴在里面）的房间。绝对不是琴房或音乐室，只是有架钢琴的房间，虽然这么说有点奇怪，但那钢琴仿佛并不属于那儿。钢琴上放有一些忧郁的乐谱但没人会弹。我猛击琴键乱弹一气：并不仅仅因为我没有弹钢琴的天赋或身边没有人教我该如何弹奏：这架钢琴本身没有音乐。所以屋子里唯一的声音就是楼上奶奶的咳嗽声。她死于肺癌，但没人愿意提“癌”这个字眼。相反，为了显得更绝望些，我父母说她得的是肺结核，这病是劳伦斯绝不可能说出来承认的。他宁愿说支气管有问题，肺炎，感冒——任何毛病，只要不是肺结核。

蓝色指示线指向了沃克街，四栋房子中的第三栋，劳伦斯曾在那里住过。从某种角度来说，这个指示线非常恰当。劳伦斯热衷于指方向。他的信上满是给拜访他和弗丽达的朋友写的路线说明，告诉朋友们如何找到住在各种地方的他们。在 1926 年 12 月，他从佛罗伦萨写信给罗尔夫·戈丁纳，指导其探寻他的过往，提供了去故居博物馆的主要线路。那是劳伦斯文章中我最爱的一段，在那段文字中他将真实的郊野谱写成了半虚幻的劳伦斯故乡：

> 如果你再到那边去，就去看看伊斯特伍德吧，我在那里出生，长到二十一岁。去看看沃克街，站在第三栋房子前向左边远眺克里奇，向前方展望安德伍德，向右首遥望海柏森林和安斯里山。我在那座房子里从六岁住到十八岁，我知道那儿的风景胜过世界上

任何地方。——接着沿田野走到缺口处，角落上那幢正对着栅栏的房子我从一岁住到六岁。——然后走上火车头路，经过十字路口的绿沼泽煤矿，继续往前走，一直走到公路上(奥尔弗里顿公路)——左转，往安德伍德方向走，笔直走到水库旁边看守屋的大门——穿过大门，沿着车道走向下一道门，再转到车道下面左边的小路——穿过树林通往费勒磨坊。当你穿过小溪，进费勒磨坊大门后向右拐（白孔雀农场)，沿着小路往上前往安斯里山。或者更好的是，右转，上山，在你走到下面的小溪之前，继续往上走，走到贫瘠被废弃的牧场——那是以前安斯里的养狗场——长期闲置——再前往安斯里山。——那是我心灵的故乡。——如果从山上眺望安德伍德森林，你会看到森林边缘有一个小小的红色农场——那便是米莉安[1]的农场——我第一次的创作灵感就来自于此。——哪一天我要和你同去。

当天晚些时候我站在那儿，站在沃克街的房子外面，看着地方政府的廉租房和圆盘式卫星天线，费钱的电缆塔。眼前这一切与文章中所谓的美景相比，实在连

① 劳伦斯的小说《儿子与情人》中的女主人公。

风景都谈不上。人行道泛着冷灰色的光，天空如人行道一般灰暗。不用奇怪当地方言说“天亮”与“天黑”是同一句话。如果把天空假想成让天亮起来的导线管，那么它已经不再工作了。它每天准时出现但不起任何作用。天空也有它们的历史和记忆，这片天空还没有从上个世纪的创伤中恢复过来。

快两点了。很快就会到晚上，然后就是圣诞节。接下来是1月份，依此类推。天哪，我想，我该会有多么讨厌生活在这里。我宁愿住在除此之外的任何地方，我觉得，尽管有许多比这儿更糟糕的地方。二十世纪八十年代初的矿工大罢工期间，据说关闭煤矿将会撕碎社区的心脏。但只要有录像店和夜间杂货店，心脏被撕碎之后各个地方也相处得很好。当事态变得极为糟糕时，“社区”一词被广泛使用。在青年相互殴打致死而隔壁的退休老人充耳不闻的事件发生后每个人都在说这个词。那就是“当地社区全体沉浸在悲痛中”。要不“社区”就是在哀悼它的消失时被使用。最好是一劳永逸地将其取缔并以美国人的街区概念取代之。即使大家生活在社区中也总有些人可以置身事外，或可以选择置身事外。生活在一个街区里的每个人都属于这个街区，是它的一分子。划分的原则是地理性的，而不是人口性的。离开街区的唯一选择就是搬出去，如劳伦斯所做的那样。

然而从某种角度上说，很难想出有什么比今天的伊斯特伍德更适合向劳伦斯致敬了。絮叨伊斯特伍德的丑陋只是莫名其妙地希望所有的作家都在诺尔城堡里长大。劳伦斯生长在这个丑陋的小镇，对他最好的纪念便是它的丑陋。这甚至好过他本人的建议："请将我故乡的村庄拆得片瓦不留吧。"他在晚期的散文《诺丁汉与矿郊》中写道："来一个崭新的开始。"但并没有崭新的开始，不论是建筑还是其他。任何新的东西可能都比原有的更差。回到从前似乎比重新来过更好。拆掉塔式大楼建成了贫民窟。重造维多利亚时代的伊斯特伍德，配以高档的管道系统和中央空调。我还是喜欢来自无政府主义遗产运动中的某些劳伦斯的狂热信徒所主张的，为劳伦斯着想的唯一方式就是依照他所说的将伊斯特伍德夷为平地。

在去伊斯特伍德的前几年我曾去阿尔及尔现场读阿尔贝·加缪的《婚礼》与《夏天》。那是场荒唐之旅，就像打算去英格兰寻访狄更斯笔下的伦敦一样。果然不出所料，加缪所歌颂的文化已荡然无存。阿尔及尔缓慢而系统地进行了转变：从巴黎变成了斯托克韦尔[1]。加缪说如

① 位于伦敦南部，曾经是伦敦最贫困的区之一。

果人类需要面包和房子，“他也需要纯粹的美，那是他心灵的面包”，但在阿尔及尔需求取代了美。我在伊斯特伍德想起了加缪的这句话，身处丑陋之中促使劳伦斯以其特有的愤怒发出告诫，“人类的灵魂需要真正的美，更甚于需要面包”。劳伦斯与加缪：一个是矿工的儿子，另一个的母亲需要请邻居为她读儿子获得诺贝尔文学奖的电报。

阿尔及利亚独立战争后，所有街道的名称都变成只用阿拉伯语书写。我乘坐出租车前往贝尔库，加缪与他的寡母在那儿一直住到了他的少年时代。房子位于里昂路 93 号（现在是比罗达特穆罕默德路了），两层楼，有个小阳台可眺望大街，完全和《局外人》中默尔索在母亲的葬礼后打发周日的时光所描述的情景一样。楼下是一家干洗店和一家钟表店。没有标识或招牌。我一到那里唯一能做的事情就是离开。那又为什么要去呢？当时的我并不知道答案，但在罗马，我回想起这些旅程——陶尔米纳，阿尔及尔和伊斯特伍德——道理似乎很简单：那是加缪住过的地方，我去那里是因为他曾住在那里，正如我去陶尔米纳，去伊斯特伍德一样。如果加缪没有在阿尔及尔住过我就不会去了。

心里并不知道这么做是否值得，我从伊斯特伍德驱车驶过布里兹丽和安德伍德，盲目地寻找着哈吉斯农场的遗迹，杰西·钱伯斯[①]——《儿子与情人》中的米莉安——的家。

我没能找到农场，但把车停了下来眺望田野，欣赏着以前从未注意过的英国乡村风景：泥土，拖拉机留下的拖痕，灌木篱墙，矮树林，荆棘地。这里的风景形成了自有的气候，将天空都拽到了同一个水平线上。没有奶牛的畜牧场。一派疯牛病的景象。农场式气候：一切都是潮湿的，散发着永远也干不了的湿乎乎的气味，永远也不会干涸，除非在回忆里，在记忆的深处。这个小世界中所有的鸟最中意的巢穴便是旧轮胎。我捡起其中一个靠在摇摇晃晃的篱笆门上的旧轮胎。水从轮胎中溅出来，那水自一百五十年前便在那儿了，那会儿连轮胎都还没有被发明出来。路边的水洼没有倒影：水古老得已经对光不再敏感。没有一丝风：空气静止得让你怀疑树叶都是如何掉落的。这些树曾有过叶子吗？还是它们生来就是这样？不时有鸟从一棵光秃秃的树上飞到另一棵上。天要下雨了。我感觉到被什么压迫和包围着，仿佛我还在室内：断垣残壁间，低矮潮湿的天空就是漏了的天花板。不仅仅是雨水。海水也穿过地表从地基里渗出。

---

① 劳伦斯的情人。

在 1928 年，劳伦斯兴奋地给杰西的兄弟大卫回信说："无论我会忘记什么但绝不会忘记哈吉斯……无论我会成为什么样的人，在某个地方我依旧是那个欢欣雀跃奔向哈吉斯的伯特。"而在此之前的几个月，拜访了姐姐艾米丽后他写信道："其实我并不是那个'我们的伯特'。说实话，从来就不是。"

我以前总是困惑于这种自相矛盾的说法，但当我站在细雨中，在接近我没能找到其实也没有真心要找的地方时，很明显，这两种说法都是正确的，实际上它们是相互依存不可拆分的。单独来看，哪一种说法都是错的；真相存在于矛盾当中。

我在离开阿尔及利亚的前一天去看了提帕萨的罗马遗址，沿着海岸线绵延五十英里。当我们开始沿着那段长长的曲线驶离市区时，雨点打在了挡风玻璃上。很难不认为这雨此刻是为我而下的，当天还曾出过太阳，我联想到加缪回提帕萨时，"走在这孤寂、被雨水浸透的郊野"，努力寻找一种力量"能够帮助我接受我无法改变的存在"。不像我。我不能接受任何事情，特别是那些我无力去改变的事情。我只能接受那些我有能力去改变的事情。我想这就是智慧的另一面吧。

我们开车穿过群山，然后开到一条沉闷的沿海公路上。我们路过造了一半的大楼，加固用的杆子从混凝土柱子上像发芽般抽出来；遗址的另一面：预示着糟糕的富尔奇。十分钟后乌云就散去，天空放晴了。稀稀拉拉的小树打着哈欠伸着懒腰醒过来并贡献出树荫。这就是典型的阿尔及尔的秋天：即使乌云密布也有望看到阳光。

当我到达遗址时，湛蓝还泛着金光的天空笼罩在希诺阿群山上。遗址就矗立在海边：剥蚀的圆柱，积满灰尘的往日。大海被涂上了海的颜色，热度里夹带着一丝冷气。我漫步在这些古老的遗迹当中，直到在悬崖边上，来到一个棕色的纪念碑前，纪念碑齐肩高，两英尺宽。上面潦草地刻着细细的字：

在这儿我领悟了人们所说的荣光

就是无拘无束地爱的权利

阿尔贝·加缪

这座纪念碑是加缪的朋友在他死后立的。之后碑上他的名字遭到了破坏。“摘自《提帕萨的婚礼》”的碑文也已经被风蚀得看不大清了。再过三十年这些从阳光与海水中获得灵感而来的文字将被阳光与海水抹掉。大海发出低沉的轰隆声，仿佛有什么巨大的东西被扔进了海里。浪花四溅。地平线的尽头是一抹乌云散尽的蔚蓝。

如果我的旅行有目的的话，现在便已经达成了。正是加缪在两篇散文中歌颂提帕萨的“对大自然与海的无拘无束的爱”让我来到了阿尔及尔。那时我还未曾意识到，后来在罗马才明白了，去阿尔及尔和伊斯特伍德还有另一个自私的动机：我来到那些地方，加缪和劳伦斯的地方，就像去德伯家的苔丝：**去攀亲戚**，去受他们指引。

我开回切尔滕纳姆，很高兴看到高速公路毁了乡村，汽车尾气污染了空气，回到我父母在郊区半独立的房子，其所在的城镇也为毁坏科茨沃尔德贡献出了一份力量。我绕了点路，经过费尔菲尔德步行道上的房子，我在那儿出生，母亲经常在那间烟雾缭绕的房间里等我放学回家。和劳伦斯的母亲一样，她也很为我们有了一个**后**阳台而骄傲。家庭住宅有个简单的等级分类：阳台公寓房，半独立式住宅，独立住宅。我们搬进了一栋半独立式房子，我把自己假想成还在上文法学校[①]的男孩。大部分读文法学校的人都住在半独立式住宅里。现在狭窄的阳台公寓比我们当初搬进的半独立式房子——象征

① 英国为成绩优异的十一至十八岁学生设立的学校。

着我们在这个世界中的上升——还要贵。如今我们渴望住在有阳台的房子里。与我们老房子隔几道门的一处房子在出售。我都有点想给房地产中介打电话：也许在我出生的这条街上有什么冥冥中注定要去做的事情呢。

我还想着去敲老房子的门，跟他们解释说我是在那儿出生，住到了十一岁，并想进去看一下。这些想法刚冒出来就被我否决了。房子没有忠诚感。我们能在一个地方住上十年，然后一夜之间搬走，仿佛从未去过那里。房子也许还保有我们弄出来的划痕，做手工时笨手笨脚留下的记号，可一旦有新的人带着家具住进来它就会清空我们的记忆。我们希望房子能回应我们的失落感，但，就像当初挂过一面最喜爱的镜子后留下了不会褪色的矩形，我们拿它再也干不了什么了。经常电影里某人回到曾经度过快乐时光的房子时，渐渐地屏幕上会充满欢声笑语。这种老生常谈之所以如此奏效就是因为这在实际生活中从来都不会发生。它证明了我们强烈的渴望：希望房子对我们念念不忘。它们从不。

最后一次见到父亲时他说他很高兴能离开我们的老房子，因为从客厅窗户向外看去除了房子还是房子。我们卖房子时来看房的人看着窗外说："景色不怎么样，对吗？"是不怎么样。但好过现在沃克街的风景，与劳伦斯笔下的沃克街差远了——更比不上劳拉公寓窗外的景色，我曾坐在窗边看之前在伊斯特伍德写的笔记，几个月后的现在又坐在窗边写这篇文章。还会有什么地方比这儿更美？一堆十五世纪的建筑物密密麻麻地挤在一起，以至于——卡尔维诺曾提过——会让鸟儿觉得这些屋顶就是地面，街道和公路成了红瓦地球上的峡谷与沟壑。床单晒在户外晾干，一条条牛仔裤在稀薄的空气中奔跑。阳台上挤满了茂密的植物。远处依稀可见圣彼得教堂的圆屋顶。所有这些之上是加缪的蓝天……

当劳拉完成工作回来后，我们在那片蓝天下度过了一下午，在屋顶上晒太阳，晚上在卡利斯特男装专卖店闲逛。我有几篇文章要写，很简单的东西，但就是要把时间消磨得足以让我丧失好不容易建立起来的写劳伦斯的动力。实际上正是因为这些文章太过简单我才在写劳伦斯这件事上一拖再拖。我绞尽脑汁想要写并没有人要看的劳伦斯研究有什么用呢？原本只需花一点力气便可写出报酬颇丰的文章来。特别是劳伦斯自己也有同样的感慨：“我再也不想写任何书了。有什么好处呢！我可以靠写故事和小文章来维持生计，只需花费写一本书十分之一的精力。为什么还要写小说！”他在很多事情上都表达了类似的情绪；一度认为他正在失去“写作的意愿”，意味着这次他甚至连信也不想写了。我为此深受鼓舞，写劳伦斯的兴趣又恢复到再次开始看里尔克的书信。现在我已经说服自己看里尔克是研究劳伦斯的一部分。“必须工作，不用别的只需工作。”里尔克认为我们有那么多关于懒惰的充满诱惑力的回忆是非常可耻的；如果我们只拥有“工作的回忆”，那么也许无须强制或纪律也可能发现工作中，“任何其他事物都无法触碰的那件事”中所存在的“自然而然的满意感”。最糟糕的事情，对里尔克来说，是他体内同时存在这两种回忆，两股冲动：一方面渴望献身于艺术，另一方面只想开个简单的小店，“不用考虑明天”。关于这平凡的人生，劳拉的版本曾是——现在也是——开一家**小旅馆**。她在陶尔米纳时提到过，回来后又屡次谈到她会多么骄傲于让旅馆保持干净整洁。**我**的版本是住在英国看电视。对我们俩来说，理想的状态便是在电视上看关于意大利小旅馆的系列剧。里尔克差不多做了同样的事情，通过写诗来均和这两股冲动，《晚餐》就是个例子。基本上生活与工作之间的矛盾成了他生活——与工作——的主要关注点之一。“不是幸福就是艺术，”他声称，努力吸收罗丹的言传身教，“所有伟大的艺术家都将他们的生活弄得像一条老路般杂草丛生，并将一切都带入艺术之中。他们的生活萎缩得就像某个他们不再使用的器官。”叶芝提出过同样的选择：是追求人性的完美还是工作的完美。

对于有些作家来说，生活的需求与工作的需求之间几乎不存在任何冲突。约翰·厄普代克早早地根据自己的喜好将生活安顿好，然后就简单地持续写作，一本接一本，一天接一天地写。与此截然相反的是约翰·伯格[1]，他只有在如何生活以及在哪儿生活发生相应变化时才能驾驭作品中的巨大改变。对里尔克来说也是同样，真正的工作是筹划他的生活方式，希望自己的生活能够为工作创造出理想的环境。让生活萎缩他才能工作，这本身就是一种生活的强化——尽管这需要在生活方式和生活能力上进行千锤百炼。为了**有所创造**他得一直重塑自我："你必须改变自己"（"即再找位公主过活"，这是菲利普·拉金的嘲讽式注解）。

这种让生活从属于工作的最终目的是什么呢？也许有一个"古老的敌人存在于我们日常生活与伟大的工作之间"，但它们的关系更随意，更复杂，远远超过《给一位朋友的安魂曲》中格言式的文字所揭示的。"一个人去爱另一个人，"里尔克承认说，"也许是上天派给我们最艰巨的任务，是最终极的问题与证据，所有其他

① John Berger（1926—2017），英国艺术史学家、小说家、公共知识分子，被誉为西方左翼浪漫精神的真正传人。

的工作与为此而进行的工作相比都只不过是准备工作。”

劳伦斯不会为这些感到烦恼。他所有成熟的作品都基于与弗丽达的恋情。“忠于自己意味着单一、不变地对另一个人保持忠诚。”他的成年生活开始于从一而终的婚姻。至于工作，当他想写的时候就写，不想写的时候就不写。懒惰似乎对他没有丝毫诱惑力：工作与休息之间的划分似乎自然得如同睡觉与醒着。写小说显然要付出巨大的代价，但对于劳伦斯这个成长在繁重的体力劳动中矿工的儿子来说，靠笔讨生活并不是多么糟糕的选择。他没有遭受工作与生活的对立之苦，因为这两者密不可分。“我不为任何事牺牲自己，不过我的确致力于某些事。”那么他致力于什么呢？写作？不，是生活（“不是我将写出什么样的作品，而是真正的我会有何收获，那才是我所考虑的”）。说这些虽然有陈词滥调之嫌，但实在很难找到比他的文字更贴切的表达：“我不认为工作是为了生活。把工作处理得当就好了，但人想要得到自身的某种丰厚感和满意感，那比创造出任何东西都更为重要。人需要**存在感**。”

那样当然好不过我对自己完全没有丰厚感和满意感，更多的是贫瘠感和不满意感。我在我的研究上取得了进步，是指我精神上的准备工作有所进步但现在故意在拖延。我的萎靡不振让自己非常恼火，这也意味着罗马让我非常恼火。好几个早晨法尔内塞咖啡馆都没有我早餐必吃的羊角面包。没有这些羊角面包——准确地说是没有吃到我的羊角面包所带来的失望——让我无法开始工作。我生气，举行了一场缄默的罢工来反抗法尔内塞和它那不靠谱的羊角面包的供应。我拿起书又放下，想着去写点什么结果却跑去洗碗。我意识到所有这些都是注意力不集中，焦躁地表现并开始怀疑搬到某个地方写我的劳伦斯研究也许不是个好主意。劳拉的公寓本该是最佳的工作地点，但我在那儿什么都干不成。我知道**那种**感觉又来了。几年来我去过好几个工作条件很理想的地方。例如在蒙特普齐亚诺的一个房间，有着雪白床单的可爱木床，窗外就是托斯卡纳的郊野，阳台由原先连接隔壁那栋楼的小天桥改造而成。或法国洛赞的那个房间，从那儿可以远眺一片麦田，因为房间朝西，黄昏时候桌上的报纸都被浸成了红色。又或者我那位于波平库尔街上的公寓，从落地窗往外看去能够直接看到考特侯葛特街，甚至连巴士底广场也能看到。

这些理想的工作地点的共同之处在于我从未在里面完成过任何一项工作。我会坐在桌前，心里想着**多么棒的工作条件啊**，然后就盯着窗外麦田上燃烧的太阳，或托斯卡纳阳光下的树，或行走在暮光下的巴黎人和考特侯葛特街上的车水马龙，我会写几行字，比如“如果我从桌子上抬头向外看，能看到太阳在麦田上燃烧”；或“从我的窗外看去：黄昏下的考特侯葛特街拥挤不堪”；为了保证我所写的确实抓住了那一刻的景致与心情，我会再抬头看看太阳在火焰般的麦田上燃烧或人群在黄昏下霓虹闪烁的考特侯葛特街上挪动，然后再添几个字，比如“火焰般的”或“霓虹闪烁的”。接下来，为了让自己能看到全景，我会放下笔专门看外面，马上便会觉得坐在那儿写东西实在是一种浪费，我完全可以看风景和成为被看的风景——特别是在考特侯葛特街上，黄昏时霓虹灯下匆匆往家赶的行人可能会抬头往上看，会看见一个人影在桌前，被笼罩在安格灯泡的黄光下——结果我成了风景的一部分，而坐下来写作并没有融入实际场景中去，相反，它是在脱离实际。很快我就厌倦于凝视窗外了，我会离开书桌到落日下的麦田散步，或离开公寓走向巴士底广场，这样我就能成为黄昏下霓虹闪烁的考特侯葛特街上行人中的一员，抬头看到那张空桌子，笼罩在安格灯泡的光下……

当我在考虑理想的工作条件时，换句话说，我是站在一个不工作的人——度假的人，陶尔米纳的游客——的角度在思考。我总想着坐在书桌前要能眺望到什么景色，却忽略了这样一个事实：当你真的在工作时是不会从书桌上看到任何景色的，而且差点忘记了在所有的造句类型中我最讨厌的就是以“当我从桌子上抬头向外看……”开头的句子。理想的工作条件实际上可能是最糟的工作条件。

不管怎样，所有这些关于工作条件的大惊小怪都微不足道。说到底你住在**哪里**又有多大关系呢？重要的当然是找到一处能让你工作的小角落；安置妥当后就去完成工作。是的，非常合乎逻辑，但有一次在伦敦北部，我发现自己走在朱利安·巴恩斯[①]所住的那条路上。我没有看见他，但我知道在其中一栋舒服的大房子里朱利安·巴恩斯正坐在桌前工作着，正如他每天如此一样。在伦敦北部这样一条美丽而枯燥的街上，坐在桌前似乎是一种让人无法容忍的浪费生命，**尤其是一个作家的生命**。说来奇怪，那似乎是对身为作家的一种背叛。这让我想到劳伦斯的一幅画面，闷热的午后坐在一棵树边，四周都是蝉鸣声，膝盖上放着本笔记本，上面写着：身处理想工作条件中的作家形象。

或者说这幅画面曾出现在我的记忆里。当我真的将它挖掘出来时他的膝盖上没有笔记本了。劳伦斯没有在写作，他只是坐在那儿：也许这就是为什么它让作家的

① Julian Barnes（1946—　），英国后现代主义作家，唯一一位同时获得法国梅第奇奖和费米娜奖的作家。

形象带上了田园诗般的气质。

他穿着一件白衬衫，背靠着一棵树坐着。（是什么树？如果换成是他看着照片里另一个人坐在那儿，劳伦斯就能立即辨认出那是棵什么树。他属于知道树名的那一类作家。）一切都静止不动，但，被缺席的风梳理过的树枝记录了风曾经来过。很热，很热的一天。劳伦斯坐在树边，两只手十指相扣搁在左膝上。席勒般的手指。细细的手腕，厚厚的裤子。刚刚洗后烫平的白衬衫充满了阳光的味道。就像戈雅《5月3日》画中面对死刑的犯人所穿的白衬衫一样，是照片上所有光线的明亮焦点——那儿有许多光。

劳伦斯的外套卷成一团放在身边的草地上。衬衫的袖子放下来扣在他瘦骨嶙峋的手腕上，使得照片看起来很正式。在二十世纪二十年代拍照已经不用像维多利亚时代那样需要没完没了的曝光时间了（那时拍照头和四肢都得夹得紧紧的以防止照片糊掉），但他们的摄影文化还处于笨拙的时期，而不像战后流行的傻瓜相机。在早期的肖像画中，可以把它看作是拍照的一种前期准备，人们关注的是“当下的生活而不是急着把当前变成过去”。这儿同样如此，能够强烈地感觉到劳伦斯**正坐在那里**等着拍照。说到正式性莫过于劳伦斯的衬衫纽扣一直扣到了领口。为什么感觉那领口系住的不仅仅是劳伦斯的衬衫，还包括照片本身呢？

因为即便是在这儿，身处听得见的炎热之中，劳伦斯也得注意保暖。他觉得冷，必须小心不能着凉（厚夹克就在手边）。他母亲对体弱多病的孩子的担心——年复一年地被叮嘱要注意保暖，穿上外套——已经深入他的骨髓了。现在，在这炎热之中，盖住他瘦弱的身体以保暖是习惯使然。

看不见他的脚，被埋在青草里，造成一种错觉——尤其是他的身体被树干环绕着（“树与我的生命相互交织在一起”）——劳伦斯来自大地。“感谢上帝我是不自由的，”1922 年他在陶斯写道，“仅比扎根于大地的树自由一点儿。”这句话让拉金感到很惊讶。“很难理解他竟没怎么被日常生活所累，”近三十年后他在莱斯特写道，“如果他有一份领薪水的工作或上有老下有小，定会窘迫不堪——为什么？他甚至连房子和家具都没有！”

这并不完全准确：劳伦斯的确有一些家具（布罗茨基说得对：“不存在没有家具的人生。”），大部分都是他自己做的。尽管也许没有一栋属于他的房子，但劳伦斯夫妇持续的搬家迫使他们不断地打造自己的家。这是典型的劳伦斯，一方面变得越来越焦虑，急于找到一个地方安定下来，另一方面又要达到在任何地方都要像在家里一样的理想条件："我觉得自己是个陌生人，但必须得习惯这种感觉，而且这好过'像在家里一样'的感觉。毕竟人终归是陌路，没有什么地方比家更令人绝望了。"这写于 1922 年的陶斯；三年之后重点就变了："人不能再说我在哪儿都是陌生人了，只能说'在哪儿我都是在家里'。"

他在自己的行为及存在中找到了家。里尔克崇拜罗丹也正是由于这一点，后者所居住的房子"对他来说毫无意义"，因为"他的内心深处就承载着一所房子的黑暗，平安与庇护，他自己就成了房子上的天，房子旁的树和远处流向过往的河流"。劳伦斯将自己比作一棵扎根于大地的树；沉浸在自我中的罗丹，里尔克认为他"饱含树汁，比秋天的古树还要厉害"。他在往深处生长。这种让自己成为家从而在这个世界上随遇而安的理念，在《致俄耳甫斯十四行诗》最后一首的最后几句里得到了最充分的赞美：

对着寂静的大地低语：我在流淌。
对着闪烁的水滴说：这就是我。

我从新墨西哥大学出版社出版的一本传记上撕下了这张劳伦斯坐在树边的照片。在这么干之前，我试图找出这张照片是什么时候拍于哪里的，但找不到任何相关信息。它是那本书里唯一没有加标题说明的照片。如果有标题的话我也许还会纠结于是否要实施这蓄意破坏文献资料的行为。因为没有标题，这张照片与书之间就没有任何主题上的关联，放在书里的哪个位置都不合适。看起来这张唯一没有标注文字的照片正适合从这仅有的背景——即这本书——中解放出来——为人所用。如果裘·戴维森做的半身雕塑像展示的是劳伦斯在死亡时会是什么样子，以及何时——如前文曾提到过的——他散落的人生篇章被装订完成，那么这张照片显示的是劳伦斯未被装订的、活生生的一面。

一张照片的含义与它的标题紧密相关。就像照片框定了主题，标题构成了照片。没有标题的照片不算是完整的，它的含义不明确。稍作一些研究我当时便可以找出——现在依然可以找出——它是拍于何时何地的，但我宁愿，现在依然宁愿不知道：似乎劳伦斯这张坐在那儿“快乐得像只知了”的照片搞不清楚时间和地点更为合适。仿佛它是劳伦斯在里尔克十四行诗里所歌颂的国度里的照片；仿佛我**能够**认出那棵树：它是劳伦斯坐在一棵菩提树旁的照片。

佛祖在菩提树下参悟禅机，而在1926年的春天劳伦斯对布鲁斯特说，他“确信每个人在生命中都需要一棵某种意义上的菩提树。让我们痛苦的是，我们已经砍掉了所有的菩提树……但是，在世界的某个地方一定还有一棵菩提树矗立着……当我偶遇到一棵菩提树时，我准备去坐在树下，像美国人那样。”①

另一张劳伦斯的照片，我一直希望能在书店里再次遇到，是我十七岁时曾见过的，照片上的他——如果我记得没错的话——站在一片开阔地前。行云流过天际。我忘记了多年前是在哪本书里见到的，但我还记得照片的标题“一阵好风吹来时代新方向”——这标题如此贴切，与其说它是张劳伦斯的照片（角落里一个很小的人影，仅靠胡子才能辨认出），倒不如说是这行字的插图。当时我并不知道这句话出自何处：只猜测可能是引用自劳伦斯的著作，除此之外一无所知。我想查出这句话引用自何处——或更准确点说，我期待能够偶遇上它——这个愿望变得如此强烈因为除此之外什么都干不了。从那时候起，换句话说，我看劳伦斯的作品就是为了看懂——更好地理解——他的一张照片。

想要找到这个标题出处的热望也解释了为什么我那

---

① 劳伦斯想要坐在树下，如同里尔克在《杜伊诺哀歌》开篇所形容的，仅仅是满足于短暂一瞥所带来的沉思：“也许山坡上还为我们保留着一些树……”——原注

么喜欢看那套其实有些滑稽的剑桥完整版书信集。或者换句话说，也许我喜欢看劳伦斯书信正是二十年前那第一次冲动的结果，后来我终于发现那句话出自《渡过难关的人之歌》。从那一刻起，读劳伦斯的部分动机就是要找到这句话的源头，要在原文中看到它，不带引号的。我在企鹅出版社出版的《诗歌精选集》（就是我一直放在罗马没有带去阿罗尼索斯的那本）中偶然看到了它，但我的满意很有限（或者说对于现在的我来说），因为任何“精选”版本都是默认带有引号的：即编辑对文本的选择。当我们在读“精选”本时，其实我们就处在了一个外延广阔的引用当中。而当我们在读作家的最终版或全集时，我们就在那里：我们与作者之间没有任何隔阂（往往笨拙臃肿的编辑机构反而能起到增进读者与作者之间亲密感的作用）。像这样我才能读到**没有被引用的**劳伦斯。

“你们不能以老旧的人物特征来看我的小说……寻常的小说也许会追踪钻石的历史——但我会说‘钻石，什么！这是碳’”那些句子，即使我们在劳伦斯书信的精选版里看到了，似乎也像是引用来的。它们真正的出处是在一本关于劳伦斯的书里——比如说这一本！当我们在《书信精选集》的第二册看到这些句子时，感觉像是劳伦斯将它们从百里挑一的评论研究他的书中摘出来一样。我之前看的那么多劳伦斯的文字都是带着引号的。在最初期阶段“做”英文练习与读评论变成了同义词，大部分评论都是学者写的。到任何一所大学的书店你都能看到一堆堆学者写的关于劳伦斯的书。这些书构成了大学的基础文学研究而没有一本与文学有任何关系。

我在大学的最后一年经历了一场煞有其事的课程改革。不再是从《贝奥武夫》苦读到贝克特，学者们如特里·伊格尔顿推行以某种“理论”作为代替。我不知道那是什么理论不过听起来比较激进，具有挑战性。在几年之内，“理论”，不管它是什么，就已经在全英国的文学系取得了主导地位。理论著作的大纲摘要在各类印刷品上随处可见。十五年之后这些文字依然显得激进并具有挑战性，有一两篇除外，即它们既不激进也不具有挑战性。在我十岁左右的一个圣诞节，父母给了我一套全年的《爱冒险的贝丽尔》，其中包括一些贝丽尔对于考试中难题的回答。 在被要求用“论述”这个词语造句时她写道：“‘论述对我来说太难了。’高尔夫球手说。”多么奇怪啊！二十年后她大概可以毫不困难地就“自我与他人”写上一整页。很快理论就成了正统学说而并非它努力颠覆的研究方法。任何一位合格的讲师论述起来都很流利，能够无限期地阐述下去。

听说我在“研究劳伦斯”，一位熟人借给我一本书，他认为我可能会感兴趣：一本关于劳伦斯的《朗文文学评论读本》，由彼得·威多森编辑。我瞟了一眼目录：老伊格尔顿在那儿，那是自然，和其他一些狗屁理论家一起：莉迪亚·布兰卡德的《劳伦斯，福柯与性语言》（在“性别，性，女性”一章里），丹尼尔·J. 施耐德的《从 D.H.劳伦斯看逻各斯中心主义的替代品》（在关于“后结构主义的备选”的章节里）。我能感觉到自己慢慢变得愤怒起来，接着浏览了卷首语《激进的不确定性：后现代的劳伦斯》，更加愤怒了。怎么会发生这样的事？这些毫无文学感的人怎么最终还能**教授**文学，评论文学？我应该就此打住，不再往下看，但我没有那么做因为让自己停下来往往起到的作用是迫使自己继续。相反，我继续看着这群小人蜷成一团，背对着世界好让世人看不到他们的相互撕扯。哦，太过分了，太愚蠢了。我把书狠狠地扔出去，然后试图撕烂它可是它太有韧性了。此刻我怒火中烧。我想着要弄到威多森的电话号码打电话威胁他。接着，我四处找东西摧毁他这卑劣无耻的书。最终花去了一整盒火柴并冒着伤到自己的危险，我终于成功地将它肢解了。

我烧书是出于自卫。不是那本书死便是我亡，因为写出那样的东西会杀死它所接触到的一切。这就是学术评判的特点：它会杀死所接触到的一切。围着大学校园走一圈几乎能嗅到一股明显的死亡的味道，因为成千上万的学者在忙着杀戮他们所接触的一切。我最近遇到一位学者说他在教德国文学。我惊呆了：想着这个一辈子在大学里的人在教里尔克。**里尔克！**噢，太难以承受了。你并不是在教里尔克，我想说，你在谋杀里尔克！你将他送入坟墓然后去参加学术会议，那儿聚集着几十个别的学术掘墓人想要杀死里尔克并将他送入坟墓。接着，作为掩饰的一部分，会议的论文发表，尸体被做了防腐处理，在你意识到这一点之前，文学就是个巨大的坟场。我愤怒得要发狂了。想要将这个礼貌、善意的学者——众所周知他是位才华出众的老师，启发了几代学生研究《杜伊诺哀歌》——弄伤弄残。第二天当我平静下来后仍在想，很普通的道理：你怎么能理解文学，如果你所做的一切不过是看书？

如今，评论已经成了文学传统中不可或缺的一部分，有时学者能够写出优秀的评论作品但实属罕见：大部分，绝大部分学者写的书，尤其像朗文读者这样的是**对文学的犯罪**。如果你想知道文学是如何存活的你就要转向作者，看看他们是怎样谈论彼此的，不论是在散文、书评、书信或是日记里——以及他们的著作里。“对艺术最好的解读是艺术。”乔治·斯坦纳说（一名学者！）；伟大的书籍被默认为是“规范的评论教学大纲”。这一点从诗人写出关于某部伟大艺术作品的诗歌中可以得到明确的验证——奥登的《美术馆》——或关于其他诗人的：奥登致叶芝的哀歌，布罗茨基致奥登的哀歌，希尼致布罗茨基的哀歌（非常聪明地题为“奥登体”）。在这些例子中，富有想象力的创作与写评论之间的区别消失了。

另一方面，当在书评和散文中作者提到其他作家和书籍时，看似他们所做的与学术评论别无二致，但这种形式上细微的不同正强化了本质上的区别。布罗茨基精心梳理了奥登的某些诗作，纳博科夫将普希金当作庭审般检查。区别在于普希金和奥登的作品不仅仅是在被研究：它们以学者们憎恨的方式留存于世上……

除此之外当然都是废话。学者们也活在他们的作品中。莱昂·埃德尔[①]——百里挑一的例子——对亨利·詹姆斯生活和作品的拥护所达到的危险的亲密程度是任何一个作家所不曾达到的。我要撤回这个说法，太荒唐可笑了，经不住任何推敲。我无条件地撤回它——但我

① Leon Edel（1907—1997），美国文学评论家、传记作家，《大英百科全书》将他定义为：“20 世纪研究亨利·詹姆斯生活和作品的最重要权威。”

又想保留不动，有条件地。对原文进行学术研究，准备对劳伦斯的书信进行友好的编辑是一回事，但我们在大学里读到的那些评判……研究！研究！这个词如同丧钟敲响，无论哪个被研究的可怜人都即将迈入坟墓。饶了我吧。别跟我说那枯燥乏味的系统化考试，别给我那些疯狂的书里的一些闪光点，书里压根儿就没有进行全面或合理的阐述。在准备写《伊特拉斯坎各地》时，劳伦斯感谢朋友送来一本关于这个题材的权威书籍，作者是罗兰·费尔。劳伦斯认为："(费尔）非常仔细地再次过滤了一些我们所知道的伊特拉斯坎的无用信息：但他其实什么也没说。真是太让人沮丧了：我只能从头开始，让所有的权威见鬼去吧！关于伊特拉斯坎，**从科学的角度来看**几乎什么都没说。必须得拿出一点想象力。"

那就是为什么劳伦斯如此兴奋的原因：他所有的评论都采用富有想象力的写法，《托马斯·哈代研究》《经典美国文学研究》或"他的画作介绍"。任何一篇都是充满想象力的灵感迸发！不管成功不成功，即使离题万里也很有启发意义（"判断也许全是错误的：但这是我的所思所感"）。砰！一声巨响！一道接一道的闪电，炙热，不可预计，危险。

实际上我更喜欢看这一类的书，胜过小说，后者我总是迟迟拖延着重看。我在罗马重看了《虹》，本应该也强迫自己重看一遍《恋爱中的女人》，强迫自己坐下来一页一页地细读——虽然我想相信：在关键时刻，谁知道什么时候就派上用场了？——但，我想，为什么要这么做？为什么要重看这本书在我不但没有重看的欲望反而明显是不想去重看它的时候？我并不想重看《虹》，不是要为自己开脱，我坐下来重看了，只是为了安全起见。我重看的是第一次看时的同一本书：企鹅出版社统一出版的劳伦斯集，封面上有照片（这本上是一群公鸡或母鸡），背面是一张泛黄的劳伦斯照片，留着胡子（自然如此）和中分发型。当我重看《虹》时以为会发现，如同压在书页里的花朵，风干保存在书里的年轻时的自我。从最字面的意义上讲我确实在那里，那些句子下的横线和注释都还在那儿，是我们在牛津大学读书时留下的（那时我们看了一堆研究它的沉闷枯燥的评论），但从任何比喻意义上来说——不，那儿什么也没有，没有早期自我的痕迹，重看若干年前不知是在何时何地某个下午看过的同一页也没有带来什么回忆。

我对这本书的印象几乎没有发生什么变化。它依旧是一本我不想重看一遍的书，我刚重看完《虹》它就恢复为我重看之前的状态：一本我看过并不想再看的书。它是本关闭着的书：即使是打开着并被重新读过，但从某种意义上来说它仍然是一本关闭着的书。至于《恋爱中的女人》，我在少年时代读过，在我看来它可以保持在被读过的状态。

我们开诚布公地说，我不想重看**任何一本**劳伦斯的小说。不仅仅是不想重看一些他的书，我甚至不想**看完**他所有的书。我想留一些储存起来——我想知道在那儿还存着一星半点的劳伦斯，鲜为人知的，等着被发现(至少是被我发现)，等着第一次被阅读。

关于这方面我在罗马犯了个严重的错误，这个错误如此之大，事实上已严重到阻碍继续——更别提完成——我的劳伦斯研究了。从一开始我就知道必须一鼓作气写我的书。有些人喜欢等完成所有的阅读，所有的研究，当他们看完所有能看的书，当他们能够完全驾驭那些材料时，这时也只有这时，他们才会坐下来写作。我不是这样。一旦我对某个主题了解得够多开始写它时，我便立刻对其失去了兴趣。在写劳伦斯这件事上，我知道我必须保证完成这本书时正好是我的好奇心得到满足之时，因此写作不得不稍稍落后于阅读。尤其是看到劳伦斯的书信时。书信是劳伦斯的生活，我知道我只能限定自己对它的阅读量，不能看得过快。它们是我的主要资源，一个如此丰富的资料库，如果我只是从头到尾看一遍那就是极大的浪费。我知道自己不可能比第一次看他的书信时更接近劳伦斯了。理论上说，如果我打算花十八个月来完成我的D.H.劳伦斯研究，我就要花十六甚至十七个月的时间来看那些书信，最少也需要一年的时间。

但我做了些什么？我在两个月里把所有七本书信集都看完了。这是我父母的错。在我小时候他们定额给糖的速度太慢以致我长成了狼吞虎咽的人。那就是我对劳伦斯的书信所做的：我把它们狼吞虎咽了，很快就所剩无几，书包掏空了。我控制不了自己，情不自禁。我太爱看它们了。我看了卷二，接着是卷三，卷五，卷四，卷六，然后是卷一（不是很有兴趣，一天半就飞速地翻看完了）。最后还剩下卷七。无论如何，我对自己说，要留住卷七：绝对不能看卷七，否则你就没有东西可看了。这原本是相对容易做到的因为还有那么多其他的书可以看——我可以重看一遍《恋爱中的女人》（我无法面对重看它），或无数本关于劳伦斯的评论中的一本(我认为看这样的书是浪费任何一个人的时间）或诗歌或话剧，但相反，我依然在看卷七，触碰它，拿着它，打开几页，看引言。最后我想我可以只看前面几封信，尽管我知道看前几封正是我应该避免做的，因为在看了三或四篇以后我不可能停下来。看了三四篇以后我会继续再看一两篇，直到已经看了那么多再停下来不看已经毫无意义了，而在我意识到这一点之前我已经将劳伦斯的书信全看完了。所以重要的是避免打开这本书：我明白避免开始看这本书比看了以后再停下来要容易一点。我对这一切都清楚得很但我还是打开了它，心想着只看前几封信。我确实这么做了。但由于这些信本身并不那么重要，毫无坏处，我又看了一两封同样平淡无奇的信，心想可以一直看到某封重要的信时再停下来。就这样持续看下去直到我骇然意识到自己处在即将看完所有劳伦斯书信的危险之中。我看了一篇又一篇，看得越多剩下能看的就越少，尽管我知道看劳伦斯书信的部分原因是在拖延动手写他的时间，我也意识到通过这样看他的书信，这样没有节制地消耗这些书信，是在聚集他死亡的能量。我快要看完所有的信就像劳伦斯快要走完他的人生一样。我离这本书的结尾越近，这些信就变得越短、越不重要，之前长篇大论的咆哮变成了奄奄一息的愤怒，从而加速了下滑的步伐。即便是微不足道的对话——“布莱尔待我如天使般的好。这是十英镑的家用开支”——在面对结尾时也变得弥足珍贵。

然后，突然地，再也没有信了。到结尾了：浑然不觉地。再也没有信可看了。要是，我发现自己在想，要是还有卷八、卷九、卷十或卷十一该有多好啊。我已经看了劳伦斯写的四千多页的书信，我还想再有几千页……我希望它们不会结束。然而，与此同时我匆忙地看完这些书，因为无论你有多么喜欢一本书，无论你多么想它永远不要结束，你总是在渴望它**结束**。无论你多么喜欢一本书，你总是快速地翻到最后，数着还剩多少页没看，期待着你将它看完放下的那一刻。在我们的脑海深处，无论我们多么喜欢一本书，当我们看完时总有一个小声音在说："感谢上帝！"

还是那句话，阅读好过写作。我那么喜欢看劳伦斯书信的原因之一，而且希望还有更多的劳伦斯书信可看的主要原因就是它们是我不动手去写劳伦斯的绝佳借口。然而现在我别无选择，完全别无选择了。

真是个糟糕的局面，尽管因为我已经看完了劳伦斯的书信而不得不来写劳伦斯了，但由于我看的方式有问题导致我实际上无法开始写劳伦斯。我不仅是看得太快，我还没有按顺序看，因为它们放在罗马的英国文化协会图书馆里，所以所有关于年代和发展的感觉都丢失了。这一刻劳伦斯在新墨西哥州，下一刻又是他十八个月以前在意大利，正准备去美国。如果方式得当我就应该按顺序看，并使得看信的速度与写作的步伐保持一致，但现在有六本书的巨大鸿沟横在我的阅读与写作之间。我就像一个在赛跑中失控的运动员，与前面的选手和中间的队友都失去了联系：想要重新恢复联系太难了。我已经没有希望获胜，结束了。代替放弃的唯一选择便是在既定路线上继续苦干，为了完成目标，硬着头皮干下去，一米一米地挪，一页一页地写。

我不仅看劳伦斯的书信看得太快又不按顺序，而且还没有做笔记。在看的时候本来打算这么做的，对任何特别重要的文章做记录并仔细记下这些文章是在哪里出现的，但我太急于看这些信了，除了少数几次之外，都没有照这么做。不仅如此，当我再次翻看已经看过的这些书信时才意识到，由于我囫囵吞枣地看完了这七本书，其实里面有很多篇我都没有注意到。我重新翻看得越多，越发现有很多信完全没有印象。由于我第一次看得太粗疏了都可以重看一遍。实际上，我心情沉重地意识到，我几乎不得不重新看一次劳伦斯的书信，当初那么渴望看，结果现在不得不继续重看，真想向上帝祷告让我不曾看过。

不过马上我就再度被它们迷住了。事实上还有几百封信是我未曾看过的，当我在重看的时候才第一次看到。就像 1916 年 11 月的这一封写给科特的信里，劳伦斯回忆说他有次看到一条蝰蛇蜷在春日的阳光下睡觉。这条蛇没有意识到劳伦斯的存在直到他离得非常近，于是"她像个皇后般扬起头看"，然后走开了。"她总是闯入我的脑海里，我觉得在阳光下睡觉的她像奇幻世界里的公主。很奇妙，仿佛无意中闯进了另一个世界。"

另一点奇妙之处是在这些信里经常能遇到未来作品的暗示。像这次距离那首著名的诗歌《蛇》的问世还有好几年之久，但从某种程度上说，在这里我们已经获得了日后这首诗创作灵感的首次体验。这便是看这些书信的乐趣之一：可以最早接触到某首诗歌。好比在观察一堆篝火时想要看木头上升起的第一簇火苗：你觉得马上就要着了但它突然不见了。你守望在那里等着火苗重新出现。没有出现——然后，就在你停止不看时，火苗再度蹿起来，木头燃着了。

劳伦斯从1929年的秋天开始写那首最伟大的诗歌《灵船》。基思·萨加尔[1]认为诗歌开篇的景象——

> 时值秋天，掉落的水果；
> 通向湮灭的漫长的征途。

——源自深秋拜访若特阿赫时他注意到“挂在高大古老的苹果树上的苹果掉落得如此突然”。但这首诗最早的征兆其实是在1913年的新年前夜，在给爱德华·加内特的信中便有所体现：“现在看上去开始有点像秋天

---

① Keith Sagar（1934—2013），英国文学评论家、诗人，撰写过多部研究D.H.劳伦斯及其作品的著作。

了——橡树果和橄榄掉落，葡萄藤的叶片也泛黄了”。我曾做过相关的笔记，并记录下了几个月后我的感觉：这幅景象的节奏早在劳伦斯开始创作这首诗之前就在生命中律动了：“被吹落的苹果躺在那儿就像草地中的绿灯。”这就像是诗歌的韵律草稿，永远不会被写出来，当我第二次看这些书信时注意到越来越多类似的前奏。萨加尔指出，“灵船”这个形象最直接的源头是他 1927 年 4 月在切尔韦泰里看到的一艘“小青铜”船只。然而早在1925 年的夏天首次描绘的景象就充满了离别与旅途的气氛，为这首诗的叙述打下了基础：“似乎已经有点儿像秋天了，有一种要消失在空气里的感觉。”

谁能知道一首诗歌什么时候会在作家思维的土壤里生根、发芽？特定的经历等待着发生：就像劳伦斯水槽里的蛇，那首诗早就在那里等着他了。诗歌在等待时机被激活、被写出来。

随着时间的推移，我们从作家的成名作转向了期刊、日记、信件、手稿和简短笔记。这么做并不简单，因为作为一个死后成名的作家，已出版的资源已经消耗殆尽，我们不仅要找之前未出版或未写完的资料，还要竭力去找那种从未打算出版的。这也是因为我们想要与写这些书的男人或女人更接近些，离他或她的存在更近一点。我们渴望与作家建立起日益亲密的关系，没有中间环节，尽可能通过艺术创作来实现。于是产生了奇怪的逆转。已完成的著作成了简短笔记的序言；已出版的书成了路过的驿站——草稿——通往的愉悦终点是笔记，稍纵即逝的感想和提纲，在这些文字中都能找到它的源头。

在劳伦斯身上，这个过程与他作品的地心引力相一致，总是——另一种逆转——偏离作品，回到创作时的情境，指向这个男人与他的感知。这种情况很常见，还是弗丽达对此的表述最为贴切："自从劳伦斯死后，所有这些漫长的岁月过去了，他依然在为我成长着……对我来说，他的恋情，他与一切创造物之间的联系都如此神奇，没有先入为主的偏见，只是一场他与一个生命、一棵树、一朵云，一切事物的相遇。我称之为爱，但又是其他的什么东西——用德语说就是肯定的意思，'说是'。"

这声"是"——就像拉金说"不"——从劳伦斯的书信里听得最为清楚。当然在小说里也能听到，但当我们沿着传统的文学类型阶梯往下走时它变得更为显著、直接。在小说里劳伦斯与世界的相遇不可避免地要遭到斡旋，通过古娟和厄秀拉[1]，通过作者的代表人，通过

① 二者皆为劳伦斯的小说《恋爱中的女人》里的女主人公。

小说形式化的需要。在主要的作品中，首次相遇的总是劳伦斯与他想要塑造的小说形式，根据他自身的需要来设定。我们现在想要的，“所有这些漫长的岁月”之后，是感知中的劳伦斯。“无论谁看我的书都将处在一场混战中，”他在 1925 年 1 月写道，“如果他不喜欢这样——如果他想要观众席上的稳胜席位——让他去看别人的书。”在小说里我们处于艺术的混战中，但显然这毫不造作的混战与书信里所展现的人生相比总要逊色几分。正是在那儿，在书信里，混战——劳伦斯艺术的核心——得到了最赤裸裸的揭示。也不管，劳伦斯以及其他一些作家，这些书信的行文是否比他出版的文章更缺少润色，出现更多错误。劳伦斯，从某种角度来说，是个相对粗心大意的作家，他声称不在乎书写的外观。“我为什么要在乎‘e’是不是写颠倒了，或‘g’用错墨水了？我真的不在乎。”更不用说，这种对待印刷排版随意的态度并没有阻止他严厉地斥责出版商没有处理好这些错误；不具备这种强烈的自我矛盾的才能就不会有混战。

正因如此，我想，而不仅仅因为他的名声，劳伦斯的手稿才变得如此炙手可热。他的笔迹促使我们追根溯源，想要探寻其创作的灵感。理想情况下——我在这里只是试图给出一个渴求的**方向**而并非实际的想法——我们将会**遇见**劳伦斯（即使作为他的崇拜者，也绝对不想遇见爱德华·摩根·福斯特）。没能实现的话我们就希望通过阅读他的作品来尽可能地建立起亲密关系；对收藏者来说——我猜想——这甚至意味着通过把手稿输入计算机来实现这种无间隔的关系。弗丽达与任何人一样清楚地明白《查泰莱夫人的情人》手稿所具有的商业价值，但她同样理解并完美地表达了这种亲密感所特有的心酸："我喜欢看着它们，"她说，"读着最原始的文字。"

有些劳伦斯的书经过全面、仔细的修订后会有所帮助，不过劳伦斯的精华——使他的文字成为劳伦斯体的特质——总是处于起草阶段。改写修订所带来的提高与他首次接触某个主题或事件所表达出的震撼感相比简直太微不足道了。在他死后不久的挽歌里，丽贝卡·韦斯特[1]解释说，她感到毫无头绪如果看劳伦斯的作品时不联想到他们的私交（再次注意这种熟悉的联动，从作品到源头，从作品到写作的人）。简单地说，她与他在佛罗伦萨相遇，当时一同在场的诺曼·道格拉斯[2]解释

① Rebecca West（1934—1983），英国作家、记者、文学评论家。

② Norman Douglas（1868—1952），英国作家，代表作为长篇小说《南风》。

说劳伦斯的习惯是一到某个地方立刻，在他持有任何立场之前，开始匆匆写出一篇关于此地的文章。道格拉斯和韦斯特敲劳伦斯旅馆房间的门，那会儿他刚下火车，“正在敲写一篇关于佛罗伦萨的文章，在他对它还没有足够了解时才能使他的观点有真正的价值”。后来她意识到“那一刻他写的是自身灵魂的国度……他只能用象征性的语言来表达；而佛罗伦萨这个城市比任何其他地方都更具象征性”。[①]

“我感觉到一股新奇的对一切事物的怨恨或不满，”劳伦斯一到新墨西哥便不满地观察出，“几乎是土壤里自带的。”

七年之前，1915 年的秋天，劳伦斯几次造访马诺尔庄园，奥托琳·莫瑞尔的家。在 11 月 9 日，到达后的第二天，他写出了充满预见性的感想系列中的第一篇：

> 我开车驶过这个国家，秋天到了，一片萧瑟，我感到如此忧伤，为我的国家，为这汹涌澎湃的文明，两千年的文明，如今正在分崩离析，让人无法

① 劳伦斯自己在《袋鼠》中几乎也说过相同的话。自传性质的主人公理查德·拉维特·索默思“厌倦了自己一辈子到死都在与自己作斗争，并将其归咎于澳大利亚”。——原注

生存。那么多美丽又让人怜悯的古老事物消失了，却没有新的事物出现：这座奥托琳的房子——正如同英格兰——我的上帝，使我的灵魂破碎了——这样的英格兰，这些带羽轴的窗户，橡树，蓝色的远方——往昔，这伟大的往昔，轰然倒塌，衰落，不是被新芽的力量掀翻而是不堪重负那么多筋疲力尽、可爱的黄叶，它们飘落在草地和池塘上，像士兵一样消失在冬天，冬天的黑暗里——不，我无法忍受。面对就在眼前的冬天，所有的景象将消失，所有的记忆将死亡……我无法忍受：往昔，往昔，这衰败的、正该死地在坍塌的往昔是如此伟大，如此壮观。

他一回到伦敦就写信告诉奥托琳那次拜访“对我来说简直就是英格兰最后的印象，英格兰的美丽，这个秋天的惊奇：当我们在寂静潮湿的池塘边摆弄鸢尾花时”。月底他再次返回马诺尔庄园，在那儿他给女主人写了另一封相关的信：

如此生动的景象，一切看上去都那么鲜活，如同将时间定格在一个溺水者身上，看着自己的过去结晶成一块记忆的宝石。

这缓慢、迟疑、苍白的清晨，不情愿地绽放着暗淡的金色光芒，在远方，户外，带羽轴的窗户外，越过那片仍被黑暗笼罩着的被遗忘、看不见的村庄，黎明慢腾腾地在远方现身了，窗户上石头做的羽轴，黑色的柱子，像黑色的棒子，黑而难以测量，就在我的旁边，在这迟疑、遥远的黎明之前：

窗户的羽轴，像柱子，像棒子，浅浅的都铎式拱形将它们连接起来，恰好将黑暗连接在边缘处，在这遥远、迟疑的黎明之前：

羽轴连接着的窗户嵌在里外当中，这老旧的房屋，与之完美相配的古老石块，都与一颗沉默的灵魂极其相称，这颗沉溺在时代最后一道波浪中的灵魂透过带羽轴的窗户，清楚地看到日复一日如期而至的黎明，唤醒了所有关于英格兰的回忆：

潮湿的草地上湿漉漉的黄叶，一簇簇羽毛般柔软的冬青树，花园里湿透的椅子令人思绪万千：

在冬青树和光秃秃、略带紫色的橡树之间，是全英格兰的闪光地带，黑色的耕地和柔弱的小草，还有那蓝色、雾蒙蒙的远方，全都呈现在清晨下。

于是白天到来了，可以想见所有白天的活动。堆谷场草堆边站着的牛犊，阳光照在它们白色的皮毛上，伊娥[1]的眼睛，两鬓留有胡须的男人往院子里扛来了更多黄色的稻草。太阳从一边直射下来，往上看，半空中，所有的三角墙和灰色的石头烟囱都飘浮在天真的梦中。

巨大的谷仓里脱粒的麦子在焖烧，那是生命之火；还有脱粒机的声响，转动着，敲打着……

这是一封非凡的信，描绘了一种——或一系列非凡的英格兰景致：在散文中将布莱克[2]，康斯特布尔[3]和特纳[4]结合在了一起。劳伦斯部分的用意是想向他的贵族朋友展示其过人的文采，但同时也是在直抒胸臆。每一段都是上一段埋下的伏笔的延伸，每一段针对同一物质对象都给出了更进一步的描绘，每一次的描绘都更加深入并逐步完善。如同在听一出轮换场景的音乐剧，随着这些不同场景的展开，形成了一种叙事手法：一种他力图抓住繁杂、多变、悲观的感觉并将其具象化的叙事手法。

---

① 希腊神话中主神宙斯的情人，为了躲避宙斯妻子赫拉，宙斯将她变成一头小母牛。

② William Blake（1757—1827），英国浪漫主义诗人、版画家，英国文学史上最重要的伟大诗人之一。

③ John Constable（1776—1837），19 世纪英国最伟大的风景画家。

④ J.M.W. Turner（1775—1851），19 世纪英国浪漫主义风景画家，英国水彩画之父。

在早期的信件里，英格兰完全被划入这栋贵族房屋的范畴之内。没有看到伊斯特伍德——他自身的经历与历史——是这个核心英格兰的一部分。然而在最后一封信里，“在远处”的世界，“仍被黑暗笼罩着”得到了模糊的承认。此时在这封信里这座房子成了有着自身灵魂的建筑物（“与之完美相配的古老石块”等）；房子的灵魂在说话，但当我们看到后面的变化，这“溺水者看到的景象”成了劳伦斯的自我审视：“那就是我，我已变成这样并至死方休。它就是我，一代又一代的我，我的每一根闪闪发亮的纤维，诞生时的每一次阵痛。哦，我的上帝，我无法忍受。”实际上，劳伦斯在想象中将这座房子当成他自己的房子。他完全与这座房子以及周边的环境融成了一体，因此结论——或称之为圆满的结局——便是劳伦斯是一位**英国**作家。这不仅是西方观点中所能想到的最生动的例子，它还向我们展示了——在劳伦斯一生中最为紧张不安的时刻——写作的全过程，一切就这样自然而然地发生。笔记升华为文章，文章再锤炼成笔记，最终形成了劳伦斯最为热烈和具有启示意味的一段文字。

如果这本书渴望成为笔记的体裁，那是因为，对我来说，劳伦斯的散文最好的时候便是它最接近笔记的时候。

比如说《大海与撒丁岛》，劳伦斯在那十天的旅程里没有记任何笔记却在短短几周后赶出了一本书。没有做笔记，换句话说，使得整本书都像是现场即兴的笔记。当时记下笔记，继续旅行，事后再参考笔记——就像我后来翻看在伊斯特伍德所写的笔记——写出来的东西会介于体验与创作之间。就那样写下一切——而不是先记笔记再写——经历了什么写什么。体验是在写作中创造出来而不是从笔记中再造出来的。在读这样的文字时，你会沉浸在永不枯竭的思想之泉中。感受转化为思想，思想仿佛透过列车窗口看到的田野，一片接一片。主张迸发成思想，争论以感觉的形式表达出来，感觉又以争论的形式被感知。这种现场即兴感如同烙印般刻在整本书的创作中。从“笔记”到“散文”的转变往往就发生在一个句子里。我们不得不长时间地等待那个句子，让流水账般的速记变为一篇散文。有时这样的句子根本就不会出现。不到最后一刻，体验与感觉很难成形。

会不会太愚蠢了——会不会将这个研究可能具有的学术权威性破坏得荡然无存——如果我说《大海与撒丁岛》是劳伦斯最好的一本书？至少它是我最喜欢的一本书(“判断也许全是错误的：但这是我的所思所感”)，《美国经典文学研究》《意大利的黄昏》——如果它们算书的话——以及他死后出版的《最后的诗篇》紧随其后。

不过最好的还是这些书信：它们展现的是劳伦斯最现代、当下的一面。与暴风骤雨般的嘉辛顿庄园时期的信件不同，劳伦斯后期笔记式写作的风格非常抽象、简约。其最集中地体现在——不得不说——他抵达澳大利亚——一个被他视为“与其说是崭新的，不如说像是不曾存在过的”国度——后匆匆写出的令人惊叹的书信中：

> 这片陆地就在眼前：高远、湛蓝、崭新的天空，仿佛从未有人在这里呼吸过；空气如白银般新鲜有力；土地广袤、空旷得可怕，渺无人烟……它太新了，你要知道：太巨大了。还需要几百年的时间才能让人居住。这片土地正是属于那些还未出生的灵魂，奇怪且尚不为人知，将会在五百年后诞生于此，生活于此。一个灰色的外来精灵。这里的人们并不是真的在这里：只是像浮游在池塘表面的鸭子：而这块土地有着“第四维度”，这些白人像影子般浮游在其表面。

布鲁斯·查特文[①]三百页的《歌之版图》甚至都没

① Bruce Chatwin（1940—1989），英国旅行作家，主要作品为《巴塔哥尼亚高原上》《歌之版图》。

有接近到这种程度的回应与启发。

“你注意到一位作家的信件往往要好过他其余的作品吗?”阿尔巴荣伯爵夫人在《追忆逝水年华》中问道。她想到的是福楼拜(尽管当时说不出他的名字)。对此我不但深表同意而且认为非常有先见之明。也许我自身对作家的笔记和信件的偏爱——不仅仅是对劳伦斯——是对小说的一种普遍的、历史性的抛弃?劳伦斯认为小说是“一本辉煌的生命之书”,“目前所能达到的表达人类情感的最高形式”。现如今大部分的小说都是对其他小说的拷贝版,但对劳伦斯来说,小说仍然具备这些巨大的潜力。玛格丽特·尤瑟纳尔在构思《哈德里安回忆录》的笔记(一篇对我来说比小说本身有趣得多的文章)中为这一观点提供了重要的佐证,她写道:“在我们这个时代小说吞没了其他一切文学形式。人们几乎是被迫用它作为表达的媒介。”不再是这样了。渐渐地,小说化的过程越来越显现出题材对表达潜力的束缚。人们厌烦了看着作者的情感和思想被小说化、套进虚构的框框,也许作为表达的媒介最好的做法就是避免写成小说。

当然,优秀甚至伟大的小说依旧在被创作着——正如每隔二十年就会有人提出的——但这种形式的历史紧迫性已经不复存在了。读劳伦斯小说的兴奋部分来源于我们在感受着这种文学形式的潜力如何被扩张、前进。那种感觉如今在我们读当代小说时几乎荡然无存。如果说这个文学形式有所前行的话，那也是量上的增长，而并非现代化巅峰状态下的产物。

米兰·昆德拉对小说的忠诚度和劳伦斯一样，但他对该文学形式的逻辑辩解令他实际上更胜一筹。昆德拉的灵感来自不受任何束缚、激情洋溢的拉伯雷[①]与斯特恩[②]，早在十九世纪引人入胜的现实主义之前。“他们创作的自由度”让年轻的昆德拉梦想“创作出一部无需桥段和留白的作品。在这部作品里，小说家永远不会被迫——为了形式和它的条条框框——偏离他所关心的以及令他着迷的任何东西”。昆德拉的确在他自己的小说里实现了这一点，一系列“变奏曲形式”的著名小说。同时，在他的“《梦游者》感想”中，昆德拉高度赞扬了布洛赫[③]，后者证实了对“新艺术——专门的小说体散文”的需求。像《不朽》这类的小说里充满了“探

---

① Francois Rabelais（1494—1553），法国讽刺作家。

② Laurence Sterne（1713—1768），英国最伟大的小说家之一，也是整个世界文学史上一位罕见的天才。

③ Hermann Broch（1886—1951），奥地利小说家。主要作品有《梦游者》《维吉尔之死》等，与弗兰茨·卡夫卡、罗伯特·穆齐尔和维托尔德·贡布罗维奇被米兰·昆德拉称为“中欧四杰”。

寻、假想”或警句格言式的随笔，而我发现与这些我最喜爱的篇章相比，我对昆德拉笔下的人物并不怎么感兴趣。读了《不朽》后我希望看到昆德拉的一部完全由散文随笔组成的小说，剥去小说化的最后一层皮。昆德拉确实做到了。他的下一本书，《被背叛的遗嘱》，提供了全部的乐趣——即小说里所有的发散——可以说没有一项关于人物和情境的发散。通过昆德拉自己的逻辑这“九部分组成的散文随笔”——更准确地说，是以散文体表达出的一系列变奏曲——完全摆脱了小说化的束缚，实际上就是对昆德拉的小说理念最精练、最极致的诠释。

“不模仿别人的书籍自成一派。”劳伦斯警示道，而我所喜欢的小说都是那类无法**称之为**小说的小说。这也是为什么我最喜欢的小说家，除了最后所提到的一位以外，实际上根本都不是小说家：尼采，龚古尔兄弟，巴尔泰斯，费尔南多·佩索阿，雷沙德·卡普钦斯基，托马斯·伯恩哈德……

*

唔，异常繁忙的几个月。忙得热火朝天。你不会相信我都干了些什么。

只不过在牛津买了套公寓。是的，这是真的。令人难以置信但却是事实。牛津！如果地球上有一个地方是你不能（物理意义上的不可能）写一本关于劳伦斯的书的话，那便是这里，牛津。你可以在牛津写关于很多作家的书：哈代，或甚至乔伊斯——也许人们正在这么做，甚至就在此时此刻，很多人在这么做——但不能是劳伦斯。如果有一个人是你不能在这里，在牛津写的话，那便是劳伦斯。所以我毫不怀疑，非常确定自己不会有机会完成我的劳伦斯研究：他是你不能在这里，在牛津写的一个人；牛津是你不能写劳伦斯的一个地方。

当我说你不可能在牛津写一本关于劳伦斯的书时，你不能按字面的意思去理解。就在此时此刻，在我公寓的方圆几英里之内，很多人也许正在写关于劳伦斯的书。从我开着的窗户传进来的敲击键盘声也许就是有谁在写一本书或一篇论文或正在准备演讲稿，或者，至少是一篇关于 D.H.劳伦斯的散文随笔。可以这么做。可以这么做——但不能，不应该这么做。你不可能在牛津写出一本像样的关于劳伦斯的书，不可能写出任何一本关于劳伦斯的书而不对他彻底背叛。这么做的话就立刻取消了你自身的资格。无异于朝着他的墓碑吐唾沫。

那我为什么买这套公寓？我问我自己。为什么要这么干？我必须得住在某个地方。你必须得住在某个地方。这是个糟糕的事实，是我这些年下来积累起来的大智慧。你必须住在某个地方。不论你在哪里，都必须住在某个地方。但不要住在罗马，我决定。哦，我在那儿的状态糟透了。冬天寒冷，而寒冷的罗马是世界上最可怕的地方之一。我们在家里冷，在咖啡馆里冷，在比萨店里冷，在公交车上也冷，我们被迫坐公交车是因为骑摩托车实在是太冷了。在屋里待着冷，在外面更冷。显然是冷得离谱。罗马人是这样应对寒冷的：每年每个人都宣称"从来没有这么冷过"，用这样的方法，即使每年都是这么冷，产生足够夸张的热量来熬过这不合时节的季节性的寒冷。你在一个像英国这样寒冷的地方都会感觉好些。

寒冷使我想看电视。在罗马每当听着人们说从来没有这么冷过时，我都忍不住在想如果回到英国会有多么幸福，暴风雪的天气里我在屋里看电视，看《体育大看台》，看联盟橄榄球赛。我就是这样熬过罗马的冬天的。当其他人靠说"从来没有这么冷过"过冬时我靠想象自己在英国看电视、看联盟橄榄球赛来过冬。劳伦斯说得对："一个人的祖国具有某种致命的吸引力，当他身在国外时。"但对他和里尔克来说这种吸引力很容易抵制：没有任何电视诱惑着他们回去。电视，可爱的电视。我开始买英国的报纸只是为了看看我错过了哪些电视节目。准确地说，我开始买英国的报纸，因为我开始想念英国的报纸了——尽管在英国时我从来没有看过报纸——然后我开始仔细查看报纸上的电视栏目版面，尽管在英国时我从来不习惯看电视，而且报纸往往要迟一天到罗马，因此最终我研究的电视节目已经播完了。这不是思乡病，这样渴望看英国的电视。也许听起来像是思乡病，甚至可能是典型的思乡病的症状，但不是思乡病。我多年前就将其摒弃，而且鄙视任何受思乡之苦的人。我甚至不再知道思乡是什么滋味了。不，我想看电视的病症属于更大的痛苦，在寻找住哪里的过程中得出的毛病，一种漂移不定从不肯扎根的焦虑，因此不断变换方向和形式，这一刻表现为想看英国的电视，下一刻就成了**迫切地**想看英国的电视。我之前有过同样的感受，在巴黎的时候，但那时可以通过看电影得以缓解。可是在意大利根本不可能去看电影，因为所有的电影被配音成意大利语之后就被毁了。

“你为什么不学意大利语?”劳拉说，“否则我们就可以去看电影了。”

“这不是重点，”我说，“重点是我对传媒业持有基本的尊重，拒绝看着它受侵害。意大利甚至都不应该被允许播放电影。所有的电影公司都应该联合抵制意大利直到他们停止配音。”实际上，在周一的晚上，罗马有一两家电影院**确实会**播放原声影片，但他们又让幕间休息毁了这些影片。意大利人坚持不了四十分钟不吃甜点，一个羊角面包或冰激凌，所以任何电影如果不是被配音成意大利语毁掉就是被分割成四十分钟一段而毁掉。多么孩子气的意大利人！

我不断地和劳拉说意大利人是多么孩子气的一类人种，她为此而生气也是可以理解的，不过这还比不上她关于真的孩子的事情所生的气。要孩子的事情以前从未成为过我们俩的问题，但突然之间就是了。我们曾讨论过几次养宠物的事情（我吃惊地发现那是在三十六岁的时候，我当时是个爱狗者），但是孩子，孩子！拉金曾觉得很奇怪，在他的信件里，劳伦斯，“这个毫无保留的男人”，从未暗示过要孩子的可能性。即使这是真的——我觉得不是——我奇怪的是拉金为什么会对此感到如此吃惊。我喜欢劳伦斯没有孩子，因为我讨厌孩子，讨厌孩子的父母：所有英国人都要孩子的事实正是让我离开那个托儿所般的国家的原因之一，如今我又搬回了那个托儿所般的国家。

和劳拉的争吵实质上是语义上的争执。她希望我将我的态度——“我从未想过要孩子”——定义在更为缓和、留有余地的阶段。这么做失败以后，她说，如果我那么坚定地不想要孩子，为什么不去做结扎手术？

“原因很简单，”我说，“因为那会很痛。”不过我也好奇我坚决不要孩子的想法——不仅仅是缺乏想要孩子的念头而是强烈地不想要孩子——会不会是生理上的不育反映在心理上的一种表现。我从未让谁怀过孕，这对我这个年纪的男人来说并不常见。那我为什么不去医院做个检查，这样也许还能不用避孕？因为我知道自己会怎么样，我太清楚自己了。如果结果是我不能生育的话，我可以保证自己在一年之内将会坚决领养一个罗马尼亚孤儿——或花大笔的钱采用最先进的手段治疗不育。

我尤其不愿意回应劳拉要求我在孩子问题上态度缓和一点，因为那正好发生在圣诞节之后，每个人都在抱怨他们不得不和姻亲们、某某的亲戚、某某的妈妈……一起度过假期。有孩子的人生活里充满了责任和义务。没有一件事情是为了有趣而去做。孩子成了约束性责任的源头。即使想要孩子也说成是完成血脉传承的任务。人类的谎言！

完美的生活，完美的谎言，我圣诞节后意识到，就是阻止你去做那些你可能已经很理想地在做（画画，或写不能出版的诗歌）但实际上并不想做的事情。人需要感觉到自己所追求的生活被**当前的环境**所阻挠，那种生活虽然是他们所引领的却并不是他们想要的；而他们真正想要的生活正是那些阻碍物的混合体。这是一个非常刻意、异常简单的过程，精心编织了这张自欺欺人的网：设法说服自己你想要做的事情被阻止了。大部分的人不想要他们所想要的东西：人们想要被阻止与被限制。仓鼠不仅爱他的笼子，而且如果没有笼子他会不知所措。这就是为什么孩子成了如此方便的借口：你有孩子因为你正作为一个艺术家在努力糊口——这实际上也正是当一个艺术家所意味的——或无法继续你的事业了。**于是**你就能说服自己是你的孩子们妨碍了你继续这项其实从未有过起色的事业。接下来：总是以要对其他人负起责任的名义放弃各种事情，从不承认是因为失败，因为缺乏自我。在你意识到这一点之前渴望已经萎缩到只能伪装成责任的形式才会显现出来。经过几年为人父母之后，人们变得无法回答他们想要做什么。他们的喜好只能通过有着层层等级的责任来表达——虽然他们正是通过完成这些责任（拜访姻亲，被迫待在家里当保姆）来衡量自身渴望的峰值。自我逃避还没有停下来的意思：在有的阶段他们会感到羞愧，因为他们意识到这些渴望是那么微不足道甚至都配不上称之为渴望，于是这些微弱的渴望只能服从于责任。

我每天晚上都向劳拉咆哮着说这个。我对这些事情感觉特别敏感，因为在那个时候，我的劳伦斯研究毫无进展，这种挫败感是我向深度抑郁——我将在以后做详细说明——屈服的重要原因。长话短说，总之我开始确信我需要一份工作，一份正业，至少承担一些责任能让我有点纪律性和规律性，从而阻止我一周七天每天都放纵自己。如果我有一份工作，我想，我甚至可能在劳伦斯研究上取得更多的进展，因为那时我会珍惜我的业余时间。比如说我可以在商店里工作，然后一直期待着下班回家坐下来研究我的劳伦斯。像现在这样，像在罗马，在阿罗尼索斯，多年来不论我住在哪里情况都是一样，没有任何东西阻碍我写我的劳伦斯研究，因此我从来没有全力以赴过。如果我有一份一周要干三天的工作，我推想，我在剩下四天里所做的事情可能比眼下供我自由支配的七天里所做的还要多。这样的安排将会让我离劳伦斯越来越远，他一旦放弃了教书就再没有考虑过在商店或任何其他地方做份兼职的差事，但是我对所谓的评论“方法论”失去了兴趣，如果要说实话，我对劳伦斯也失去了兴趣。更准确地说是我对我的劳伦斯研究失去了兴趣。这一切发生在我们那趟倒霉的瓦哈卡之行之后，我以后还会再去，不过最终的结果便是我深信我必须要有一份工作，由于我不可能在意大利获得一份工作——不用说我不想学意大利语——我那已经转向英国电视的注意力现在集中到了英国的工作上。我开始考虑我将会爱上英国的生活，一份美好的兼职工作，晚上看看电视，如果来灵感了就做一些劳伦斯的研究工作，那将不再是现在这样一项艰巨的事业，而会是一种消遣，让我在零碎的时间里，没什么电视可看的时候有事可做。

所以我在这里，我们——劳拉的姐姐租下了罗马的公寓——到了牛津。劳拉喜欢这里。我讨厌这儿，不用说，我厌倦了看电视而且早就摒弃了任何想要做兼职的想法。我一回到英国，回到这阴冷狭小的岩石上，就感觉自己在收缩。回到我所归属的土地上，回到我的同胞中间，我立刻怀念起**没有**归属的感觉，怀念那个奇怪的在你没有家没有归属的时候建造出来的家园。与此同时还存在着一种明显截然相反的感觉，即我不属于这里，这里没有我的容身之处，罗马都比这儿更像家，尽管当我在那儿时没有一刻感觉到像家。

啰唆这么多其实是想说这股对英国的恨意并不全是真的，我会这么感觉，因为这是劳伦斯式的情绪，实际上我所体验的是抄袭来的感觉。我并不是第一个遭遇这种情况的人。1961 年约翰·奥斯本①从法国发出了他那封

① John Osborne（1929—1994），第二次世界大战后英国著名现实主义剧作家。因其剧本《愤怒的回顾》而闻名，被称为第一个“愤怒”的年轻人。

声名狼藉的《致同胞的信》："这是封仇恨之信。为你们，我的同胞而写。我是指那些玷污我的国家的同胞……该死的英国。你正在腐烂，很快你就将消失。我的仇恨将会超越你，哪怕只有几秒钟。我希望那将是永恒。"

签名为"诚挚的极其仇恨的奥斯本"，这显然是对日益升级的冷战危机所作的回应，但奥斯本真正兴奋的是有机会使自己听起来像劳伦斯了。一年之前他谴责英国人"没有好奇心地活在世上"；一年之后他对休·盖茨克尔[①]的厌恶通过呼吁劳伦斯式"草根生活"的理念得到了验证。但在1961年的夏天，在法国瓦勒堡，他几乎直接引用了劳伦斯。劳伦斯不仅仅提供了反英国的愤怒体模板，他还提供了信的内容："诅咒你们，我的同胞，你们已经将绳索套在了脖子上，日复一日地拉紧它，"他写道，"你们正在勒死自己，你们这些该死的蠢货。哦，我的同胞……"那是在1912年；到了1917年，在当局拒绝签发他的护照，从而破坏他去美国的计划后，劳伦斯更加慷慨激昂，"我全身心地诅咒我的国家，它是个被生理上和精神上都诅咒的国家。让它永远被诅咒。让大海将它吞没，让海水将它覆盖，使其不复存在。让世人都知道它是被诅咒的英国，一个该死的国

① Hugh Gaitskell（1906—1963），当时的英国工党领袖。

家。我诅咒它，我诅咒英国，我诅咒英国人，男人、女人和儿童，因为他们的国家使得他们被诅咒，被仇恨，永远得不到原谅。”

我欣赏这些情感，更为欣赏由我自己将这些情感发泄出来。这是英式作风的标志，这种英国和英国式的痛骂。“如果你的眼睛触犯了你，就把它挖出来——但我是英国人，我的英式作风就是我的视觉。”劳伦斯宣称，承认自己的性格。“这是我自己的，我的故土。”我对自己说，这里的规矩是但凡有趣的一定是不合法的；在这里，如果你坐在公交车上，最不可能的事便是掩饰你对周围人的厌恶但不知怎么你的确掩饰住了，因为所有你周围的乘客也都在设法掩饰**他们对你**的厌恶。啊，是的，在国外讨厌英国是一回事，但根本无法将之与身在其中的憎恶相提并论。

至于牛津城，或者准确的名字应该叫笨蛋之城，正被愚蠢、极度精神疲劳的乌云笼罩着，因为所有这些笨蛋学者都在他们的文学研究上挥动着铁锹，自掘坟墓。与大众的想法相反，牛津城里的笨蛋、傻瓜、思想狭隘者的集中程度比大不列颠群岛上任何一个地方都要高。这是事实。哦，我痛恨这一点——也正因如此真是太好了。现在我在这里，在笨蛋之城，在英国，而我想要的就是回罗马，不过这并不是痛苦的源头，反而给我带来了精神上的平静。现在我在英国有了一个住处而我并不想在这儿，我又可以像以前一样漫游世界了——除了一点，以前当我真的没有住在任何地方时，我被将要去哪里住的焦虑重重包围，极度渴望回到英国。

那种苦恼、不确定感随着时间的流逝变得越来越严重，但我现在怀疑它是否与火箭穿过大气层进入太空时所产生的燃烧不尽相同；如果不相同的话，我的情况是，这种摩擦力在进入某个完全释放的区域之前就被感受到了：最后一股重力引诱着我安定下来。也许我对此有着如此强烈的感觉正是因为这股阻力在做着最后的努力，因为最后的根基将被铲除。

飞行的鸟并不在目的地的途中，建筑师文森佐·沃伦迪尔瑞这样认为，它们随身携带着地点。我们从不怀疑它们住在哪里：天空就是它们的家，以飞行的姿态。飞行是它们生存的方式。如果我能再坚持得久一点也许就能像鸟一样，四海为家，自由自在。但是谁知道呢？也许那个放下一切，完全自由的时刻永远不会到来。在某个时候也许搬到笨蛋之城是个正确的决定——尤其自打我到这里开始便不想待在这儿。现在我有了一个地方，一个根据地，我可以自由遐想而不用再苦恼于去哪儿住。成为一只鸟很困难，但做一条船相对容易一点：如果你有一个港口便可以远行。所以现在我有了一个港口，在笨蛋之城拥有一处可爱玲珑有着两间卧室的巢之港湾，地理位置优越，去商场、公交车站和火车站，甚至希思罗机场都非常方便……

这是看待这所公寓的一种方式，但是我知道我就是要让自己失望，要揭自己的短。“一个男人迟早要做出这样的妥协，”劳伦斯写信给买了房子的爱德华·麦克唐纳，“乌龟走了几百步，然后将整个家装进了他的壳里。”在即将要成为一只鸟的时候我像乌龟一样安顿下来。里尔克是对的：

> 我们如此容易
> 从我们为之努力奋斗的事情中后退
> 突然，过起一种我们从不想要的生活
> 可以发现我们被困住了，就像在梦里
> 至死都没能醒来。

如果我现在死在这里，在牛津，就在今天，这将是我生命最糟糕的结局，我所取得的一切成就都将因此而被贬低。可既然我不想死在这里，干吗要住在这里，住在这个我上大学的地方，这个沿着 A40 公路开四十英里就能到我上学、出生，以及我父亲出生的小城？

“劳伦斯这个工人阶级男孩的悲剧在于他没能活到回家。”我非常清楚地记得第一次看到这句话时的情景，那是十五年前，在《文化与社会》上看到的。当时我在布里克斯顿的一辆公交车上，雷蒙德·威廉斯[①]的话看起来比其他任何写劳伦斯的人都更为贴切，一语中的。这简直就是对劳伦斯最终的总结。这不仅仅表示威廉斯关于劳伦斯的评论是正确的：我**相信**他所说的，几乎成了一种信仰。

直到现在我才明白威廉斯是大错特错了。也许这的确是劳伦斯这个工人阶级男孩的悲剧，但这样看待劳伦斯，将他视为工人阶级的男孩，这种短视的行为与弗丽达认为利维斯所做的同出一辙（“自《虹》之后，”她斥责道，“劳伦斯就不再是一个英国作家了，而是全世界的。”）。劳伦斯生命的轨迹不是将他的出身抛在了身后而是远远地超过了。

威廉斯错得有多么厉害，早在“归程”（《意大利的黄昏》的最后一章）中便可明显看出来。在一个小旅馆里劳伦斯遇到一个英国人，一个正在徒步旅行的小职员。“旅行”这个词，劳伦斯发现，用在这个从斯特里

---

① Raymond Williams（1921—1988），20世纪中叶英语世界最重要的马克思主义文化批评家，文化研究的重要奠基人之一。

特姆来的年轻人身上非常不准确，他给自己设定了一个极为痛苦的行程挤进为期两周的年假里。当劳伦斯遇到他时他几乎已经完成了目标，但“经受着疲劳和透支的折磨”。一开始劳伦斯惊讶于他的毅力与勇气，接着震惊地发现经过这番英雄般的意志之旅后他准备返回伦敦——回到那个机器中去。这个英国人可怕的旅程被伦敦这台机器有效操控着的事实令劳伦斯畏惧：“他的眼睛黑而幽深，充满勇气。然而他清晨就将回去。他要回去。他所有的勇气都来自要回去。他将要回去，尽管他行将就木。为什么不呢？他正在被杀死，生活在沉重的压力之下。但是他有勇气屈从，去那样死，因为那是分配给他的生活方式。”劳伦斯将在下文中用几乎同样的语言描述这个男人从法国坐飞机出发；此刻，钦佩与痛恨之情相交织的他充满同情地作出回应：“为了我的同胞，心在抽紧，直到拧出血来。”这两种势均力敌的情绪没有持续多久：早晨当劳伦斯起床发现那个小职员走了之后感情上突然发生了显著的变化：“我忽然恨他了。这个固执的傻瓜，就那样待在砧板上等着挨宰。他所有的勇气其实不过是无与伦比的懦弱。”

劳伦斯继续自己的旅程，在一座山上稍作停留。“我向下朝着佛卡的方向望去，想着我那劳累的来自斯特里特姆的英国人，他应该在回家的路上了。感谢上帝我不用回家：也许永远也不。”这，在我看来，是劳伦斯一个重要的时刻，放下过往，不再滞留，以超越威廉斯的方式向前看——并回归尼采。准确地说是回归《人性的，太人性的》，在序言中尼采描述了“自由意志”发展过程中的一个关键阶段。在某些特定的时刻，尼采写道，具有“危险的实证主义特权”的人会体验到“一丝恬淡而微妙的阳光下的幸福，感到像鸟一样的自由，像鸟一样的高度，像鸟一样的精力充沛，而与此同时好奇心与轻度的藐视共存”。关于他所说的“像鸟一样的高度”，在阿尔卑斯山，劳伦斯确实体验到了这种突如其来、汹涌澎湃的感觉，这让整个人生都变得有价值起来，因为当你身处冥冥中注定的命运里，准备好接受随之而来的一切时，这个时刻必然会到来。考虑到劳伦斯当时的情况，尼采的描述再贴切不过：在一本为那些拥有“自由意志”而当时还并不存在的人们而写的书里，他希望将他们的道路带入这个世界，仿佛他正在**描写**劳伦斯的感受；与此相反，劳伦斯，在这个时候，可以说正在**读**尼采。

噢，我知道那是什么感觉；我在新奥尔良、阿尔及尔甚至在瑞典的古怪瞬间，我所在的那冻僵的六周里只有一次气温超过了零度，都有过体会——但在笨蛋之城，在英国，绝无感受的机会……

里尔克最后的重要诗篇之一写于1926年秋天，他临死前的几个月。以下是其中的一部分，由杰里米·里德[1]改写：

想要得到平静这只鸽子必须飞翔
远离它的鸽舍，它的轨道
告诉它，远方，恐惧，天空上的赛道
只有在归程中才能领悟。

待在家里的人，永远不会勘探到
失败的边界，保留着安全感，
只有那些失而复得的人才能自由地
筹划一场更新更稳妥的飞行。

但是你**什么时候**归来？很长一段时间里，我认为当我最终安顿下来时所体验到的满足感将会是更为强烈的紧张——如果满足感可以变得更加强烈而不是变成满意度降低的话；也许满足感正是一种紧张度的缺失——因为长期被延缓了。没想到会发现并没有满足感，实际上

① Jeremy Reed（1951—　），美国作家、文体家。

根本没有变化，充其量只是暂时将不满压制住了而很快这种不满便和以前一样强烈。

里尔克的诗还忽略了一种具有启示意义的可能性：一段时间之后人对归家会产生抵抗力，人的满意度会被新的冒险活动所削弱。也许你离家越远越觉得家的沉闷无聊。人归家后得到的不是心灵的平静而是窒息感，减轻这种感觉的唯一方式便是痛苦的远行。正因如此，劳伦斯成为一个远行的囚徒，他的满意度因持续的旅行而下降。因此他越来越绝望地问众多的朋友他到底能住在哪里。

还需要注意的是尽管里尔克在诗的结尾提到归程，但其情感的轨迹无情地暗示出只有那些摒弃归家念头，继续前行，视旅程为家的人才能进入满意的领域。如果那只“在外冒险”的鸽子归家后“知道了平静的滋味”，那些继续飞行的鸟会体验到什么呢？这势必让我们超越里尔克，想到聂鲁达[①]的劝诫：“归家之人从未离开。”劳伦斯在圣哥达山口时有了这样的预感，并立刻像接受命运般顺从了。“我感觉到自己的余生都将在流浪中度过。但我不在乎。”

① Pablo Neruda（1904—1973），智利著名诗人，1971 年诺贝尔文学奖得主。

在伊恩·麦克尤恩的小说《时间中的孩子》中有这样一个片段，当被他的小儿子问到为什么铁轨“在远处长到了一起”时，父亲“眯起眼睛看向远方，在那儿问题与答案融合到了一起”。以一种相类似的、轻松的方式，劳伦斯看到了里尔克与聂鲁达的融合点：“噢，岳母大人，必须如此，”他从澳大利亚写信道，“这是我的命运，流浪。不过世界是圆的，会再次将我们带回巴登。”

他是个极其复杂的个例，劳伦斯。里尔克诗歌中所有的可能性和不确定性都能够在他的身上找到痕迹。不过能确定的是，他从不停歇地向前走的渴望伴随着他直到生命的最后一分钟。“这个地方不好”：这句话在很多版本里都作为他最后一封信的最后一句话。他说的是那个最终死在那里的疗养院，名字恰好叫“Ad Astra”[①]。还有什么能比这更好地纠正里尔克诗歌里暗藏的含义——人们通常持有的观点——在某个时刻会**存在**宁静与满足？

劳伦斯生活与作品的本质与追求某种永恒的祥和宁静的观念大相径庭。永不满足于只是简单地记录他那转瞬即逝的感觉与波涛汹涌的情绪，劳伦斯总是想将它们转化为某种永久的证明，使其成为一种“哲学”——从性情气质上来说没有哪个作家更适合这么做了。劳伦斯

① 拉丁短语，意思为“去星星上”。

的最佳状态是当他将那稍纵即逝的情绪和感受记录下来而没有刻意将它们纳入任何形式的设计当中时，哪怕是充满艺术性的小说。想象力无穷的文字源于他的变化多端——在几个小时或几分钟内从勃然大怒变成轻松幽默——他能够从任何挫败中恢复过来，总是可以再给生活，再给他自己一次机会。

电影和书本促使我们认为生命中会有那样特定的时刻到来，如果我们能够做出某种伟大的，一辈子只有一次的割舍或坚持之举——如果我们能抛下工作转身离开，放弃与一个自己不爱的女人过安稳日子的生活，即**走出来**——于是我们将被解放，获得自由。紧要关头——转折点——诸如此类的东西对于电影或戏剧来说至关重要，它们要将心理的焦虑具体化并提炼浓缩。夸张点说，这些紧要关头之后所发生的事情并不重要，即使剧情仍在继续，结局由这些超越日常生活的突如其来的变故决定。到那时问题在于你将自己从什么中解放出来了；不过真正的问题，正如尼采所指出的——劳伦斯在他尼采哲学式的《托马斯·哈代研究》中重复提出的——是为了什么而解放？

除非，像塞尔玛与路易斯[①]那样，你冲向大峡谷，

① 电影《末路狂花》的女主人公。

但不可能逃过每一天。劳伦斯的一生强有力地证明了实际上享有自由需要日复一日的努力。获得自由不是源于某个时刻的决定而是一项需要持续建设的工程。自由比任何其他事物都更需要执着。会有一些暂时的休息期，但那种你可以一劳永逸的状态永远不会到来，因为那样你是在把自由转变为永久不变的东西。自由总是不确定的。那就是像影子般跟着这本书的里尔克，在他写退回到我们从不想要的生活时所想表达的。劳伦斯向约翰·米德尔顿·默里①提出同样的警告："要么你继续推着独轮车在剑桥演讲，内心越来越柔软，要么你与自己干一战，发愤图强，磨炼意志，完全抛开你的感觉像斗士般面对这个世界。——不过你不会这么做的。"现在我也不会这么做。

"自由是存在于灵魂深处的礼物，"劳伦斯声称，"你无法拥有，如果它不在你体内的话。"也许它的确是一种礼物但并不是放在哪里等着被取的。认识到自己具有这个能力需要经过一番拼搏。那么，劳伦斯来之不易的自由都包含些什么呢?

---

① John Middleton Murry（1889—1957），英国高产作家，新西兰天才女作家凯瑟琳·曼斯菲尔德（Katherine Manthfield，1888—1923）的第二任丈夫。劳伦斯的好友之一。

凯瑟琳·卡斯韦尔[①]称赞劳伦斯“他不是真正想做的事情就绝对不做，一切他最想做的他都做了”。被指责只达到了卡斯韦尔这句话一半水平的诗歌《有洞的生活》中——“你总是做你想做的”——拉金抱怨说他成功只因为他是第一个这么做的人：“这些老家伙的意思/是我从来不做我不想做的事情。”对他来说，劳伦斯认为自由一定不仅仅是做一个人想做的事——但如果一个人连自己想做的事都不能做的话又怎么谈得上自由呢？他一直避开这个问题，并将其提升为一种思想，即一个人想做什么不仅仅是一个决定，更多的是对自己的一种责任。“提升”也许在这里使用得并不恰当，意指探寻一个人内心最深处的渴望——并一直忠于它。

劳伦斯关于个人自由最有说服力的言论之一是以非常冷漠的语气作出的反驳：“妻子和我以前每个月靠三十七美金过活，一直安之若素。我怀疑我现在一年能否赚到四百以上——像我喜欢的那样漫游欧洲，朝那些企图侮辱我的人吐口水。”像这样面对世界也是对自我的一种测试：对劳伦斯来说，那是**自由的挑战**。

“历史只不过是一个人与内心交战的小问题。”他宣

① Catherine Carswell（1879—1946），英国作家、记者，劳伦斯好友，并为他撰写过传记。

称，在这场交战中，人赢得了对“他内在命运”的感知。在实践中这意味着大量的起伏和变化，决定和不决定——以至于劳伦斯自身此起彼伏的意图有时把他自己都弄糊涂了。“我们几乎都已经定好去美国的行程了，突然之间我认为必须要去斯里兰卡。”一个人偶尔做做自己想做的事实际上只是很肤浅地走一条自己并不是很想走的路。仿佛对待与个人无关的权威般赞同他的这些决定，劳伦斯逐渐试探性地开始有了命运感，而只有经过艰苦的锤炼才能够追随它。下一站去哪儿，是留下还是继续前行，这些永久性的问题成为命运之旅的关键驿站。据此劳伦斯的流浪变得意味深长，被动顺从与主动创造之间的差距几乎微不足道了。“这是我的命运，去流浪，”他屡次宣称，顺从于他主动创造出来的人生，“说真的，人为什么要写作！或者说为什么要写我写的那些东西？我看这是命运，不过总的来说是冷酷无情的命运。”

命运不是什么在某处等着我们的东西，而是我们必须经历不计其数的间接障碍和绕弯路才有可能获得的。约翰·伯格与内拉·别尔斯基合著的《一个地理问题》借书中某个人物将此点简明扼要地表达了出来：

我们每个人来到这个世界都带有她或他独有的

可能性——就像一个目标，或，如果你愿意，几乎可以称之为法律。我们活着的任务就是变得——日复一日，年复一年，越来越清楚地知道那个目标，这样最终才能够实现它。

我对这个“最终”要吹毛求疵一番：命运不是最后得到的，而是逐步向它推进的行动过程。除了这点保留意见之外，伯格与别尔斯基给出了命运的宣言。正因为它变幻万千的不确定性和矛盾性，劳伦斯的生活展示了实践层面上所能想象到的细节：搭乘哪些公交车，去哪里，需要多久……

“总的说来，某个人如何去成长不关我们的事，”里尔克写道，“只要他的确在成长，只要我们跟在自己成长的路径上。”但很可能脑海中所设想的自己的成长之路实际上是下坡路。这有可能就是你的命运，换句话说，没有达到你的命运，还差一点，终止在笨蛋之城。

不用说自从搬到笨蛋之城之后我的劳伦斯研究没有取得任何进展：我在忙于自制家具。我怀着报复心理埋头苦干，刷油漆刷得疯狂到甚至做了个卡夫卡式怪诞的梦：我的两只手变成了一对巨大的滚筒。

我说没有取得任何进展，但，正如里尔克猜想也许我们最懒散的那些日子正是我们最富创造力的时候一样，我猜想这些用来自制家具的日子也许对我的劳伦斯研究非常关键。当我的经纪人写信询问我有无任何进展时，我只是将劳伦斯写给他出版商的信抄写下来，作为回复。“通常在我奴隶般地建房子时我是不写作的——我的手臂感觉好重，像是挖土工的手臂，尽管看上去还是那么瘦弱。”我的感觉，我的手臂，正是如此。区别在于劳伦斯是个伟大的动手者，也许是英国文坛上首个伟大的动手者。“我已经漆了按英里计的窗框，按英亩计的门，漆了一箱子的抽屉直到组成一张书桌，而我还远没有结束。”“劳伦斯总是很忙，”弗丽达的第三任丈夫，安杰洛·拉瓦尼利回忆道，“大部分都是干家务活。”当他不在搭棚子和造橱柜、建书架和修外屋时，他就在“洗衣服、做饭、拖地板和干所有的活”：居家过日子，总而言之。再一次我受到了打击，被不曾预料到的巧合，如果在我去伊斯特伍德的途中绕去了宜家该多好：现在看来这是一个极好的迂回着成功的事例。劳伦斯作为性爱革命先驱的一面对于今天的我们，对我来说几乎不算什么了；我爱的是有一双巧手的劳伦斯。劳伦斯最完美的照片，最能够表达他对于现在的我们，在千禧年到来之际，所具有的意义将会是一张他手握锤子在新墨西哥州的牧场里建造宜家式厨房的照片。

如果我喜欢做这些事情该有多好。我喜欢改造家的想法，但现实是我对此完全不在行，实际上很讨厌。事实是我现在已经在宜家了。劳拉和我开车去了伦敦西边的一家宜家，和厨房设计顾问进行了一个小时激烈的讨论，后者建议说如果我们仔细阅读了说明书并有耐心的话我们就能够建出自己的厨房。劳拉半信半疑，我跃跃欲试，于是我们把选出来的拼装家具拖回去，第二天就开始起劲地组装起来。两天后由于部分地方组装出错，我们梦中的厨房堆在客厅里等着专业安装人员的到来。这是一项难度高得离谱的工程，于是我们转向做点容易的事情：挂起一块软木留言板。我一辈子都在梦想拥有一块软木留言板。多年以来，在软木留言板上别上账单、明信片和音乐会门票是代表生活安定的一个典型符号。当我们搬到笨蛋之城后我买了一块！把它挂起来应该是个简单的活儿，但自己动手时没有什么是简单的：钻头失控把水泥墙凿了个坑。已经恼火的我向左挪了几英寸钻出了一个漂亮的洞——砰！——正好钻到了电缆线上。一片漆黑。我受到了可怕的打击，不过没有遭到任何电击（应该是因为电钻上的某种绝缘装置，我猜想），在这种非电击的打击下，晕头转向的我拿起螺丝刀将留言板戳了个稀巴烂。

我怪我的父亲。自己动手无非是测量，检查和再检查这些事；需要耐心和准确度，而我哪样都不具备，因为父亲在我很小的时候就强调这些，他把自己动手的所有乐趣全都剥夺了。为了重拾乐趣，我拿起了锤子和钳子，结果很糟，也没多大乐趣。不过我依然喜欢这个主意，喜欢我们这个自助年代的那些大教堂，家居改造超市，我是指，尤其是“全都做”最新特别折扣的广告宣传册铺天盖地，每张宣传册的结尾都是那句信誓旦旦的“在一起我们可以全部做”。这一招很管用，那些房主打着电话去祈祷。你听到了而且相信了。你有了信仰。只有当你回到家想要改造的时候才会发现，独自一人，你什么都干不了。

可是一起做，和我父亲一起做的话，就可以在我的书房里搭起一个二百英尺的书架。我测量房间，画出草图，然后父亲和我一起去买并运回那些木头，它们最终变成了二百英尺的书架，再给它刷上清漆。父亲做了大部分的测量工作，大量锯木头的活儿以及所有的钻孔。他在测量的时候犯了错或者是水平仪的问题，结果有一些架子斜出了约一英寸。他对此无法解释，我能看出这种出入有多么令他受伤和困惑。没什么好解释的，除了说他输了，丢掉了他的眼力和准确度。作为弥补，他特别做了一些木头楔子把架子抬升到了完美的位置。

我现在正在看着它们，这些架子也许会成为父亲最后一件伟大的手工制品。在将来的某个时候——这个将来纯属假设，绝对不会到来，因为我祈求上帝绝不要孩子——我的儿子会指望我为他做架子。这是条生物性的原则：父亲为他的孩子们做架子。不过我好奇的是做架子这个能力是从哪里来的。小时候我总是被父亲那男子汉的大手拍打。我问自己什么时候我的手也能变成他的那样？对诗人迈克尔·霍夫曼来说发生在他二十多岁的时候：

> 现在，这几乎就是父亲的手臂，
> 一个男人的手臂，将香烟递到我的嘴边……

霍夫曼的父亲是个作家，所以他诗人儿子的手臂长成与他的一样并不令人惊奇。但对我来说，我想，这样的事情绝不会发生。我父亲的手和所有的技能——钻孔，锯木头，建造——这些曾在他的双手里达到极致的都已经被抛下了。从现在开始我的手将是写支票给厨房安装员，一个有着我父亲的手的男人，会造东西——像劳伦斯那样——能为他自己或他的儿子造东西。这并不仅仅是一堂你离开的课程，它也是你的基因。也可能并不完全正确。

“父亲的照片今天收到了。非常好，我从中看到了许多自己。”那是1925年1月，劳伦斯父亲死后的四个月。几天前我母亲给了我一张父亲二十五岁左右时的照片。他穿着白色网球鞋，运动衫挂在肩上，一手拿着网球拍。只有模模糊糊的廉租房作为背景——他的姐姐，我的姨妈琼，仍然住在那儿——表明这幅景象不是来自英国有闲阶层的漫长下午。他的头发——已经稀疏了——油光发亮地往后梳着。相差不了几年，再刨去一些流行细节，他看起来跟现在的我一样：一样的长腿，一样的细腰，一样的眼睛和嘴巴。第一次，我在父亲的照片里看到了我自己。

几周之前，为了用掉她剩下的一些胶卷，劳拉在我刚打完网球后给我拍了些照片。我的背弓着，整个人脱水了——前天晚上我们喝了太多的红酒——但我吃了一惊，当照片在暗室里显影时，我看上去糟透了。那副疲惫不堪的样子让我看起来像现在七十多岁的父亲。第一次，我从自己的照片里看到了父亲。

这些照片之间的相互关系——镜面效应，沿着一条约四十年的跨代分割线相互映射——并不是偶然。它是为父亲最终不可避免的死亡做影像上的准备：那个时刻终会到来，届时只有我的基因能够继续相机的工作来保存他的外貌。看着那张父亲穿着白色网球鞋的照片，我意识到那项技巧，如何靠本能去击中移动的球，掌握运动的要点，依然在那里，在我的手中，在我的胳膊上。

它们让我认真思考，这些照片，让我好奇我还遗传了哪些特征。一天晚上我醒了，被隔壁晚归的人和钥匙转动锁的声音吵醒，我意识到又一个特点现在能够坚决地确定为永久性特征了。我总是很容易醒来但直到现在我才能将多年的证据归结成简单的结论：我是个浅眠者。像我父亲。当我住在家里时再细微的声响总是能惊醒他。浅眠，对他而言，一直是一种家庭警卫，一种对任何可能侵犯到他的家与家人的危险保持警觉的方法：一种照顾母亲和我的方法。他自己是个浅眠者，当他天蒙蒙亮就出去工作时要忍受着很大的痛苦避免吵醒我们；像他一样我开门很轻，在房间里走路也是轻手轻脚。

这些习惯像是不经意间养成了；其他的，如及时、毫厘不差地还钱，则是有意逐渐培养的。也许这对任何人来说都毫无兴趣——而这整本书，我怀疑，谁都不感兴趣——但碰巧我非常擅长还债。你看我的脸就能够知道。我长着一张诚实的脸，很显然。当我问能否赊点牛奶或蔬菜时杂货铺老板从来不会拒绝，而且他们经常告诉我可以赊账是因为我有一张诚实的脸。这是杂货铺老板引以为傲的事情之一，即通过外表判断品质。如果他们有本事从市场上挑出最好的蔬菜，那么他们就能够挑出那些能赊账买生瓜和烂苹果的顾客。这些店主会乐于提升劳伦斯的信用度，我猜想，因为他对还债总是一丝不苟。也许这个共同的特点正是我为什么喜欢读他那貌似最为沉闷的信件，在那些信件里他清算账目，计算他所欠的债。“我欠你一些钱，”他写给伯特兰·罗素[①]，“我们买那些壁画花了三畿尼。你的那部分是31/6，因此我欠你8/6，我会寄给你，不会忘记。”我喜欢那句“不会忘记”，我还喜欢他催芭芭拉·洛[②]“提醒弗丽达她要付你蛋糕等食物的钱。如果她忘记了我会很生气，因为她经常这样”。三周之后他再次写道：“显然弗丽达从来没有付给你蛋糕和甜点的钱，因此我这里寄给你十块钱。”

这种毫厘必究的必然结果，不用说，会导致吝啬。他抱怨他的姐姐艾米丽“总是认为九便士硬币只有六便士硬币的一半质量。如果我不耐烦地反对说九便士对我来说毫无价值除非它有九便士的生活价值，她只是看看我仿佛我什么也没说。我多么**讨厌**普通人对待生活的态度。我多么憎恶普通！我打心眼里厌恶头脑简单的好人

---

① Bertrand Russell（1872—1970），英国哲学家、数学家、逻辑学家、历史学家，是20世纪西方最著名、影响最大的学者和和平主义社会活动家之一。

② Barbara Low（1877—1955），英国第一批心理分析学家之一。

们，永远带着价格清单。”也许情况确实如此，但她不会比她的弟弟更着迷于价格。他最好的一些信里除了价格清单什么都没有。其他则是长篇累牍的抱怨：东西多么贵，他如何被敲竹杠，汇率如何让他吃亏（尤其是在意大利），邮寄书不得不付税，他怎么被政府官员、店主、旅馆老板和门童欺骗。作为一本旅行书，《大海与撒丁岛》超越了它的时代：预测到了旅游业发达的年代，所有英国假期的制定者都认为他们处处被敲竹杠，对西斯廷教堂最深刻的记忆将是教堂外卖的巧克力夹心冰激凌贵得惊人。劳伦斯对他撒丁岛之行在钱的方面很生气并一度像火山爆发般将怒火发泄出来。

> 听到“里拉”这个词我都快要死了。今天无意中听到的十句意大利话里没有一句不是带有里拉的，两千或二百万或十或二十或两里拉，像毒蚊子一样在耳边飞。里拉——里拉——里拉——再没有别的。浪漫，诗意，满是柏树和橘子树的意大利已经消失了。留下一个在里拉币的肮脏雾霾中快要窒息的意大利：破烂不堪，难闻的纸币味道充斥在空气中，呼吸起来像是在油腻腻的浓烟中。在这油腻腻的浓烟后面有些人还可以看见意大利的太阳。我什么都干不了。

他还发现很难不发火，对那些他感觉待他不诚实的各类出版商和经纪人（“纽约返程的火车票高达三百美金?”他向罗伯特·蒙特斯发出质疑，“你记得你说过你只会要我付单程火车票的。”）。劳伦斯一次又一次地强调在交易中他所要的就是坦诚、公平和“准确”。“我不想要任何对你不公正和不公平的东西，”在他们合作之初他写给马丁·塞克的信中说，“但我希望你也公正、公平地对我”——这是劳伦斯觉得在他身上发生得太少的东西。

或许我们不应该说太多劳伦斯和钱。他毕竟是一个真正的自由职业作家，因为他完全靠他的笔（还有临时借款）过活，而众所周知自由职业作家总是会为钱所困。至少我也是如此。当福楼拜——与劳伦斯（和我）不同，他有一定的个人收入维持生计——宣称“每个人都缺钱，从我开始！”时，他不仅在哀叹自己的命运，还真诚地流露出了文人的纯粹。看过很多作家的信件，似乎记账比写作更重要。因为很多时候他试图不用经纪人，最后选择自己出版，所以这七本书信集里有大量的内容是由劳伦斯的经济纠纷所组成的并不奇怪。令人吃惊的是发现一个伟大作家的信件里我最喜欢的是那些会被任何精选集删掉的部分，即那些与他的天才无关，而是尽显他普通的内容，被他所讨厌的普通。事实上劳伦斯写的《查泰莱夫人的情人》对我来说并不意味什么；重要的是他支付生活费，解决债务，做出美味的果酱，搭建起架子。

所有这些都是无关紧要的——如果在一本全是无关紧要的事情的书里还能有什么称之为无关紧要的话——除了在某种程度上证实了人们对劳伦斯的一个评论，而以我所见这正是他的核心：他总是投入到所做的事情当中，如赫胥黎注意到的，“能够完全地沉浸在当下正在做的事情之中”。据说，他没法不全身心地投入正在做的事情：不修改或重写就没法看别人的手稿，不把地板擦得锃亮就没法擦地板，不成为一个画家就没法画画。

作家总是嫉妒画家，如果可以的话愿意随时与之交换身份。画家的生活看上去没那么清心寡欲，如苦行僧般，也不用成天伏在案头。与作家杂乱的书桌相比，画室里是一派混乱：脏兮兮的咖啡杯，沾着颜料的盒式录音机，画家女友的素描，全裸的，贴在墙上。这种写作与工作联系在一起，艺术与娱乐联系在一起的情况开始于上学的时候：教室是沉闷有序的地方，艺术教室则是玩耍、乱哄哄、制造混乱的地方；辅修物理在学校的课程表上不受欢迎，而辅修艺术——比体育课还过分，前者经常要暴露在恶劣的天气中并有可能受伤——意味着一个半小时里什么都不用干。对作家来说，工作的特点是物理活动的绝对停止（所有的活动都是对手头工作的逃避和干扰），生活的暂停。对画家来说工作意味着生活上更为激烈的体力活动的参与，从木工活开始（做画架）到上色、涂漆、装裱结束。即使因此它包含了体力劳动，画家的工作——至少在作家看来——从来不像是工作。在计算机时代，作家的办公室或书房渐渐类似于一个不景气小公司的顾客服务台。而画家的工作室还是老样子：一个情色场所。对作家来说，画家的工作室本质上是一个让女人脱下衣服的地方。凡·高也许曾警告说，“画画与大量做爱并不相关”。但石油溶剂和颜料的味道给人最大的暗示莫过于一场午后的性爱。就个人而言，我想当一个画家。

作家——而并非艺术评论家——之所以能将画家和画作写好是因为他们对画画持有这些谬见（关于这个，画家们让我确信他们就是这样的）。当作家在写关于绘画的题材时，他们在某种意义上度了一个体验画家生活的假期。劳伦斯当然走得更远。他不仅写出了一些关于英国艺术的最好的作品——《他的画集介绍》是篇短小而疯狂的杰作——他还成了一个画家。

在他生命的最后几年，画画在日常生活中带给他的成就感比写作还要大。这些画画得好不好有什么关系？劳伦斯从不怀疑他是否会画画。在《他的画集介绍》中，他含蓄地论证说传统的绘画已在他的作品里达到了极致，他还指出会画画并不是作为一个画家最重要的因素。劳伦斯对待他的画非常认真，热情执着地追求，但总还是带有一些田园牧歌式的浪漫特性："绘画与写作相比是一门更有趣的艺术，也就是说，对人的消耗少一点，给人带来的乐趣多一些。"画画绝对是他理想中的工作：通过工作变得更为自我。同样的道理，那张劳伦斯坐在树边——没有在写作——的照片是他最理想的作家写照：作为一个作家，职业生涯上取得的最大成就是成为一名画家。

赫胥黎认为劳伦斯拥有比画画"更了不起的能力"："他知道怎样应对无所事事。他可以就那么坐着，无比地心满意足。"

不像我。我总是处于所做事情的边缘。我做什么事情都马虎草率，草草结束好马虎草率地做下一件事，然后才能什么都不干——其实我一直在焦虑、心不在焉地想有没有什么其他的事情应该做。"跟你在一起就像隔着玻璃舔糖果，"劳拉曾经这样说过，"你从来都没有真的在那里。"当我工作的时候我希望自己什么都不用做，而当我什么都不做的时候我又在想是不是应该工作。我匆匆忙忙地做完手头的事情，然后，当我没事可做时就不断地看钟，希望出门的时间到了。接着，当我出去后，我就开始想离我回家还有多久。

一旦我完成这个研究，所有劳伦斯写的以及写劳伦斯的书都将被放回到父亲和我共同搭建的书架上。这个前景振奋人心。如果说有什么东西激励着我继续这项研究，实际上，就是因为我知道有一天我将会把所有那些书都放回书架上，放在拉金和莱辛之间，之后，希望能将这本书也放进去。本质上，我想要事情**结束**：我想把书架做好这样我就能写我的劳伦斯研究了；现在我想把我的书写完这样我就能把它放到书架上——再开始写另一本书。

而且我并不打算去改变。这是我对心满意足的诠释。

你看我已经决定任性胡来，完全与瑜伽和冥想所倡导的背道而驰了。瑜伽-冥想-禅宗旨在通往天人合一，宁静安详的境界。琐碎的烦恼变得微不足道，自我消融，然后你就留在了宁静与平和的状态中。据我所知是这样的。对我从来不管用。在一个星期里，面对成千上万琐碎的烦恼和委屈我经常试图以耸耸肩“谁在乎？”来应对。我对自己说了一遍又一遍，像念咒语一般，

“谁在乎？谁在乎？”直到实际上我已经在尖叫着“谁在乎？谁在乎？”你还没有意识到你正在指责这个世界的不在乎，在天堂里挥动着拳头，想要知道**为什么**没有人在乎。

那就是我正在做的事情：满世界挥动着拳头。我甚至不会放过一丁点的不满。我打算抓住最微不足道的不便、烦恼、障碍、挫折和失望，并把我所有的愤怒、怒火、悲痛和失意都集中到上面。“我会将头扭开，”尼采写道，“以后那将是我唯一的否定。”我不是这样。我会直接朝它瞪回去。它？任何惹到我或让我生气的东西。什么都别想逃过我。

比如说坐长途汽车，禅宗的做法显然是把自己放松到乘客的不确定状态，清空大脑里所有关于交通堵塞和道路施工的担忧，接受你的命运。我不是这样。我要监控旅途中的每一秒，找出节约和浪费的哪怕几秒时间。我坐在前排，这样就能够看到前面的马路，监视速度计，检查司机是否在全力以赴地开车，我可以查看交通信号灯，在司机冒险闯黄灯的时候做出放心的手势，或当他过于谨慎遵守规则时默默地咒骂他。如果有个乘客上车后笨手笨脚地摸他的钱包找零钱，没找到然后用支票买车票，我根本就不打算看我的书或想些别的了：我怒目而视并在心里默默地咒骂，在呼吸的掩饰下嘀咕着，想象着自己站起身来冲他大喊，将他赶下车去。如果我遇到塞车，我在呼吸的掩饰下嘀咕咒骂着。如果我在商店或超市遇到排队等候时，我在呼吸的掩饰下咒骂嘀咕着。不管发生什么事情我都在呼吸的掩饰下咒骂嘀咕。有的时候我没有马上生气，我就在排练下次见到 X 或 Y 时要对他们说些什么，想着如何狠狠地训斥他们，因此在我呼吸的掩饰下是持续轰鸣的辱骂。你个该死的蠢货，你个愚笨的浑球，你个狗屎不如的东西……够了，那就是我脑子里在想的事情。劳拉说我显然是个作家因为我在走路的时候嘴唇也在动，仿佛在说话或自言自语，仿佛我正在构思一本书里的对话或在脑子里重温某段已写好的文章。是的，完全正确，我说，除了这本书全是各种类似“你这个笨蛋，如果你再不赶快写我就要把你的脑袋砸碎”这样的话。如果有任何事不对劲，任何事，我都会激烈地反应过度——在我的脑袋里。表面上，我也许笑呵呵地忍受着，但脑袋里，我在想着对任何给我造成一丁点儿不便的人施以可怕的报复。几天前，当地熟食店的豪华甜甜圈卖完了，那是我的午前茶点，我对它极其依赖，就像在罗马时我对法尔内塞的羊角面包的依赖一样。好，我心想，转身走了出去，面孔铁青，嘴唇紧闭，我今天晚点会过来放火把这个店烧个精光，包括里面所有的店员——友好、可爱的店员，顺便说一句，经常让我赊账——这样他们才能体会到些许我早上吃不到炸圈饼的痛苦。这与我在罗马的法尔内塞咖啡馆所发生的情况一模一样。我从来不会**做**那些可怕的事情，所以它们一直拴在我的脑袋里，带来说不尽的折磨。所有我幻想中对各类与糕点相关的商铺——我在那些地方都有过失望的经历——所实施的伤害实际上都是对我脑袋的严重伤害。有时我想向法尔内塞或当地熟食店的店员解释一下我的情况。“你们必须要理解，”我想象着自己在说，“我对失望非常敏感。我这辈子有了太多的失望，所以现在即使只有一丁点儿的失望也足以让我绝望。我的失望已经满到如果再有一小滴就能让它溢出来的程度。”不过，当然我没有那么说出来，我所**做**的只不过是回去，烧掉熟食店或法尔内塞。我将所有这些怒火留在脑袋里。

但是，谁知道呢：也许我痛恨失望但或许我也渴望它。也许我想要的不是豪华甜甜圈和羊角面包而是被拒绝的体验。如果我知道豪华甜甜圈和羊角面包供应充足，我还会这么坚决地每天要吃豪华甜甜圈或羊角面包吗？或是正因为它们很可能没有了我才下定决心必须每天吃一个豪华甜甜圈（特别贵，顺便说一句，要三十五便士）或羊角面包？也许我想要的，换句话说，实际上不是一个豪华甜甜圈或羊角面包而是有机会成全我的失望，去体验我最害怕的东西——其实并不是少了甜甜圈和羊角面包那一天就过不下去了，而恰恰是经受失望。谁知道呢？一个人怎么能搞清楚这些事情呢？我所知道的就是无论如何我都必须要吃甜甜圈或羊角面包当午前茶点，而甜甜圈或羊角面包经常已经卖光了，在那些时候我会很乐意一头向商店的窗户上撞去，以缓解大脑在内部爆炸的痛苦。

这种对一切惹恼我的事物进行强迫症式的监控背后是最终我会被怒火弄成痴呆。此刻我所处的状态是愤怒，自发的愤怒，越来越愤怒。现在那些让我生气的事情如果不是因为我决定要严格地进行监控其实根本注意不到。我现在处于极易爆炸的状态，但在某个时刻一定会迎来非常类似宁静的衰竭。我会把自己弄得精疲力尽，被愤怒消耗得甚至将不会再有精力动怒了。我的怒火将会自动熄灭，再也不会提高嗓门。我会像无风的午后般宁静——这种想法，可以说是我从劳伦斯身上得到的。

做果酱，记账和还债，你看，我最喜欢的是劳伦斯的脾气性情。不是与弗丽达那著名的破纪录的恋情，而是他每天生气的能力，他那消耗不完的怒气。他在这方面最伟大的杰作是 1921 年写给布鲁斯特伯爵的一封信。

“不，我一点儿都不明白你所谓的权利、关系和世界是什么意思，”他开头这样写道，“让世界见鬼去吧。我痛恨‘理解’人，我还更痛恨被人理解。理解比任何东西都更该死。我拒绝理解你。因此你想怎么说就怎么说，不用有丝毫的不安，也绝不用改口。我不会去理解。”

这个缓和的开头之后劳伦斯以狂怒的态度对待任何事和每件事。我们得知他“持续三周脾气都坏得要命”。在那段时间里他“给每个人写了刻毒无比的信以至于现在邮差都不来了”。似乎信的内容刻毒到连邮差都生气了。拉金甚至也没有那么坏的脾气！而凡·高在阿尔勒的时候还和邮差做伴！

在这封信中劳伦斯的愤怒一度达到极点，他都放弃了语言，向他那饱受折磨的朋友吐墨水：“啐！——呸，呸，呸！”接着他用调和的语气问布鲁斯特：“那么，斯里兰卡的情况如何？”无比夸张的一个问题，因为在劳伦斯看来，“宁愿去火星或月球也不要去斯里兰卡。那里的人跟这里的一样混蛋吗？我打赌是的。那儿没有任何新闻，所以也不用打听了”。

劳伦斯那段时间住在陶尔米纳，他非常喜欢的一个地方，几乎胜过任何其他地方——不过劳伦斯一个持久的乐趣在于粗暴地评论任何他碰巧所在的地方。也许这也是为什么意大利令他如此心仪的原因：为他的脾气提供持续的燃料：“我觉得我夏天的旅行所起的作用不过是让我对一切都生气。不过大多数事情对我所起的作用都是如此。总的说来，我年纪越大火气越大。而意大利是一个能让你每天都生气的国家：我是指，那里的人。”

这是摘自他写给布鲁斯特的另一封坏脾气的信。四个月后，在闪烁其词了那么多关于去美国的事之后，他违背了之前宁愿去月球或火星的说法而去斯里兰卡与布鲁斯特会面了。那个地方有着“不可思议的空气，阳光和天空——奇特，异常空旷的田野——古老绵延不绝的‘灌木丛’里藏着远古的幽灵——苹果熟了，非常好吃，还有梨……但是——但是——但是——好吧，总是有令人失望的但是——我只是不想留在这里，仅此而已……但是我喜欢去尝试事物然后发现我有多么地憎恶它们”。

快速地翻到十年前的另一封信同样表达了这种熟悉的自发生气的情绪。“如果一切顺利的话，我也许会在这儿待到春天，但不管是房子还是气候都并不同意：季节性东北冷风和南部热风永远相交替的气候对神经不好，我也在一轮又一轮的忍耐中筋疲力尽了。”

文中所说的地方是杜伊诺城堡，逼真的劳伦斯式呻吟的作者是赖内·马利亚·里尔克。里尔克待过的很多地方是劳伦斯也待过的，这相同的旅程和腔调让我们注意到劳伦斯的信——拉金的信也一样，也许——将他纳入了欧洲的传统之中——文学的神经衰弱症，焦虑，烦躁和抱怨。这种传统——更为准确的说法是这种**压力**——在托马斯·伯恩哈德[1]身上达到了极点，这位奥地利作家写了一本又一本详尽无遗、让人精疲力竭的书，用劳伦斯在奥地利时（真是再合适不过了）所写的话说，那是“生命枯竭的感觉”。这种生命枯竭的感觉在劳伦斯身上实际上更接近于他一直推崇的生命力的确认。同样地，他或许曾批判美国“没有血性的生命”，只有“神经质，神经性的反射，神经性的恼怒”，但劳伦斯对于血性最著名的信仰似乎往往是听从神经质的调遣。

劳伦斯信件中所揭示的他神经性的恼怒与伯恩哈德小说中神经衰弱般的长篇大论这两者之间的相似点一开始让人惊奇，然后越来越引人注目。劳伦斯和伯恩哈德的主人公同样有着习惯性的闪烁其词（“突然就在我要来美国的时候我感到**不能**来”），间歇性的，至少，同样疯狂地厌世，同样讨厌他们的国家和同胞。两个作家都表现出同样突然的灵感迸发和反复无常的想法，持续不断的怒气加重了病情——又一个共同点——生病是导致

① Thomas Bernhard（1931—1989），奥地利最有争议的作家，代表作有长篇小说《寒霜》《历代大师》，剧本《鲍里斯的生日》等。

怒气的部分原因。两个人都饱受肺病的折磨，两个人都有着同样紧绷的神经，已达到极限了。伯恩哈德一些经典的篇章——比如痛斥这个世界，原因恰恰是他在激愤的长篇演说中所表现出来的显著特点——在劳伦斯那里已得到了预兆，1929 年他声称憎恨“对不合理的反感大喊大叫的人”。我最喜欢的事例是他宣称罗伯特·蒙特斯是“那些有着许多可恶之处的令人不快的人之一”。

其中之一……

在劳伦斯的撒丁岛上有很多地方听起来出奇地像那些引起伯恩哈德怒火的奥地利小镇。例如曼达斯，据劳伦斯遇到的一些人说在那个地方“人们什么都不干。在曼达斯，人天黑了就上床，像鸡一样。在曼达斯，人像猪一样在马路上漫无目的地走。在曼达斯连山羊的理解力都比当地的居民高。在曼达斯……”在曼达斯甚至小旅馆都像是伯恩哈德式的：

> 我们坐在冰冷的桌边，灯立刻开始昏暗下来。房间——实际上是整个撒丁岛——像石头般的冷，石头般的，石头般的冷。屋外大地在上冻。屋里也没有一丝暖意：地牢一样的石头地板，地牢一样的石墙，死尸般的气氛，沉重、冰冷得让人无法动弹。

劳伦斯与伯恩哈德之间这种料想不到的相似——一个充满着希望，如弗丽达崇拜的表述为“越来越多的生命力”，另一个满脑子是自杀和死亡——说明了作家共有的另一个特点：他们俩都很有趣。这么说似乎显得很荒唐，但我越来越觉得劳伦斯如果算不上一个喜剧作家，至少也是个喜剧人物——尤其当他发脾气的时候——大部分时候都是如此。在陶斯，一场经常发生的争吵之后，托尼·卢汉愤愤地离开了，留下他的妻子梅布尔向弗丽达寻求安慰。“那么梅布尔认为**她**有个愤怒的丈夫?”最近的一位传记作者写道，“劳伦斯甚至连睡觉的时候都在生气，弗丽达宣称，并领着梅布尔去见证这个奇观：劳伦斯睡觉时的喃喃自语和呻吟抱怨。”这才是我爱的劳伦斯。也是弗丽达爱的，我猜想。

克劳迪奥·马格利斯[1]判定欧洲文坛重要人物再现的方法是这个人将生活强加于他的所有小麻烦都记录下来，并通过这么做来战胜它们。劳伦斯一直说他不在乎出版商，不在乎钱，不在乎米德尔顿·默里和世界上所有其他的“暴民”，可当我们把所有他不在乎的东西列

① Claudio Magris（1939—　），意大利当代著名作家、文艺评论家，国际上最具影响力的日耳曼学专家。

成清单，就变成了一部伟大的牢骚诗集。这些小麻烦拒绝简单的解决办法——东西被打碎或遗忘在哪里或被换地方了——于是这些信件就变成一部宏大的传奇故事之恼怒篇。

以打字机色带事件为例。1916 年 7 月 4 日，当写完《恋爱中的女人》时，劳伦斯写信给科特让他提供“一卷黑色色带，用于斯密斯总理 2 号打字机”。科特尽职地满足了要求，但三天后劳伦斯写信给他说，色带的“宽度两倍于我的机器，我的机器所需要的色带宽度不会超过半英寸。我从来没有见过这么宽的色带。我应该把它对折吗？——还是需要寄还给你换掉？”7 月 10 日他把色带寄回去了，17 日饱受折磨的科特及时给他寄去一卷新的，结果：

> 和上一个完全一样。我不可能把它放进我的机器。而且寄过来时一个字也没写是谁寄的，或类似的说明，让我很困惑。
>
> 我的机器型号是劳伦斯·C. 斯密斯兄弟 2 号。也许我叫它斯密斯总理是错误的。它需要的色带正好是半英寸宽。那么我拿一英寸的色带要怎么办？我所需要的不过是普通的半英寸宽的黑色色带。你能为我解开这个谜题吗？

不需要想象都能知道，在泽诺的小村舍里，当劳伦斯试图应对后续的色带时会爆发怎么样的场景。7 月的第三个星期，他写信给皮恩科说他已经放弃用打字机写小说(“它让我神经崩溃，我被它打败了”)，改用铅笔写了。他在给凯瑟琳·卡斯韦尔的信里更为坚定地写道：“我再也不会打字了。就是它让我生病的。”并不是打字**本身**，可想而知，是他努力想让色带工作却无数次地失败，从而引发盛怒之后的疲惫。然后在 8 月 1 日迎来了结局。“色带的事情太感谢了，”他给科特写道，“这个堪称完美。我想所有的错误都源自‘斯密斯总理’。我非常抱歉。”

如今，当我读到有关《恋爱中的女人》的文章时——甚至小说本身——没有什么能比得上这些关于斯密斯总理的信件带给我的愉悦了。我带着同样的心情着迷地看其他的信件，迫切地想看他接下去会闹什么笑话。

劳伦斯之所以给布鲁斯特写最为牢骚满腹的信——最为牢骚满腹？——原因之一是因为伯爵和他的妻子阿奇萨在斯里兰卡研究佛学。劳伦斯对他们所寻求并希望他也追求的平静怀有根本性的反感。“但请永远记住我更喜欢动荡不安，”他向他们咆哮道，“无比喜欢，较之其他人的平静、天堂来说。”我认为那是个大胆、美妙的偏好，也令人欣慰：它所带来的安抚感劳伦斯在1910年第一次读尼采时便已获得。他在1922年初将这个主张做了进一步的扩展，体现在写给布鲁斯特的一系列信件里而且丝毫看不出两个月前的大动干戈。“我越来越觉得冥想和内在生命不是我的目标，而是某种行动，紧张激烈的，痛苦的，充满挫折和斗争……人必须为新的化身杀出一条路来。斗争，悲痛和流血，甚至流感和头痛都是这场战斗和成就感的一部分。”所有这段时间里他都在考虑是否要去东方。在1月18日写给布鲁斯特的信上他让步了，“第一次”认为也许布鲁斯特“是对的”而他错了。“是，我想你是对的。也许那儿，东方，是源头：而美国是极端边缘地带。哦，上帝啊，难道人非要走到极端再回来吗?”

这或许也是里尔克的呐喊。它看起来——受弗丽达的影响？——像是从德语翻译过来的。劳伦斯依然不愿意去东方但态度越来越没那么坚定了。“我只知道似乎去东方更**容易**，更平静。可是平静，平静！我对它**如此**不信任：如此害怕它意味着某种软弱与让步。”一周以后劳伦斯让步了，安排前往斯里兰卡。不用说他有多么憎恶，并对佛陀“和他老鼠洞般的寺庙，老鼠洞般的宗教”抱有极深的个人成见。而且，如他曾说过的，他去东方是为了去西方，见识过东方的宁静之后便能将它抛之脑后了。布鲁斯特选择的路不是他的路。相反，正如他写给罗尔夫·加德纳的信上所说的：“我本质上是一个斗士——祝福我平静是在祝我噩运——除非是斗士的平静。”

这种斗士的平静**确实**来临过。从1926年初开始，一股崭新的平静感出现在劳伦斯的信件里。显然它并不是以一种完成式或永久状态出现的，但表现为一种语气。他以前知道将平静作为插曲，但渐渐地，平衡点倾向于偶尔爆发怒火的满足感。我们一定不要认为劳伦斯多愁善感：一次又一次，尤其在给布鲁斯特写信时，他强调了自己斗士的本性——“我的事业是战斗，我会继续坚持下去……卡罗，不要让我祈求平静。我不想要它。”——但他**的确**变得更平静了。他的哲学根本依然没变，即“所有的真理——真正的活着是唯一的真理——都存在于斗争和拒绝中。**没有什么是批发来的**。真理的问题是：我们怎么样能够**活得**最深刻？而答案每次都不一样”。这对我来说是劳伦斯对他的思想和生活充满多变因素及矛盾之举的最佳总结。就他自己的情况，在1926年之前，活得“最深刻”意味着变得多一点随和，少一些倔强。

这种开始接受而不是责骂世界的趋势与他不可避免的越来越接近死亡的事实是紧密相关的。1929 年的 11 月，在写给布鲁斯特的信上，他将自己的病与生气联系了起来："但我确实相信我身体所有的毛病根源都在发怒上。我现在意识到，欧洲让我有一种难以对付的怒火，让我的支气管一直发炎。"现在既然他已经了解自己的病情，既然他已经接受了自己生病的事实，他就能够平静了。

再说，人绝对不能夸张。劳伦斯也许会被"软化"的想法吓到；更确切地说他所处的状态正如凡·高给他弟弟提奥写的信上所说的："人不再与世事作对，但人也不要屈从——人生了病，而且不会好转。"也许劳伦斯接近了最艰难、最巧妙且最有意义的自由：解脱他自己。他依然易怒但有股暗藏的平静，和以往一样，劳伦斯自己对此很清楚。（会有人对自己的情绪涨落比他更为敏感吗？当然，他就是以此而出名的，通过他小说中的人物将其表现出来，但与小说的戏剧性相比我更喜欢书信里的长篇大论。）"就我而言，尽管也许我更加焦躁易怒，脾气不好，可我依然认为在内心深处我是更为容忍，友善的……"

那个"依然"用得非常贴切。劳伦斯的平静全是怒气的可爱谎言，怒气早在那之前便已出现，而平静被一遍又一遍地用“寂静”这个词表达出来。在刚开始周游世界时他曾说过他多么痛恨迁移；现在，当迁移成了第二本性时，寂静变成了衡量快乐的标尺。1927年他在慕尼黑写道：“寂静真的很好：这是我所知道的最最寂静的地方之一。树似乎都在制造安静。我真的非常喜欢这里，老实说我已经好多了。”在结束他们之间所有的争吵后，他写信给奥托琳·莫瑞尔，希望他们能来享受“友谊中的寂静，那是最好的体验”。

“一阵好风吹来时代新方向。”那是我读到劳伦斯的第一句话；伴有一张图片，劳伦斯站在大风刮过的天空下，那是我第一次见到他的图片。有时劳伦斯会被这股风威胁着要将他撕成碎片，这是为什么很高兴看到他在生命最后的几年里，凝视世界的样子仿佛在看马蒂斯或杜飞的画，“坐在太阳下，看着这个地方轻松、漂泊的日子。那就是我现在最快乐的事情——只是安静地坐着，独自一人，还剩下一点友好的日子看世界”。

在劳伦斯最后一年的信里，这种有意识的理想的寂静一次又一次地出现，如同在秋天来临之前就成熟的寂静体现在他那首著名的诗歌《灵船》中。在信里我们听到了那首诗酝酿多年的脉搏声。如今当那首诗和诗歌所预示的死亡最终开始在他体内滋长时，可以感受到一种寂静。正是这种完美、满足感与越来越意识到自己行将就木的情绪糅杂在一起使得这期间他的很多信叫人心碎："天气好极了，这风，这云，这奔腾的海浪像是对面岛上盛开的花朵。如果我身体好起来，力气恢复了该有多好啊！但我是如此虚弱。体内有什么东西在流着黑色的眼泪。我希望它能走开。"

让我们回到关于劳伦斯不想要任何人来窃取他的东西，哪怕是流感也不行……

尼采对劳伦斯的影响是毋庸置疑的。在对尼采思想进行骇人听闻的曲解嘲弄的基础上，约翰·凯里[1]认为这个哲学家要对这个小说家大部分更为愚蠢的想法和对领袖的原法西斯崇拜倾向负责。权利意志论肯定对劳伦斯有所影响，无疑他读尼采导致了他讨厌民主制，相信天生的贵族统治或无论什么荒唐的叫法他都宣称自己会支持，他在与贵族民主派伯特兰·罗素争吵时如是说。这可以说是最初级的影响，对此，我在这里并不关心。

但正是那句不想要任何人来窃取他的东西，哪怕是流感也不行的言论显示出他有多么在乎自己的生活——对劳伦斯来说"内心的交战"是"唯一的历史"，如此

① John Carey（1934— ），英国著名文学批评家，《星期日泰晤士报》首席书评人。

重要——他太珍视尼采。不是尼采的查拉图斯特拉式的夸夸其谈，惺惺作态，而是关键性的尼采的《欢愉的知识》（译成法语的一个版本，成了劳伦斯首选的法语书名——《快乐的科学》——用于他的《托马斯·哈代研究》）。

加缪也是直接欠尼采哲学之债的，甚至比劳伦斯的例子更为明显，不过最重要的是灵魂上的相类似。与劳伦斯不同，加缪从来没有附和过尼采思想的政治推论，而是具体思考尼采的作品如何被歪曲成纳粹主义的哲学基础，他写道，我们将“永远结束不了为他所遭受的不公平待遇而做的补偿”。

劳伦斯和加缪——一个是矿工的儿子，另一个出身贫苦，没有父亲——发现尼采的过程很感人：前者是1921年在克罗伊登公共图书馆里，后者在阿尔及尔的中学课本上。在劳伦斯被尼采所感染时，加缪可以说理所当然地在他的作品里发现了同样令他“中毒”的东西，当他走在阿尔及尔的阳光下时感受到了。[①]阿尔及尔是一个“奇怪的城市”，抚育了一群“既悲惨又伟大的”市民。在那里度过的夏天让加缪懂得了，“如果有一种对生命的犯罪，也许它的藏身之处较之对生活的绝望，

① 里尔克也写到他是如何“轻度中了尼采的毒”。——原注

更可能是对另一种活法的希望，和对我们所拥有的不可替换的尊贵生命的逃避。这些人没有欺骗。他们在二十岁渴望生命时是夏天之神，他们今天仍然是神，被剥夺了所有的希望”。他还领悟到“生活中只有一件不可忍受的悲惨之事，即一个幸福的人生”。为了向这个造就了他、滋养了他的世界证明，加缪的散文歌颂了尼采思想的感性。“如果希腊人感受到绝望，”加缪写道，“总是从美及其压迫性的力量中而来。”加缪反复提到这一点(“没有对生命的绝望就没有对生命的热爱”)；这种心情与尼采所唤起的一模一样：“在那极度欢乐的时刻，被幸福的眼泪和浓得化不开的思乡之情所征服。”这对尼采来说“是荷马的幸福”——并绝对是年轻加缪的心情。

加缪在一个贫穷和充满阳光的世界里长大，劳伦斯则成长于被加缪称之为“双重地狱般的贫穷与丑陋”之地。但二人——劳伦斯愤怒，桀骜不驯，加缪冷静，抒情——与其说是因尼采而转变，不如说是被尼采塑造。

我发现尼采是在布里克斯顿，八十年代中期。永远不去希望任何与众不同的事物，不是现在，也不在永恒的将来：我依然能够记得当时偶遇理想中的**命运之爱**所感受到的迫切，笃定面对的就是永恒轮回。我的上帝！多么伟大的思想，多么大的挑战！那一刻我终止了期待一切与众不同的事物，现在和永恒的将来，不过在用我的方式坚持期待着，尽管我的方式包括几乎对一切感到后悔。

在学校时有一位老师曾警告说，如果我把所有的时间都花在踢足球而不是学习上，我将会在以后的岁月里后悔。当时我后悔的是浪费了那么多本应该踢足球的时间在学习上，但他的话差一点就说到点子上了。他应该说无论你做什么你都将会后悔。学校里有个男孩，保罗·海尼斯，在接近三八线时，作为一种无用的恫吓，他威胁说：“你这么做会后悔的。”我越线了一次又一次。你会后悔的：还有更糟的生存座右铭。成功人士说后悔是愚蠢的，但后悔的无效性只会增强它的力量。甚至当你正在后悔某些事情的时候你已经感到后悔这么做了。回首往事，连最微小的遗憾都让我负担很重：有一次我买了一周旅行通票后还差五十便士才不亏本；2月里的某一天因不舍得花七十九法郎买一张罕见的伊玛·苏玛克[①]的CD，当两天后再去买时它已经不见了。甚至直到现在，十个月之后我忍不住还在想那张伊玛·苏玛克的CD：我希望自己在当时有机会的时候

① Yma Sumac（1922—2008），秘鲁著名女高音歌唱家，有着四个半八度以上的惊人音域。

将它买下来，但因为我没有买，在我有机会的时候，所以我希望自己在一开始就没有看见它，这样就不会被我**本该**买下它的想法所折磨——但我没有买的原因，显然是因为我在想我有多后悔买了上一张伊玛·苏玛克的CD，事实证明它不值得买……翻看我的日记简直就像在读一本满是懊悔和错失良机的散文集。噢，好吧，我心里在想，生命就是用来浪费的。

但这是一种积极的生活方式。我接受自己所作所为——事后我会后悔——的结果。从某种意义上说，我在做之前就后悔了。还没下定决心学烹饪我就后悔给自己暗示说到了年底我还是学不会烹饪（因为我讨厌烹饪），尽管学会了烹饪将会极大地提高我的生活品质。没有去做能拯救我右膝的锻炼——后面我会详细说到我的膝盖——我任凭自己后悔没有为若干年后会虚弱不已，甚至可能变瘸的小毛病做些什么。我顺从于世事：这是我自己扭曲版的**命运之爱**：后悔一切但放任自己去后悔。不论事情的结果如何，我一定期待的是不同的结局。我任凭自己这样。

以这本断断续续有关劳伦斯的书为例。此刻我非常后悔自己已经开始写了。我希望自己不曾为此费神。但如果没开始写我会后悔自己没去写。我知道会这样所以我继续写，然后我现在后悔自己以这样的方式继续着。

我后悔它最终不能成为我原本想写的严肃的、学术性的劳伦斯研究，但我接受这个结果，因为我知道，在将来它被完成的时候，我不会希望它有所不同。我会很高兴这本小书成了它最终成为的样子，因为我知道想写成严肃的、学术性的 D.H.劳伦斯研究到最后都会变成一份病历本，上面不是记载我如何**康复**而是病情如何成为一种持续下去的手段。任何人都会遇到困难，任何人。诀窍在于遇到困难了大踏步跨过去。理想的状态是一个人即使精神崩溃了自己也没注意到。这一点，我现在意识到，是从上一个冬天我们失败的墨西哥“野兽般的瓦哈卡”之旅中得到的教训。

瓦哈卡在我脑海中挥之不去的印象是它的狭小。当然，我们在跟着劳伦斯的足迹走，但即使到了现在这个阶段，劳伦斯足迹的界限已经很模糊了，以至于很难想象某个活动**不是**在脑子里想着劳伦斯的情况下进行的，那样可能会有失公允。我回想起伊斯特伍德的蓝色记号线，那窄窄的画出来的线领着游客高效、慎选地漫步在与劳伦斯相关的景点之间。**我所谓的**劳伦斯的足迹，从另一个角度来说，很快变得难以辨认，就算要辨认，也是通过它的缺少方向性、完全无目的性以及所有的绕行，而且我还决定坚持原则，坚持所要走的路线不是由劳伦斯而是由我自己的奇思怪想来决定的。遇到走失、偏离路线的情况，我乐于认为我正是不折不扣地在按劳伦斯的指示行事。

现在回想起来，似乎我们当时去瓦哈卡只是为了给生病的劳拉找医生。我们在天使港为吞拿鱼排吵了一架。服务员向我们保证菜单上的鱼不是吞拿鱼。我们点了，结果**是**吞拿鱼，不用说，那是我最讨厌的鱼，虽然我也讨厌其他的鱼，但与吞拿鱼不同，在被逼无奈的情况下还会吃一点。而吞拿鱼我**不能**吃所以拒绝尝试，一口也不行，因为它不仅显然是吞拿鱼而且是一条看上去就令人作呕的吞拿鱼，劳拉坚持蘸着佐料吃以抗议我的愤怒。我气冲冲地离开，去吃了一些不那么令人作呕的食物，就那样了——或者说应该就是——那样了。

于是以一个忧伤的结局结束了本来挺有趣的一天，至少可以说最精彩的部分是我们的**海洋**体验。我们白天在兹波利特消磨时间。兹波利特字面的意思是与死亡相关的东西。它是一片长达一英里的海滩。那里没有旅馆，只有一些茅草棚，提供啤酒和遮阳，如果你要过夜，可以在里面挂你的吊床。那边还可以买到大麻，我们头一天去买了，结果错过了去天使港的末班巴士，只得在月光下沿着脏兮兮的马路往回走。依我的观察那绝不是这里的满月。大麻力道很足，在兹波利特人人整天都情绪高涨。还全裸着。然而称其为裸体沙滩都是在用文字给它穿衣服。人们说，不穿一件自己喜欢的衣服会感觉自己是裸着的。在这里，可以说他们什么都不穿让他们感觉自己是裸着的。其产生的影响，依我的观察是与传闻中裸体野营的情况恰恰相反：裸露降低了性欲。在兹波利特我们整天像发情的兔子。我们在脑子里做爱。最原始，拉扯头发的性爱。不穿衣服的性爱，赤裸的性爱。也像所有的女人一样，劳拉对于不穿衣服感到非常自在，在兹波利特的沙滩上全裸着感觉像在自己家里一样。我习惯不了。我连穿短裤都感觉不舒服，别提穿泳裤，更别提全裸了。尽管在他的作品里满是对太阳的崇拜但很难想象劳伦斯不穿衣服会觉得愉快。比较容易想到的是他绑紧他的粗花呢夹克，不想让别人看到他骨瘦如柴的胸膛，穿着**他的**泳装时用讥讽哲学家来掩饰窘迫："可怜的伯蒂·罗素！他的思想空洞虚无！"或者——就像劳伦斯与赫胥黎的合照上一样——膝盖顶到胸前，两手环抱着膝盖，这样他的袖子变成了括弧，将瘦薄的身体和手臂藏了起来。

我们都是骨瘦如柴、肩膀狭窄的男人，劳伦斯和我。在青少年时期，我穿着紧身牛仔裤打壁球时对自己的细腿感到非常羞耻。甚至在那之前，我还是个男孩的时候，踢足球时我就不愿意穿护腿板，因为我觉得小腿变粗后会让我的大腿显得更加瘦骨嶙峋。父亲一直说我会健壮起来，但从来也没有发生，以后也不会。等我到五十岁时就会成为那些男人中的一员，窄窄的肩膀，袋鼠般下垂的大肚腩。不过有那么一段时间，当我赤裸着坐在兹波利特的沙滩上吸大麻时心想，在我三十岁出头时曾有过健壮的肩膀，那时我相信除非你有着强壮的肩膀和手臂，否则不会知道那对一个男人来说意味着什么。于是在练了几年的举重之后，我的肩膀渐渐达到了《超级侦探》里的标准——但是我从来没有完全摆脱这个想法，即在那段短暂的时间里我比之前和之后都更像男人。那种感觉很好，我在兹波利特的沙滩上思考着。女人喜欢有着宽厚肩膀的男人，比如说像我朋友特雷弗那样的，我经常想和他的女朋友睡觉，但从没想过会实现——我一直梦想跟她睡觉，但也只敢**想想**而已——因为我一想到她看见和摸到我那瘦骨嶙峋的肩膀并希望它们像特雷弗的就尴尬不已。劳伦斯也许曾说过要成为男人仅靠男子汉气概是不够的，换句话说就是要成为男人仅靠有宽厚的肩膀是不够的，但出于同样的道理，要有宽厚的肩膀仅靠有宽厚的肩膀是不够的。拥有宽厚肩膀这个隐喻的言外之意——能担当，有耐力和弹性——是劳伦斯非常看重的品质。对我来说，我在兹波利特的沙滩上暗自想着，与拥有宽厚的肩膀相比，我更希望具有宽厚肩膀所指的品质，同样是比喻的说法，正如他们所说的我属于窄肩膀、长脖子类的家伙：不能担当任何事情，缺乏耐力和弹性，虚弱，遇到小小的阻力就容易发脾气。“勇敢，守诺，慷慨”：这些，对劳伦斯来说，是作为一个男人所意味的。伯格的《曾在欧洲》故事讲述者说过类似的话。她认为值得女人尊敬的男人是“自己干重活好让身边的人有饭吃的男人，对自己的东西慷慨施与的男人，以及穷其一生寻找上帝的男人，其余的都是猪粪”。我喜欢这个说法胜过劳伦斯的，尽管这意味着事实上我不是一个值得尊敬的男人，是猪粪。我不工作，吝啬，我……我想得越多感觉越差。

“我对自己失望透顶，我简直算不上男人。”我对劳拉说，突然间想哭。

“不，你是，**男子汉**。”劳拉说。

我想，如果是六七年前我练举重的时候来这里就没事了，但现在我的裸体似乎暴露了被特意设计过的泳衣所隐藏的窄肩膀。我的泳衣将肩膀垫宽了。不过如果我不穿衣服感到不舒服的话，我穿着泳衣会觉得更不舒服，因为它让皮肤瘙痒，所以实际上我不穿衣服更舒服。躺着没有问题，但当我用那小鹿斑比一样的腿站起来，赤裸着时，穿上令皮肤发痒的泳衣，即使那泳衣让我的瘦腿奇痒无比，似乎也好过赤身裸体站在那里，把瘦骨嶙峋的肩膀暴露给全世界看。就像这样，飘飘欲仙在兹波利特：这里有很好的大麻，但你很容易发现自己陷入了焦虑的旋涡。为了避免沉下去，被焦虑吞没，我走到了劳拉面前，她在打盹，一只膝盖抬起，两腿稍稍分开，因此我能看到她的私处。有那么一会儿我沉浸在看她的欢愉中，看她的胸，她的腿，她的肚子，她的私处。我的小弟弟开始起反应了。我想象着自己躺在她两腿之间，舔着她的阴蒂，这时她尿了，尿液流过我的下巴，流到沙子上发出嗞嗞声并立刻消失不见了。我的小弟弟开始变硬了。我朝手心吐了口口水，用唾沫搓揉着龟头——突然停了下来，当我意识到自己正坐在兹波利特的沙滩上，挺着半硬的阴茎正准备自慰，这种行为说得婉转点，强调了我的裸体，也因此强调了我的窄肩膀，而那正是我想通过看劳拉的私处而忘却的。除此之外，沙粒粘在我的手掌上，即使唾液能起到润滑的作用，我打算干的事将会把我的阴茎活生生地磨出炎症来：可以称之为自慰性皮肤炎。我转过身，远离劳拉，盯着大海，让我的小弟弟软下来。

大海。现在我面对着它再次清醒起来，能意识到高速公路般的咆哮声和海浪的撞击。思绪重新归位。巨大的海浪：蓝白色的巨浪排山倒海般冲向沙滩。一对珠联璧合的德国人沿着海边潮湿的沙滩漫步，两个人都留着同样齐肩的头发，十指相扣。从某种意义上说，兹波利特是天堂：海上的无政府主义伊甸园。你可以在这里做爱，在沙滩上，光天化日之下，都没人会眨一下眼。如果你无意中撞见有人在做爱，唯一你不能做却最想做的是：观看。

海上有鹈鹕在盘旋，海里有几个人在游泳。我站起身向大海走去。沙子烫脚，我跑到水边湿沙子上，那对完美德国人的脚印已经消失不见了。大海像平底锅里的肥肉般不怀好意：海水没过膝盖，我几乎要被海浪撞倒。暗流在卷动脚底的沙子就像有人在拽地毯一样。大海试图将一切拉扯回去，设法得到兹波利特，想一点一点把它拉回海里去。

远处柏林墙般的波浪汹涌而来，两个人在游泳。然而如果你仔细看，他们遭遇了过量的海水。他们明显不在划水。翻过这些海浪的顶部就好比从悬崖上跳下来——然后紧接着悬崖在你的头顶上方崩塌。

他们开始一起往回游。我现在可以看得更清楚一些：一个男人和一个女人。浪头朝他们打过去，他将她从海浪里托起。我是周边唯一的人，海水没过我的大腿，被嘶嘶声和泡沫以及咆哮声包围着。他们抱在一起，但等他们离得近了我看见她无法站立，头耷拉着。不仅如此，她还脸色发青。据我看来，她的膝盖变形，人也昏过去了。男人用胳膊抱起她：典型的宽厚肩膀干的事。另一个人踩着浪花跑到我旁边，海浪重重地打在我们身上。那是个法国小伙儿，劳拉和我前一天同他交谈过——那个女人，我现在认出来是他的女朋友。

我们蹚着水走了一段路。然后那个救她的家伙——和法国男友搀着无力的女人走回浅滩。我什么都做不了除了看着法国男友和一些欧洲人将女人弄回沙滩。之后我和救回她的家伙沿着沙滩散步，海浪像小狗一样舔着我们的脚踝。

"我看见你们在那儿。我以为你们在闹着玩。"我说，想听所有的细节，想知道全部的故事。

他当时隔着一定的距离——他是澳大利亚人——试图搞清楚海浪的方向。海边长大的人习惯这么做，他们要弄明白海浪。他看见她被一道浪打中，看见她沉下去。她一起来又被另一道浪打中。她不知道自己身在何处了。海浪不断地拍打她，她渐渐被卷进海里。他向她游过去，但似乎他到得太迟了。他以为她死掉了，但等他一碰到她就被她拉了下去。他扭打着挣脱了，继续拉住她，骑到了海浪上。他救了她。

"你一定是个游泳好手。"我说。

在当时那个环境之下这句话说出来很傻，但他点头说道，"我在海边长大的。"实际情况是我们在散步，赤裸着身体，走在海边使得这一回答显得非常得体，不错，但无论我们身处何地我更喜欢听到关于游泳学费、长期学徒式生活的建议。我也会喜欢他没有具体说是哪片海，好像世界上只有一片海一样。还有，在某些东西旁边长大的浪漫主义情怀：火车铁轨，煤气厂，甚至北环路。

澳大利亚人走回酒吧。“我需要喝一杯。”他说。

“你应得的。”我说，赶紧回去把劳拉叫醒，告诉她我刚看到有人从海水的怀抱中被解救出来。她还没睡醒，晕头转向。在我们右边不远处一群人正围成一圈，中间是那对法国恋人。我穿上令皮肤发痒的泳衣。法国恋人的朋友们在试图进行某种急救，但他们其实并不知道自己在做什么。男友试着做人工呼吸，一个肌肉发达的德国人摆弄着她的手臂，仿佛她是个划船机。一个秃头的家伙说她应该坐起来，一个意大利人试图将她调整到昏迷姿势。从我站的地方看去那场景更像是一场轮奸而不是在尽力抢救她。没有人知道该怎么做。

除了澳大利亚人，他碰了一下我的胳膊肘，走了过去。他也穿上了泳衣。他在滚烫的沙子上走得很慢，并很快控制住了局面。那正是局面的含义所在，我心想，某件事将被某个人所控制。局面这个概念暗含的意思就是某个人掌握了控制权。很快他就让她吐出了很多水，安慰她叫她放心，并让人去找医生。

我回到劳拉躺着的地方，她现在站起来了。她穿上了比基尼下装，我们向酒吧走去。过了一会儿澳大利亚人和他的一帮朋友也来了。他们点了啤酒，他又讲了一遍故事。我时不时插两句话。

“她在海里嗑药过量了，兄弟。”一个来自加利福尼亚的家伙说，他以前见过许多这样的事例。

“那海浪对她来说太厉害了。”澳大利亚人摇头说。我注意到我们两个人的脖子上都围着毛巾。我不过是个目击者，但当时情况的严肃性让我在每个人眼里看来具有一定的权威性。

我放下啤酒就像法官落下他的槌子，两手拽着毛巾的两端说：“你得尊重大海。”

“说得好，伙计。对了，你叫什么名字？”加利福尼亚人说，并伸出他的手。

“叫他社会公敌，”劳拉说，“社会公敌或男子汉。”

我们和新交的朋友一起闲逛度过了那天余下的时光，然后晚上回到天使港，为吞拿鱼排吵了一架。劳拉第二天就病倒了。她发烧并伴有严重的腹泻，一整天都只能躺在旅馆的床上，又赶上旅馆在装修。我们六点钟被不可思议的鸟叫声吵醒；鸟叫声刚结束电钻声就开始了。我戴着面罩和呼吸器去了海滩，但水太浑浊什么都看不见。阳光太烈。我能感觉它钻进我的皮肤，给皮肤造成伤害。从劳伦斯时代起太阳就变了。那时它是在治愈，现在是伤害。我不时地往下看，惊奇地发现我有影子：阳光炽烈到足以直接穿透我熔化掉影子。我以前也在炎热的地方待过，我喜欢热的地方，但我从来没有在这么热的地方待过。尽管严格说起来，我也许曾去过气温更高几度的地方，但从来没有感觉到像这里这么热——也许罗马除外。谁知道呢？高温，在那些极热的地方，会迫使你无法相对而只能绝对化思考。生活在永远炎热的当下。即使那些一辈子生活在炎热地带的人，他们祖上在那儿住了好几代了，也不得不说这天气有多热啊，仿佛他们从来没有觉得这么热过。在极热的地方气温会持续六个月锁定在九十几华氏度，人们每隔十分钟就会用震惊、顺从的语气谈论高温。最终你所能做的一切便是：擦着额头的汗珠说天好热。整个夏天都能够这样度过。除了高温，没有其他的事情发生。高温是唯一的新闻。对有些人来说，一生的概述就是擦着额头谈论高温。不错的人生，我认为，从人文的角度来说很晴朗。烈日当空。只有角度产生变化。前一刻你还很年轻——穿着短裤T恤的男孩，或光脚穿着凉鞋的女孩——下一刻你就老了，衰老不堪，寡居，而这一刻至少要持续一辈子，通常会是几辈子。

当天变热时——其实一直热——我回去了，发现劳拉躺在床上，浑身发抖并冒汗，她的耳朵塞着棉絮以抵抗电钻声。人们经常在墨西哥生病，我心想，你预料到在墨西哥要生病，你**跑去**墨西哥生病。劳伦斯在墨西哥病得很重（“疟疾——加上感冒——还有伤寒”），现在劳拉也病得厉害。我没有生病但感觉很怪：晕乎乎的，筋疲力尽。天气太热，我不习惯吸这么强劲的大麻。我除了《羽蛇》没有什么可看的：有趣的是这本地点明确的书你之所以带来看是因为它的故事背景就是你要去的地方，可你又受不了看它。有些人可以看任何东西来打发时间，我们的情况应该能迫使我看《羽蛇》，但我就是受不了这么做。我宁愿看空气。劳拉躺在床上。法国小伙儿那差点淹死的女朋友告诉我们瓦哈卡有一位好医生，我们决定坐大巴去那儿，劳拉称那为“野兽般的瓦哈卡”，不是因为我们一定需要寻求医疗帮助——生病与精力充沛之间的区别开始渐渐变模糊了——而是因为我们觉得需要做点什么来证明自己，证明我们还有能力去行动，去参与活动。

劳拉虚弱得连打包都不行，所以我低声嘟囔着把所有的东西整到了一起。我把大麻包好放进我的烟盒里，然后仍旧嘟囔着把我们的行李拖到了大巴站。在行动时感觉很好，尽管再次坐上大巴感觉很糟糕。我们坐了太长时间的大巴，尽管是吞拿鱼排的问题，但有可能正是这没完没了的大巴之旅使她疲惫、虚弱得连一块小小的吞拿鱼排也能把她击垮。我们犯了严重的错误。我们整个墨西哥之旅，我现在回想起来，就是个严重的错误。我们从提华纳入境就是个错误：我们应该直接飞到瓦哈卡，而不是从提华纳入境然后坐大巴到下加利福尼亚[①]，那儿几百英里都没什么可看的。即使我们已经从提华纳入境而不是飞到瓦哈卡，即使我们已经犯了那个错误，我们也应该在提华纳乘火车或搭大巴去洛斯莫奇斯，而不是像我们已经做的那样加重错误，一路跑到下加利福尼亚，那儿几百英里都没什么可看的。绝不强化失败：那是军事策略里的首要规则。但我们不断在强化失败，不断搭乘大巴前往瓦哈卡，而没有迅速止损直飞那里。我们在拉巴斯坐了一班渡船，糟糕透顶的渡船，让我们精疲力竭，以至于当我们抵达马萨特兰时累得无法思考就直接上了一辆去瓜达拉哈拉的大巴。我们一直加紧赶路，乘坐的大巴越来越多，人越来越累。我们坐大巴的时间越长，每一段额外的大巴之旅就变得越无所谓了。从瓜达拉哈拉坐大巴到墨西哥城需要多长时间？八个小时？八个小时不算什么。请给我两张票。这样的情况一

① 位于墨西哥西北部的半岛。

直持续下去直到似乎我们在墨西哥的经历汇总起来就是盯着大巴的窗户向外看。一说到墨西哥，就想到大巴。最后我们终于停止坐大巴了。我们到墨西哥城后乘大巴去机场，上了去埃斯孔迪多港的头班机。

最初的想法是去瓦哈卡找出与劳伦斯相关的地方，然后在其中一个港口——埃斯孔迪多港或天使港——愉快地待上一周——接着再去新墨西哥、陶斯，继续我们的劳伦斯研究。结果坐了几个星期的大巴之后，我们直接飞到了埃斯孔迪多港，然后坐大巴去了本该第一站就飞去的瓦哈卡。

刚出埃斯孔迪多港大巴就在一个军事检查点前减速了。年少的士兵们已经让另一辆大巴停下来，车上所有的人被赶下来，他们要检查所有的物品，寻找军火和毒品。不可能想到比把毒品放在一个金属眼镜盒里更傻的主意了，如果从窗户扔出去会发出咔嗒声而且会反光发亮。永远把毒品藏在你的内裤里：那是我的人生座右铭之一。安全第一，则是另一条。一个士兵透过窗户往里看看，挥手让我们继续走。

道路变得蜿蜒曲折。巴士在弯道中扭曲前进，隐约逼近峡谷的边缘了，可以看见峡谷下面许多被烧焦的大巴残骸。一提到墨西哥，就意味着那儿还有另一种大巴，车身缠满了绷带。

在瓦哈卡的近郊我们又在另一个检查点前减速并停了下来。一位士兵上了车，车上立刻一片沉寂。他走在过道上，任由恐怖气息在面前散开，就像汗渍给衬衫打补丁一样。“来了，”我一遍又一遍对自己说，“来了。”我觉得要认命了。什么都做不了。我接近了那个完全解脱的瞬间——或者说我曾经在书上看到过——被逮捕后你放弃了一切辩解，成为命运的积极参与者。因此我看上去非常平静。这个男孩士兵对我前面几排的一个女人说了一些婉转但含有威胁性的话语。继续走。然后，腰上的步枪仍指着地面，他抬起眼看着我。站在那里等待着。我也看着他。他胡子刮得很干净，也许甚至还不需要刮胡子。他腋下的制服被汗浸湿了。

“请出示护照。”他说。要拿护照我必须得站起来，那样很难不撞到行李架上——结果我迅速地站起来，就像太急于遵从指令，头撞到了箱子上——并没有受伤，只是看上去很滑稽——又弹回到了椅子上。坐在我旁边的女人笑起来。士兵也笑了。我摸摸脑袋，没有小题大做。更轻柔地站起身。递给他护照，他友好地看了看。

“小心，”他说，把护照递还给我并指着行李架说，“小心。”

“是，”我面无笑容地说，“谢谢。”士兵沿着过道往回走，跟司机说了些什么，司机也对他说了些什么，两个人都笑起来。然后他下了车示意我们前进。当大巴轰隆隆地再次开动时，我有点想打开我的眼镜盒，给男孩士兵一剂芳香诱人的大麻。

我事后回忆时将其当作两三件小插曲中的一件，证明我在追寻智慧的道路上走得有多远。我把它与在法国发生的一件事放在一起，当时我在纠结要不要买一件大小正正好的衬衫，售货员向我保证不会缩水，但我**知道**会缩水（不管怎么样我还是不明智地买下来了）。大巴上发生的故事肯定了我长期以来的怀疑：表现得滑稽会赢得巨大的优势。那些自尊心强的人绝不肯那么做。不过我，自从大巴上的那一刻之后，做事情再也不带一点儿自尊了。我可以穿着最好的衣服在大街上摔个狗吃屎也不觉得丢人，因为我是那个，从某种意义上来说，早就摔了个狗吃屎、早就没有自尊的家伙。

我们一到瓦哈卡就乘计程车去看医生，一个高个子的美国人，看上去自己身体就不大好的样子。劳拉感染了变形虫，他解释说，还患上了被称作“破坏者”的发热病。劳拉那被烧迟钝的双眼闪过一丝骄傲，让她饱受折磨的病配得上这个可怕的名字。谁知道她的感受呢？可能比流感还要糟糕，我猜想。他给了我们一些抗生素，然后我们住进了旅馆，很好的一个地方，由一个热心的家庭经营着。

尽管抗生素开始起作用了，劳拉还是感觉太虚弱不能走路。我在城里探访了一番，不过有点心不在焉。随着年纪的增长我发现自己越来越频繁地使用这个词：心不在焉，又心不在焉了。也许应该把它刻在我的墓碑上："他心不在焉。"我本应该找出与劳伦斯相关的地点但我的心思不在那儿。这种奇怪的目的性丧失时不时地困扰着我，同样的情况在伊斯特伍德的劳伦斯纪念馆就发生过。就在你马上要做你准备去做的事情，离实现长久以来的希望越来越近时，突然间你失去了兴趣。这样的情况总是发生在我身上，去参加聚会之前。不论我有多么期待一个聚会，期待了好几个月，不论我有多么享受选择穿什么的过程，还是会在到达的前几分钟发现自己只想回家待着看电视。这不是恐惧或社交焦虑的问题，而是一种奇怪的让人停滞不前、静止的力量。这在开罗的时候也发生过，我当时凭借着不可思议的意志力才把自己从旅馆里拽出来去看金字塔，而那本是我在埃及最想看的东西，还有在莫斯科的那次，我好不容易才去了普希金博物馆看高更的画，那可是我期待了好多年的。这样的情况发生了很多很多次，但从来没有像在瓦哈卡这么糟糕。我们跟着劳伦斯的足迹长途跋涉到这里。我们没有在这儿做研究，去找堆满灰尘、不存在的档案室，但如果不是因为劳伦斯，我们根本不会来墨西哥；至少是劳伦斯给了我们来墨西哥—— 一个我从来没有旅行欲望的国家——旅行的动力，现在我们在这里了，在瓦哈卡，一个显然对劳伦斯很重要的小镇，我发现我不仅没有找出他所住过的地方的冲动，而且事实上是无法强迫自己——就像我强迫自己去看金字塔和高更的画一样——去找出这些地方，在这些地方他写出了部分章节的《羽蛇》，一本我无法让自己去看的小说。我不但不看《羽蛇》，我现在发现，我连想都不愿意去想《羽蛇》，因为它提醒了我在野兽般的瓦哈卡所遭受的一切。

我在野兽般的瓦哈卡都**做了些什么**？在旅馆附近开摩托车兜风，给劳拉端水，问她感觉如何，在佐卡罗广场闲逛，去中央阿巴斯托斯的市场讨价还价买之前闲逛时没买的吊床。消磨时间，在佐卡罗广场闲逛，注意力集中在不要生病上，尽管回过头去，在如今的我看来那时的我**已经**得病了，由于毫无病兆而显得更为有害。劳拉和我讨论着做什么，那往往意味着在讨论不做什么。我们决定不待在墨西哥，也不费心去新墨西哥州了。劳拉一心想做的是回家，回意大利，回罗马。我不关心做什么所以我们同意飞回罗马。对我来说都一样。我变得对一切漠不关心，这感觉后来被证实为是一种暗示，暗示我回罗马后会陷入深深的沮丧，关于这点我后面会谈到。

回到罗马后，这种沮丧因为我对自己在瓦哈卡如此彻底地浪费时间感到震惊而加剧了。我埋头苦读身边所有关于劳伦斯的书，做着本该在去墨西哥之前做的研究工作，查看劳伦斯的活动，发现他在弗朗西亚旅馆（“非常舒适”）住过，然后在皮诺苏亚雷斯 43 大道租了一套房子（“非常美丽”）。瓦哈卡有着那么多关于劳伦斯的信息，以至于有那么一瞬间我似乎能够将我的瓦哈卡之行与之重叠。结果证明这只是妄想。所有这些疯狂的行为其实只是一种挣扎，在我屈服于可怕的抑郁之前最后的挣扎。

现在回想我们失败的瓦哈卡之旅，写起我们失败的瓦哈卡之旅，我仍震惊于自己在那里是如此彻底地浪费时间。虽然很容易找出劳伦斯在弗朗西亚旅馆住过，却很难知道我们在哪儿住了一个星期。一只蓝绿色的鹦鹉在铺满落叶的院子里尖叫，我记得那个，但我没有记笔记，没有记录这个地方的名字。我看了《旅游指南》和《让我们出发》，但找不到任何能唤起我回忆的东西。没有用，它不见了，丢失了。早就承认自己缺乏足够的能力去研究劳伦斯的生活，结果却发现我甚至连研究自己的生活，当自己的传记作者都不够格。

如果一个人能够接受自己的缺点，也许他就能如人们所说的那样很快乐，对自己感到满意；但如果一个人的主要缺点，准确点说是永远有本事制造冲突——前一刻刚对现状妥协，下一刻马上又有了颠覆和夺回控制权的热望呢？去瓦哈卡以及到那儿以后又不想做那些之所以要去瓦哈卡的事情，这本身都没有什么错。甚至可以接受没有做成你去那儿要做的事以及事后的懊悔，但恰恰是现在没能去做些什么，结果让你以后可以耿耿于怀，然后再浪费数周的时间为这种综合征苦恼……不，这丝毫谈不上有任何的满意度。你被困在了无止境的怪圈里，就像录音带被卡住，不断重复相同的三个字——“要是……” “要是……”——结果表明只是两个字。

在瓦哈卡，我在罗马心里暗自想着，我没有完成去那儿该完成的事。好，很好。除了我不能接受这一点，不能忍受这个失败带来的后果。我能纠正的唯一办法，似乎就是马上离开罗马，搭头班机前往瓦哈卡。那是唯一可能的行动。那将是我要做的，我对自己说。我要去瓦哈卡。立刻马上。但同样，即使我鼓足了劲儿坚定不移地要弥补之前的过错，我知道我**不会**再去瓦哈卡，我不想去瓦哈卡，在世界上所有我会重返的地点里，瓦哈卡绝对不在其中，要重回瓦哈卡的决定实际上是对不去瓦哈卡的一种妥协，是对之前失败的挽救——通过加剧它。

在这之后，似乎对现在的我来说，像这样将失败加剧之后，获得了某种满足。我不能接受我自身，但最终，我屈从于接受我不能接受自身这件事。任何事，任何事——只要不牵涉到一丁点儿的费神或不便。“让男人沉到自己内心的最底部，”劳伦斯写道，“并相信它。”

然而，不论从瓦哈卡回来后我感觉有多糟，劳拉病得有多重，也无法与劳伦斯所经历的相提并论。他离开瓦哈卡时可谓“劫后余生”。不过到了那个时候，他一定已经习惯这样的感觉了，整天感觉“疲倦不堪”，躺在床上饱受感冒和咳嗽的折磨，即使偶尔在身体状况相对好的时候也是如此。

想象一下像劳伦斯那样，想象一下像那样生病。我想象不出来还有什么会比那更糟。我害怕生病。我活在生病的恐慌中。其症状之一，事实上这没有症状的我决定患上的疾病，是对生病抱有病态的恐惧，一种臆想症：我现在已经一年多没得过感冒了，越久没得感冒越害怕会得。不过你怎么能避免感冒，我发现自己经常在想，当别人都感冒的时候？来谈一谈办公室或建筑物综合征：大部分城市都患有城市综合征。伦敦最厉害。劳伦斯在 1916 年就意识到这一点：伦敦如此“肮脏污秽”，他评论说，“人会在两周内死去”。从那以后情况变得越来越糟。现在它是世界流感之都。伦敦的上空飘散着流感病毒，下着流感雨。世界各地的人们来这里，染上了流感。不论他们是来看皇家警卫换岗，还是去狂欢派对嗑药，最终都得了流感。那些在伦敦工作的人不是被流感击倒，从流感中恢复，就是快要得流感了——尽管大部分被流感击倒、从流感中恢复或快要得流感的人得的根本不是流感。他们其实是在夸大其词因为已经没有人说自己感冒了，总是说得了流感。如果人们感冒了他们说得了流感；如果他们说感冒了那意味着他们什么毛病也没有。流感和感冒变得可以相互交换。当我们意指感冒时我们说流感，当我们指流感时我们还说流感，因为他们得流感时没有人愿意说他们得了肺炎，这又因为如果你说你得了肺炎人们会认为你得的是艾滋。甚至有可能那些得了肺炎的人就称其为流感，所以现在流感已经涵盖了从感冒往上的所有的疾病。说我们得了流感其实只是在描述二十世纪末城市生活的普遍状态。总之，我们一直在得流感，即使在那些无论从哪方面看都堪称非常健康的时期。从某种角度来说，一年四季没有哪一刻我们没有得流感。

话虽这么说，我已经超过一年没有得过感冒或流感了。连鼻塞都没有过。为什么？因为我没有工作或孩子。如果我按之前的想法在笨蛋之城找份工作的话，去年我至少已经感冒四次了，如果有孩子的话，这个数字很容易翻倍。办公室和学校都是传染源。在办公室上班和有孩子的父母总是在感冒。这是事实。现在操场上有一套新病毒的循环模式了，与以前我们上学时候的不一样，那时候经过几年的时间，我们形成了免疫力。孩子将这些新病毒从学校带回家，大人们对它们没有免疫力。远离孩子，远离被孩子的病毒所感染的家长。采取回避的行动。必要的时候远离所有人。即使打电话也有风险。有人们从电话上感染流感病毒的例子。而且，得流感比变成一个病毒偏执狂、病毒隐士好。只有走出去，进入这个世界你才能够建立起抵御它的系统。靠留在家里不外出，远离学校和办公室，你实际上变得更容易被感染，更可能被流感击倒。最好走出去，最好上一辆满载鼻塞、打喷嚏和感冒患者的火车，甚至有一个年轻的女人就坐在你斜对面，重感冒患者：鼻塞得严重，眼神呆滞，泪水涟涟，感觉很难受，在用用过的面巾纸擤鼻涕。我第一反应是换位子，但我觉得这样会显得很无礼，因为我担心表现得无礼，所以对这个将我置于两难境地的女人很生气，我要么表现得无礼要么得冒被传染的风险。再说，我想，我坐在她的前方，我对坐我旁边的乘客没有构成任何健康上的威胁，我为什么要换位子？要换也应该是她换，不是我。不管怎么样我就是要坐这里。我越想越觉得她选择坐在那里不仅显然是种自私的行为，而且更让人气愤的是英国铁路公司居然允许她这样明显患有病毒性流感的人坐火车，冒着让其他付费顾客被传染的风险。我在想这些的时候用的是半官方的措辞，几乎像是在给客户服务经理的投诉信打草稿。尽管我决定留在原位可我又想换位子，但等我下定决心换位子的时候发现没有空位子了，因此我现在面临着更为严峻的选择：要么坐在原来的位子上被传染上病毒性流感，要么站着。显然我不想站着，所以我强迫自己深陷在座位上看报纸（凑巧的是，满版都是生动富有表现力的治疗感冒和流感的广告），将报纸作为盾牌并说服自己实际上这是个非常好的位子因为我脸冲的方向与火车前进的方向是相反的，在斜对面的女人的前方，因此当她呼气的时候，病毒是向后面传播的。我越想越觉得自己坐了个好位子，因为最有可能被她传染的可能是坐在下风口，她位子后面的人，虽然传染病毒潜伏在附近，但我相对是安全的，而且打个比方说，我还可以在报纸后面监视她，同时准备我的防御，为可能遭受的攻击加强我的免疫系统。一想到这点，我马上又意识到据我所知坐在我前面的某个人得的是更为厉害的流感，他或她的病毒正在向后方的我袭来。事实上这并非只是可能而是非常有可能，因为火车上充斥着打喷嚏、咳嗽、鼻塞、擤鼻涕的声音。车轮的咔嗒声都被淹没在抽鼻子、打喷嚏、咳嗽和擤鼻涕声中。直到那时我才发现实际上我是火车上唯一一个没有在打喷嚏、抽鼻子、擤鼻涕或咳嗽的人。其他每个人几乎都因流感而濒临死亡，空气里到处都是被过度使用的浸透黏液的舒洁面巾纸的纸屑。那情景仿佛身处 1919 年流感大疫情时期开往医院的火车上……我的呼吸开始变重，快喘不过气来—— 一阵颠簸将我惊醒，《卫报》盖在了我脸上，我差点被报纸闷死。对面的女人依然坐在那儿，抽着鼻子，散播着病毒。火车突然停在黑暗的乡野之中。有一栋亮着灯的房子，被笼罩在当地的夜色里。

当我们坐着等火车开动时，我突然想到不生病也许是对小毛病不断、容易受伤的一种补偿。小毛病：身体遗传下来的数不清的小缺陷和机能障碍。例如过敏性皮肤。我有着极其敏感的皮肤。我不知道还会有谁的皮肤跟我的一样敏感。我对任何东西都过敏，即使是那些专为敏感肌肤设计的低过敏性产品也不例外。在孩童时期，我患有严重的湿疹。成年以后我的湿疹是好转了还是加重了这要看你怎么看了。我那可怕的湿疹不再那么容易发作了，以前发作起来我的手指脆弱得根本不能用。从这个角度看我的湿疹有所好转。但从另一个角度来说，轻度的湿疹已经扩散到身体其他部位（比如膝盖下面，脖子和前臂，脚上和眼睑四周），整个皮肤的健康情况已经恶化到身体上哪些地方患有湿疹哪些地方没有湿疹这两者之间没有什么明显区别了。如果我不再注意到手指上的湿疹，那也许部分的原因是从某种意义上说，我从头到脚都是湿疹。我的皮肤非常干燥，我也应该按照全身都有湿疹的情况来对待，因为任何使用润肤露缓解肌肤干燥的做法几乎都会不可避免地导致湿疹大发作。我对沐浴油过敏。简而言之，我是个永远不能在浴室里摆上来自美体小铺的气味香甜的草莓色护肤液的男人。其他像我这个年纪的男人都在利用他们浴室的架子展示一系列气味诱人的水果色的乳液，它们还可以在情爱按摩中派上用场，而我只能将一管一管的药用油膏藏在浴室的小柜子里，和安那素、克霉唑放在一起。我理想中的肉体极乐享受是像马拉那样躺在浴缸里，里面装满了温暖的戊酸倍他米松，这种可的松药膏只能少量使用，因为它显然会损坏皮肤；即使它在修复皮肤，它也在损坏，在治愈，也在毁坏。

火车仍然停在黑暗中。其他乘客开始焦躁起来，但我还在思考，最近我又感染上了足癣，我皮肤上的各种失调是怎么变得如此错综复杂的，以至于很难去说哪个部位得的是哪种毛病。我得了足癣，这很清楚。接着，我的手指又开始有点痒了，这种痒与脚趾的痒非常相似，我觉得自己得了手癣。于是我符合逻辑地开始用治脚癣的乳霜治疗我的手——结果发现，至少我的医生是这么解释的，治脚癣的乳霜在我的手上起了可怕的反应，引发了严重的湿疹。

“确认一下我的理解是否正确，”我对向我概述了这场突发的皮肤问题之根源的医生说，“你是说事实上我对足癣过敏。”

“事实的确如此。”医生说。

接下来是我的膝盖。哦，不要让我说我的膝盖。我的膝盖哪儿有问题？哪儿都有问题。一个膝盖能有的毛病我的膝盖全都有。肌肉，骨骼，软骨，肌腱。我的膝盖有着各种各样令人迷惑的伤痛：阵痛、酸痛、刺痛、钝痛、剧痛。哪里痛？从膝盖骨的上面到侧边，再到下面，还有**里面**。唉，我可怜的膝盖。膝盖们，应该说。复数形式。两只膝盖都很糟，但右膝最讨厌。我等了好几年要对它、对它们做点什么，因为在我四处漂泊的日子里从来没有进行过持续的医学治疗。在新奥尔良我碰巧认识了一位膝盖专家，他诊断的结果是膝盖骨**软化症**。他建议我进行力量训练，我做了两天就放弃了。从那之后我就等着待生活足够稳定了再去进行正经、持续的医学治疗。我一搬到笨蛋之城就找医生给我预约了一位膝盖专家。六个月后，那天是个大日子：与膝盖专家见面，他个子很高，走路微跛。我坚信问题出在自己二十岁末、三十出头那段时期打了太多壁球，我说。我每周打八或十个小时的壁球，打太多了。不，医生说，髌骨，即膝盖骨错位了，没对齐。在青少年时期或小男孩的时候或不管什么时候，当我的腿开始发育往直里长时，我的膝盖显然落后了。它长得靠里了。不用开刀动手术，医生说。我很惊讶，夹着一丝失望。我想要一个新膝盖。结果我被送去见理疗师，让我做力量训练，跟新奥尔良的膝盖专家所建议的一模一样。这些简单的练习，她说，会有助于将膝盖拉回原位。让人难以置信的是，等了这么多年要解决膝盖的问题，我却依然**没有做这些练习**。我等了三年要修复我的膝盖，我心想，这时火车再次开动了，却没在做这些练习，这简单的力量训练对于防止我的膝盖那苦不堪言以及在未来也许是不可忍受的疼痛是必需的。这些练习不仅仅是修复我的膝盖，它们将会**拯救**我的膝盖——而我没在练习。在头两个星期我出现在理疗中心用苍白无力的借口解释我为什么没有做练习。然后，在电话里用苍白无力的借口解释我为什么没有如约出现；再然后我电话也不打了，用苍白无力的借口对自己解释。相反，我待在家里，膝盖还在发痛，问自己**为什么**不能做那些练习。坐在这儿想我的膝盖以及它有多疼的这会儿工夫我都能做做练习了，那将会消除膝盖的疼痛，当火车加速时我心里在想，但我没有做，只是坐在这儿**想**我是多么应该做那些练习。当然，我不应该想我的膝盖或那些练习；我应该继续写我的劳伦斯研究，而不是为我的疼痛烦恼。我的膝盖不是问题，那是肯定的：这是一种更严重的疾病的症状，不能持续干任何事情，意志力的风湿病，不能一口气做到底的慢性病。

那才是大问题，不过还有很多的小毛病。比如我总是闪到腰。像我这样又高又瘦，肩膀还窄的男人，总是等着我的腰出状况，用俗话说就是“别住”。我避免拎东西因为怕腰椎间盘突出——尤其在经历了阿罗尼索斯的摩托车事故之后。至于我的脖子，我甚至都不用等它“别住”。它**总是**“别住”。不是将要“别住”就是已经“别住”了。抽筋的脖子：这是对恼人的半中风的脖子一种奇特的形容，运气好的时候只会持续一两天，运气不好的时候还没正常一两天就又“别住”了。

我在火车上进入了一种糟糕的状态，一直在想着自己所有的毛病，但同时我很清楚这些小毛病将我的注意力从那个得流感的女人身上转移开了，正如那个得流感的女人将我的注意力从火车晚点上转移开一样，而且经过在乡村的意外停顿火车将会晚点得更厉害……

噢，还有我的秃毛症：我的胡子有两小块停止生长了。这种情况以前发生过两次：每次——如果“次”这个概念可以指至少持续十八个月的话——我下巴两边都各有一块五十便士大小的地方不长胡子了。如果我不刮胡子看起来就像一只癞皮狗，所以我不得不每天刮胡子，结果又让我那敏感的皮肤爆发了皮疹。医生不为秃毛症推荐专家因为它只是美容方面的问题——当然这个美容问题有着深层次的心理因素和后果（我不可能长出劳伦斯式胡子并藏在其后了）。秃毛症显然是一种神经性的疾病，身体内在不安不适的征兆。最好的治疗方法是不要去想它，但秃毛症的症状之一就是每当你照镜子时就会去想。你每想一次“我的秃毛症是不是好一点了”，就是将你的治愈期推后了一个月。由于我一天要想十到十二次，因此我得活到二百多岁才有可能从目前的秃毛症中恢复过来。

对我鼻子的预断相比之下好多了。在我找医生看膝盖之后，向他咨询秃毛症之前我又去他那儿询问另一项急需治疗的部位。我二十多年来经常流鼻血，我解释说，自从在学校操场上和保罗·海尼斯打架时脸被打了之后，但最近几年流得越发多了。继为我安排看膝盖专家之后医生又为我约了看鼻子的专家。治愈我在外漂泊的那些年里喜欢想到的创伤是我的一大工程，这未开化的朝圣之旅中的麦加最终是英格兰的笨蛋之城。鼻子专家用一根非常细的镜管插进我的鼻孔进行检查，我的眼泪水都出来了。一切正常，他说。我大大松了一口气，他所需要做的就是对我的鼻子进行烧灼以消毒。好，我说。如果我同意的话，医生说，将由实习医生进行实际操作。好，我说。当实习医生猛戳一通结束后，那个医生又来一阵捣鼓。哦，好吧，我在回家的路上想，创伤累累的鼻子里塞着成卷的舒洁制品，至少我不用担心每隔几天就流鼻血了。不，现在每隔几个小时就流血。如果我的经验还靠得住的话，给你的鼻子做烧灼消毒以制止流血意味着你的鼻子会流血不止。流鼻血的次数会更多，血量更大，持续时间更长。怎么办？回去重新做一次烧灼消毒？然后怎么样？然后会一天流十次或二十次，也可能再也不会流了。

尽管如此，当火车驶入笨蛋之城时，我心想，还是要感谢上天的仁慈：这是我最近的另一句口头禅。至少心脏、胸腔、肺部没有任何问题。不像劳伦斯，他的病正好在身体的正中央，在核心部位。“看在上天的分上不要生病！”他写道，“我已经病了——老天爷，我愿意拿出一切换回健康。”

不用去猜我为什么上个星期什么东西也没写。我卧病在床，得了流感。一种新的病毒性流感，在丹麦得的，我去那儿做关于劳伦斯和英格兰风格的演讲，这个题目是我期待已久的。我离开前没有写出一篇准备充分的演讲稿，只写了几点备注。到时候我可以临场发挥。何况我在丹麦还有一天半的空闲时间，有充裕的时间去准备我的演讲。在没有准备关于劳伦斯的演讲时——即所有的时间因为我根本没有准备——我所做的事情就是在这些寒冷的地方你唯一能做的：待在旅馆里看电视。但那里没什么可看的电视节目，于是我只得出去喝酒，走到寒冷的室外再回到温暖的室内。那就是你在丹麦所能做的一切。你忍受着寒冷，喝着酒。你走去寒冷的室外再回到温暖的室内。室外冰冷彻骨，室内酷热难耐。穿衣，脱衣。冰冷彻骨，酷热难耐。流感的处方。在演讲前的早晨我的喉咙开始痛；到中午我的喉咙就像吞下了整艘宇宙飞船。到了下午我头痛欲裂。人们经常说他们头痛欲裂实际上只是有点轻微的头痛，但我说的头痛欲裂是指感觉我的头就像根被斧子劈开的木头，而且还是根遍布节疤很难劈开需要不断用力劈的木头。情况更糟的是，快轮到我上台时，我开始紧张起来因为我知道自己没有好好准备我的演讲。没有好好准备因为最好是临场发挥，最好是脱稿演讲如果你可以的话。问题是我不能脱稿演讲，我是个不可救药的演讲者，每次演讲完我都决定下次要准备一篇完美的演讲稿，一字不落地。

但我从来没有准备过，因为最好是临场发挥，而且只有到了要演讲的前几分钟我才意识到自己没什么可说的，于是开始东拼西凑组织语言并意识到为时已晚。情况一直如此，但丹麦的这次更糟，因为除了无话可说之外我还得了明显病毒性的流感，即非常严重的感冒。

我到了听众稀少的演讲厅，被介绍为某个“在研究D.H.劳伦斯自传”的人。我站起身，解释说自己得了病毒性流感，今天很不在状态。我擤了擤鼻涕，喝了一大口水。

“D.H.劳伦斯，”我开始道，“戴维·赫伯特·劳伦斯，又称伯特·劳伦斯，他声称自己从来不是‘我们的伯特’，是位英国作家。一句很简单的表述。但让我们来思考一下这，呃，这个表述的两个部分。我们是指他是个作家，同时是个英国人吗？或他是个英国人，是作家，还是两者都是？即使当我们把注意力集中在其中一个上，我们发现那也是由两部分组成的：英国和人。”我说，庆幸自己草草结束了这复杂绕口的开场白。我依稀记得劳伦斯说过关于作为一个英国人的话，对，但他在是个英国人之前首先是个人。在记忆里搜寻这些的时候我有点飘忽了。“因此，呃，我们有了三个词：英国，作家和人。”我抬起头：人们在**记笔记**。我再次擤了擤鼻涕。我的鼻子开始流血。我用舒洁纸巾迅速擦了擦，将鼻血吸进嗓子里，血沿着喉咙往下滴。“这三个词相互定义、阐述和解释了彼此。我想逐个分析，然后看它们是如何联合，结合到一起并在D.H.劳伦斯身上体现出一个英国人，一个作家……”

接着就这样继续下去。那基本就涵盖了我关于劳伦斯和英格兰风格的演讲的全部内容了。集中展现了我糟糕的感觉——不断地擦鼻子、喝水——我颠来倒去地说这三个词，完全避免任何实质内容，全是些毫无意义的话，事实上只是为了说满四十五分钟，并将鼻血咽下去。我的头沉重无比，声音嘶哑，与所有这些流感所引起的不适相比，更痛苦的是不能胜任这场演讲所带来的羞耻感。“那么，总而言之，”我总结道，“我们可以看出不仅是这句简单的表述——劳伦斯是位英国作家——有问题，而且这两个词——经过仔细推敲实际上是三个词——中的每一个相应地都有问题。但正是由于这些含糊不清、相互矛盾……诸如此类的背景，这三个词语中内在的问题才得到了解决——在这个英国人作家，D.H.劳伦斯人物身上得到了解决。谢谢。”

我擦擦鼻子坐了下来。我无法直视听众或东道主——那位邀请我来这里的知名教授。我意识到底下一阵沉默，刚开始傻眼了，不过旁边有一些假笑。那位知名教授感谢了我的“具有挑衅性”的演讲，问听众是否有什么提问。我从喉咙里吐出一些血到一叠舒洁纸巾上，希望通过这个劳伦斯式的举动阻止我的听众在演讲者和演讲主题上进行耗时又耗精力的联系。没有人注意到我的举动，也没有人提问。知名教授感谢我千里迢迢前来演讲，尤其在我的身体状况不佳的情况下。听众席里传来几声窃笑和首次微弱的掌声。此时为了博取更多的同情，我夸张地咳出了更多的血到我的舒洁纸巾上——太多了：有一些半凝固状的喷到了我的手上和衬衫上。透过这礼貌性的掌声我听到了嫌恶的抱怨。我崩溃了。基于病得很重我拒绝了晚餐的邀请，但实际上是因为我的表现让我羞于面对任何人。我这辈子从来没有感觉那么差过。

第二天早上我感觉更差。一开始是由于头一天“演讲”的羞耻，然后是因为当飞机下降时我发现右耳不对劲了。除了依旧头痛欲裂，喉咙肿痛之外我还觉得右耳要爆炸了。严格意义上说飞机并不是在下降，它是在希思罗机场上方倾斜飞行并转换为等待模式。我向空姐要了一粒硬糖但我的耳朵不买账。耳朵的疼痛如此剧烈，缓解了头痛。“我可怜的耳朵。”我一直自言自语道，使劲咽口水，嘴里吮吸着薄薄的硬糖。在我还是个小男孩的时候这只耳朵得过脓肿。我躺在妈妈的怀里，据说，耳朵里满是儿时不可理解的疼痛，说着“压，妈咪，压”。我的耳朵里不断噼里啪啦响，妈妈不断给我按压，当我们在希思罗机场上方倾斜着翻飞时我心里想着这些，使劲咽口水想解除耳朵的阻塞。在飞机上我经常发现自己在幻想与空姐做爱：当她经过时，我把手伸进她的两腿间，在厕所里做爱：标准的飞行色情题材；现在我想的是躺在空姐的怀里说“压，妈咪，压”。我是个体弱多病的孩子。我好长时间不去上学，训导员都上门来查看出什么事了。除了湿疹我还长了可怕的疣，手指上大概有五十个。一天在学校有个男孩告诉我它们是非常好的疣，看上去棒极了。这个早期的事例让我后来知道了什么叫讽刺。后来有一天在格洛斯特，疣被用干冰——固体的二氧化碳？——烧掉了。它们先是变紫然后消失了。作为补偿我父母为我的机动人买了一整套装备：穿着白色迷彩服的雪警，脚踩雪橇，头戴绿色的护目镜。奇怪的选择——当时是6月份——但我们在自家的花园里，太阳下，度过了那天下午余下的时光。父亲那天没有去上班，或许那是另外一天，我拔牙的那天。拔完牙后我将血吐在了人行道上，当时我们正走在去商店买机动人装备的路上。母亲说我应该吐在手帕上——正如我在丹麦的演讲厅里试图做的那样——而不是吐在人行道上。有可能雪警机动人的装备是作为拔牙而不是除疣的补偿而买的。

我记得所有这些事情，当我回到英国后，忍受着流感，从丹麦倒霉的演讲中恢复起来。作家得流感比其他人更难受，而我比其他作家更难受。如果你每天去办公室或工厂上班，那么生病了总会有一些放假的元素在里面。你也许感觉不舒服但至少有几天能在家：在家休息，有机会看看下午的电视节目。但作家成天都在家；他们可以看一下午的电视如果他们想看的话。流感带来的是不让他们工作——因此也有某种放假的意味，尽管是被严重稀释过的。然而对我来说，即使我感觉百分之百好也很少动手工作。我身体最好的时候，所做的不过是骑着摩托车乱转，穿着拖鞋走来走去，等着晚报送来。谈起日常生活的话，我健康的时候和得流感的时候几乎没有什么区别。基本上，在我得流感待在家时意识到，我每天都像得流感一样待在家，即使在我没有得流感的时候。得流感没带来什么不同——除了我感觉难受以外。流感让我感觉难受，同样让我感觉难受的是我如此挥霍了那些没得流感的日子——虚度了那些没得流感的日子让我得流感的日子更加不好过，因为如果我严格遵守了工作计划，那么我至少可以享受一下流感带来的不用工作的轻松。事实上，得流感只是强化了日常生活的痛苦；流感所起的作用，我意识到，是将可忍受的痛苦变得不可忍受。但是回想起来即使这种不可忍受的痛苦——这话我以前说过，以后还会继续说——最终表明也是可以忍受的。生活可以忍受即使在你认为无法忍受的时候：那正是最可怕，最不可忍受之处。

就在我处于流感的最后阶段时，我的经纪人打电话来说劳伦斯的一部话剧在上演，《孀居的霍尔罗伊德太太》。问我是否想去。

“什么时候？”我说。

“星期四晚上。”

“噢，星期四我要去看努斯拉。”

“谁？”

“努斯拉·法帖·阿里·汗，克瓦利歌手。太遗憾了。真希望我能去。”我说，心想它们时间冲突真是太好了。我二十年没去剧院了，现在也没兴趣再去。甚至都不是喜不喜欢剧院的问题。重要的是对剧院没兴趣所带来的愉悦感。我对各种各样的事情都有兴趣但很高兴对剧院没有兴趣。对剧院没有兴趣意味着整个与之相关的生活和文化领域都与我无关：所有杂志上相关信息的一览表我都不用去看，大量该领域的谈话我都不用参与，大把的钞票我都不用考虑要去花。对剧院不感兴趣实在是太幸福了。对剧院不感兴趣给我带来的愉悦超过了所有我感兴趣的事物的总和。这里存在着一种精神道德。对某个事物感兴趣就会与之产生一种紧张、有压力的关系，为之承受焦虑与煎熬。

以努斯拉为例，我打算去看他的表演，就在受邀看《孀居的霍尔罗伊德太太》的同一个晚上。我住在巴黎时他曾在巴黎市立剧院表演过两次，我两次都想去看尽管这几乎不可能，因为市立剧院里上演的任何东西，门票都在几个月前就一售而空了。两次我给售票处打电话都占线。两次我亲自去市立剧院确认演奏会的票卖完了。两次我都带着自制的上面写着“我在找一个位子”的牌子在开场前跑去市立剧院，两次我都和其他很多努斯拉的粉丝——他们也没有票，举着“我在找一个位子”的牌子——站在一起。第一次，一直等到演奏会开始，我希望自己够幸运但结果没有。我回家，非常不开心，比没有带着自制的小牌子出现在那里还要失望。第二次我甚至去得更早，想办法从黄牛手里花两倍的钱买到了一张票。离演奏会开始还有一个半小时可供打发，我坐在莎拉·伯恩哈特咖啡馆思考着花两倍的钱去听这场演奏会的事。等我一进去就发现我的位子是全场最差的三四个位子之一，于是演奏会的头半个小时我一直在想如果位子更好一点我会更享受这场演出。后半个小时我一直在担心这次演唱会上努斯拉的表演会不如我之前看过的好。然后，等我出来了，所有我能想的就是如果我没有过于在意价格和位子，也许我就能和以前一样好好欣赏这场演出了。在我星期四再去看他演出时显然我脑海里最关心的是：为什么我在已经看过他表演不下十几次的情况下还一直这么费劲地要去看努斯拉呢？

相比之下，对剧院不感兴趣，对其一无所知，永远不会受诱惑前往是多么的幸福！噢，漠不关心是多么的幸福！

所以无疑要去看《孀居的霍尔罗伊德太太》，但它不仅是部话剧，它还是D.H.劳伦斯——我非常感兴趣的人，甚至可以说现在我在他身上有着既得利益——写的一部话剧。换句话说，在所有我感兴趣的事物中，劳伦斯是我紧张和焦虑的主要源泉，甚至侵入了那块可爱的“不感兴趣”和“漠不关心”的自留地，剧院。

但当然那正是为什么我有兴趣写劳伦斯的原因：让自己对此完全不再感兴趣。劳伦斯曾说人通过写作摆脱了疾病；我想说人通过写作摆脱了兴趣。一旦我完成了这本关于、依赖于劳伦斯的书，我将对他丝毫没有兴趣了。一个人开始写某本书是因为对某个主题感兴趣；一个人写完这本书是为了对这个主题不再感兴趣：书本身便是这种转化的一个记录。

如果我不写这本书，也许在我的余生里依旧会对劳伦斯感兴趣。他会不断地啃着我。我会一直对《恋爱中的女人》好奇，会一直想着，“啊，也许今天要重看一下《恋爱中的女人》”，会一直寻找关于劳伦斯的新书，会一直记有关劳伦斯的笔记或考虑着也许有一天我会写一本关于他的书，但一旦我写完这本书——如果我能迫使自己对劳伦斯的兴趣保持得够久，久到足以完成它的话——劳伦斯对我来说就将会变成一本合上的书。那是我所期待的：与劳伦斯再无任何瓜葛。

当再也没有什么让你感兴趣时，我看着书架心想，那里将来某天会放满我的书，都是断断续续关于劳伦斯的，然后你就可以停止写作开心过日子了：再然后你会陷入绝望。

不过首先我得去一趟陶斯，弥补之前瓦哈卡之行的失败。

1926年，无法承受欧洲疲惫之行的劳伦斯声称“如果人可以直接飞到新墨西哥州那就太妙了”；七十年后我们就那么做了。或者说不完全是那样：我们飞去旧金山，那儿是我想定居的地方，是劳拉的故乡，在到那儿的头几天里我们发誓会定居下来，将来某天。劳拉特别高兴回到加利福尼亚州：她有机会练习西班牙语了。

我们不确定怎么从旧金山去陶斯，是在旧金山租一辆汽车一路开到陶斯再开回来，还是飞去拉斯维加斯后再租车。这是个困难的决定。原则上说我们应该开车：那样我们会是游客，像劳伦斯和弗丽达一样，真实的人穿过真实的地方；如果我们坐飞机我们就是乘客，悬在不像样的压抑的客舱里。况且，我喜欢在美国开车，很期待开车。问题是劳拉不会开车，尽管我期待开长途车，但我也担心开车太久会将开车的乐趣变为繁重无聊的体力活，等我们到了陶斯很可能我就打心眼里讨厌开车了。我们听说去维加斯的机票便宜得离谱，为了吸引人们去赌场，可当我们打电话给航空公司，他们说这些票都没有了。我们还听说有去维加斯的“打折票”但也都卖完了。所有可去维加斯的机票都没有了。那问题应该得到了解决：飞去维加斯不可行的事实意味着我们要开车去陶斯，但由于事实证明飞行安排如此困难我决定一定要坐飞机。我们最终订到了去阿尔布开克[①]的机票，可是之前担心从旧金山开车去陶斯时间太久，现在我又担心从阿尔布开克开车去时间会**太短**，所以最后我们决定飞去盐湖城——我们俩谁也不想去的地方——再兜个圈子毫无逻辑性可言地开车去陶斯。

当我们飞到内华达州上空时，一片墨迹状的云影，形状恰似不列颠群岛，飘浮在荒凉的无人之地上面。

---

① 美国新墨西哥州中部城市。

不习惯开车，也不确定我们租来的车的操作，在我们奋力开出机场时我正如劳拉在她的旅行流水账——她喜欢称之为“回忆录”——上所写的，“很紧张”。“紧张”在当时的情境下指焦躁，一点点困难都能让人发火——而我们有那么多的困难，因为劳拉，尽管很有语言天赋，却毫无方向感，是个糟糕的导航员。“多次争吵之后，”她后来写道，“我们终于开出了盐湖城，向西南方前进，经过了犹他州”——“西南方”在这里指“东南方”。

我们在布镇过的夜，以一顿让人毫无胃口的晚餐结束了一天，又以气味难闻的早餐开始了第二天。我们两个人中，我不确定谁的更糟：虽然我不喜欢吃鸡蛋，我还是点了鸡蛋，来的也是鸡蛋；劳拉点了新鲜水果，来的是罐头桃子。不过我们起得早，天空极美——三块雪白的云条排在天际——经过好一阵搜索我们在调频电台找到了经典摇滚频道。那是段尘封的经历：在高速公路上开着车，听着广播里关于高速公路咆哮的歌，听着广播。

到了中午，我们经过巨大的让人不失所望的纪念碑谷。

“电影。”我说。

"宽银幕电影。"劳拉纠正道。

穿过亚利桑那州的边界，我们加入了永远处于高峰时段的穿越大峡谷车队当中，旅游大巴、房车、小汽车和露营车首尾相连地爬行着。我们逗留的时间足以欣赏大峡谷了——我以前就看过——然后继续赶路，前往弗拉格斯塔夫。继大峡谷的喧闹与交通大堵塞之后回到宁静有序的城市让人松了口气，但我们再次遭遇了不幸的晚餐——"G.发了一通脾气，和往常一样"——我觉得难以下咽。

第二天我们起得比以往更早，一路向东，经过了多彩沙漠和石化森林。我们停在了一个名叫玛瑙桥的景点，正如我六年前开车横跨美国时中途所做的一样，站在我之前站过的地方。当时开车途经亚利桑那州其实是在绕路，但我认为值得那么做因为很难有机会再让自己来到世界的这一端了。如果我还有机会开车经过多彩沙漠，我之前推想过，这次就是个机会。现在，六年之后，我再次驶过多彩沙漠，来到六年前到过的同一个景点——我**故意**这么做**因为之前我就站在这里**。很奇怪的，来自故地重游的喜悦。这与更好或更全面地了解一个地区无关；重要的只是一个简单的物理性的事实，即之前来过这同一个地方。我之前就站在这里，当我站在那儿时心想，身边环绕着同样条状颜色的沙漠，同样的沉寂，我再次填补了这个空间里我多年不在的空白。那仿佛是曾发生过的碰面，一次约会。在陶尔米纳的老喷泉别墅外，我试图通过提醒自己我所站的地方是当年劳伦斯曾经站过的，我所看到的是当年他曾看过的，来加强自己对那个地方的感应。不管用。但在这里，在多彩沙漠，我被打动了，被我站在自己曾经站过的地方，看着自己曾经看过的景色这个事实打动了。这些想法不存在因果联系，但我想到了。如果当时我被问到我是谁，我会毫不犹豫地回答：我是六年前站在这里的那个人。当我再次站在那里时我没有想过自己是否还会站在那里。我们每次离开像这样的地方，世界偏远的角落，都是我们的最后一次。

“我们两个都被那从不间歇的风吹得头痛，”劳拉写道，“但多彩沙漠是我们这次疯狂之旅的亮点之一。”

我们晚上住在盖洛普汽车旅馆，标有旅馆电话的条形招牌就在铁轨旁边。劳拉在新墨西哥州很开心（“这儿的汽车牌照比亚利桑那州的漂亮许多”），在 66 号公路上就更开心了——如果我们曾在上面的话。很难确切地说，很难知道还有什么从那段事后编纂的黑色柏油马路神话里保留下来了。“沿途有许多漂亮名字的旅馆，如仙人掌旅馆或沙漠之沙或沙漠天空，但我们最后入住了一家名字最普通的：戴斯酒店。”那是个星期天的晚上，据我们理解，只有一家饭店还营业。“G.崩溃了，因为他在菜单上找不到任何适合他吃的东西。他请服务员指出素食者可吃的菜，服务员说了十次，每次他都说那菜太难吃，最后什么也没点成。真是个笨蛋!”

然后我们需要喝一杯，但根据新墨西哥州的法律，星期天所有的酒吧都不营业。我们甚至都不能买啤酒回酒店房间喝，这让房间里电视机上的垂直把手毫无用武之地了。唯一能干的就是做爱，但劳拉不想做。我也不想：真相是劳拉不想做才让我想做。最后我们只是躺在床上，看着电视机上的画面像老虎机里的水果一样转换，听着圣达菲货车铁道上转轨分流的轰隆声。

第二天早上我再次“被一块可怕的上面洒有酸奶油、散发着酸臭气味的蓝莓煎饼吓得惊慌失措。我们气冲冲地离开了”！啊，我们也许是气冲冲地离开了，劳拉，但至少我们的方向是正确的。经过刚开始的曲折摸索后，劳拉全身心地投入到导航事业中。我们连车头都没调就逃离了盖洛普，箭一般地冲向圣达菲。开车时我们靠玩竞猜游戏打发时间——看谁先猜中经典摇滚频道里在播的乐队名、歌名以及专辑名——这次换成：看谁说的印第安部落名多。

“我先说，”劳拉吼道，好让她的声音盖过“唐托的宽发带”二重唱，“苏族。”

“纳瓦霍人。”

“阿帕契人。”

“科曼奇族。”

“莫希干人。”

这之后变得难起来。“波尼族。”我说，停顿了一会儿。

“肖肖尼族。”

“切罗基族。”

“莫希干人。”劳拉说。

“我说过‘莫希干人’了。”我说，但在为我的胜利沾沾自喜前我们看到一个人吊在一个牧场入口的指示牌上，在风中摇晃。我们倒车退回去，看出那其实是个稻草人，戴着帽子，穿着衬衫、牛仔裤和靴子。即使靠近了看，在阳光的映衬下也像是个真人吊在那里。在这个恐怖的牧场指示牌上写着“我们按老一套办事：禁止入内”。正是因为没有拼写错误让我们确信这个警告是在搞笑：在这个地方，一条真正带有恶意的信息，不管多么简单，总是会少写一个“h”或省掉一个元音以示强调。

在圣达菲，“土坯”这个词不断地出现在我们的嘴里和眼里。用土坯建造的房屋里卖的土坯罐子，在土坯屋里吃着土坯色的玉米煎饼，这一切让我们挪不动脚。我们四处逛了一个小时，看纳瓦霍人的地毯和绿松石饰品，但现在我迫不及待地想去陶斯。而且圣达菲与我们在盖洛普的货车两侧看到的无比浪漫的名字相比有点名不副实。它尤其有着**室内**的特点：米黄色的建筑，奶白色的天空。甚至连街道上的温度计都显示 68 度：室温。劳拉想挑绿松石耳环和纳瓦霍人的地毯，可我坚持“早早地”到陶斯的重要性，尽管没有任何事需要急着去陶斯做。

但我们一上车我就赶向陶斯，仿佛过了今天就没有明天了似的。劳拉，现在全权负责与路线和地图相关的一切事项，坚持要走风景优美的 63 号高速公路，这条路被誉为“绿松石之路”，不过我们没有太多机会去欣赏风景。既然失去了路线的控制权我就专注于决定我们的速度。只要路上没什么车我就将油门踩到底，超过视线内的每一辆车，转弯也不减速，这让我们想起阿罗尼索斯的撞车。主要是经典摇滚电台的错，它一直在为这全速前进的快感摇旗呐喊。

我们是傍晚时分入住拉方达酒店的，劳伦斯的画作就保存在这里。没有看到酒店的主人萨基·卡拉瓦斯，但前台接待约翰尼在那儿迎接我们。他一只手拿着烟，另一只手将某种透明管子固定在鼻子里。他有着我从未见过的干燥皮肤。如果将其放大几百万倍，近看兴许会把它误认为是石化森林里的木头。他说我们预定的是泰隆·鲍华和其他某个人的蜜月套房。我问起萨基，约翰尼认为他就在附近某个地方但他今天状态不佳。我理解为——正如我在丹麦遭受前所未有的打击时曾用同样的话为自己开脱——萨基今天状态非常好：这揭示了我们生活中的一个道理，在那些我们状态非常好的时候我们往往会认为自己状态不佳。

在我们房间的梳妆台上立着两只鸟，黑色带着罪恶意味的鸟，预示着——据我所知——盗窃、疾病或死亡。当我们进来时它们冲向床边飞出了窗户，惊慌失措地离开了。它们吓到我们了。透过窗户我们看到它们低飞过用土坯建的广场，停在了一根电线杆上。它们很可能有一千岁了或更老，那些鸟。像我们一样，它们看着人类在礼品商店里进进出出，在计费停车场停车。一个戴着牛仔帽的印第安人走过。鸟飞走了。

我想去劳伦斯牧场，但劳拉说我们应该留到第二天再去，因为天很快就要黑了。于是我们开车去了印第安人村庄，那儿的二百多个印第安人还生活在没有自来水或电的环境中。一辆警车等在马路中间，正对着我们。我将车靠边停下，摇下车窗。警察，一个印第安人，说印第安人村庄因为宗教庆典而关闭了，直到星期一才会重新对外开放。我们不可能一直等到星期一。因此我们将看不到印第安人村庄了：一个意外的打击，也是种安慰。如果印第安人村庄正开放，我就会去参观并记下我的印象，会尽力去感受是否劳伦斯所说的“古风”依旧保存完好。像现在这样，我们什么都做不了。印第安人村庄关闭不是我们的错——据说它经常关闭。将游客拒之门外是保存古风的一种方式，我们为保护它尽了一份责任。

劳拉想去看某本旅游指南书上提到的鬼城，于是我们驶过伊格尔内斯特，寻找伊丽莎白镇。我们一直开到了红河，一个在形成之初看上去很像鬼城的小镇。那时我们已经超出期待中的伊丽莎白镇几英里远了。我们彻底错过了它：它成了鬼城中的鬼魂，甚至丢失了它的幽灵。那个下午我们去的任何地方似乎不是关闭了就是不存在。我们决定返回陶斯休息。

在莫比·迪肯书店和陶斯书店都有与劳伦斯相关的绝版选集，但没有看到《凤凰》。劳拉在卖纳瓦霍人饰品和地毯的商店里闲逛。我早就厌烦了卖纳瓦霍人饰品和地毯的礼品店，于是我给她买了一条绿松石项链。这招似乎奏效了，但那儿除了礼品店，与之竞争的还有画廊。其实它们也是礼品店。我原以为圣达菲的糟糕画家够多了，但与陶斯比就差远了。陶斯有着最高密集度的糟糕画家。住在陶斯的糟糕画家比地球上任何其他地方都多。那也是它的遗风所在。

谈到不会画画的画家，那“**怪异**”酒店的约翰尼提出带我们去看劳伦斯的画。约翰尼鼻子上的塑料管，我们现在看出来差不多有二十英寸长，连在一罐啤酒桶状的液体氧气瓶上。他像宇航员一样拖着这个脐带般的氧气供给装置走进了萨基那间塞满图像的书房。那儿有几十张萨基和各类名人（都有签名）的合影，还有很多布雷特和弗丽达的照片。劳伦斯的画和其他所有的图像一起挤在墙上。它们远比复制品带给人的遐想要厉害得多。真的很荒诞，充满了狡猾的笑脸和淫荡的姿态，但那一定很有趣，我猜想，画这所有的肉体。萨基多次提出要将这些画还给英国，交换条件是英国将埃尔金大理石雕还给希腊，但英国没人对此提议感兴趣。从某种角度说，这些画保留在这里很合适；它们给陶斯争相仿效的画家设了个低标准。

我们在墨西哥一个荒凉冷清的地方吃的晚饭，那儿有着可爱的粉色墙壁和蓝色椅子。感觉像在一个巨大的玩偶之家里吃饭。音响里放着粉蓝色的墨西哥街头音乐。劳拉与几乎不会说英文的服务生说着话。除了我们之外，那儿唯一的客人是个带婴儿的女人。

“是男孩还是女孩？”劳拉握着婴儿的小手，用西班牙语问道。

“不好意思，你说什么？”

“对不起。是男孩还是女孩?”

“女孩。”那个母亲说。

“她叫什么名字?”

“西拉。”那个碰巧是画家的母亲说。

“你有孩子吗?”服务生问劳拉。

“我把所有的时间都花在了照顾这个孩子上。”她指着我说。

食物很好吃，但现如今我们已厌烦了在餐厅吃饭。我们已经受够了找地方吃饭、点菜、等菜、吃、买单、计算小费和付钱。我们到了经常能在度假的夫妻身上见到的状态：就剩我们两人独处时我们已没什么话可说。每隔五分钟我就要说“我累死了”，劳拉说“我也是”。然后我们陷入沉闷直到五分钟后劳拉说：“我好累。”

“我也是。”我说。

晚饭后我们去陶斯客栈喝东西，劳拉在那儿更新她的回忆录。她在我们的旅行细节中间穿插了一段当地的血腥历史，我惊讶于它的简洁：

> 西班牙殖民者和士兵带着牧师在1598年抵达了新墨西哥州。但在1680年，印第安人起义，杀死了很多西班牙殖民者。接着科曼奇族侵略进来，恐怖统治了所有的人。美国印第安人在1924年赢

得了美国公民权和选举权。

劳拉在写她的回忆录时我在与加里聊天，他五十多岁，穿着格子衬衫，头上的白发比我少。他生在一个信奉天主教的意大利裔美国家庭。长大后他结婚并有了五个孩子。然后在四十五岁左右，他出柜并成了一名激进的同性恋斗士，搬到了旧金山的卡斯特罗街。正是那时，他说，他找到了自我。接着他改信犹太教，和他的爱人斯蒂夫一起搬到了陶斯。就我而言，他可以改信任何一切事物，但在他心里永远将会是天主教徒：为什么要对一个完全陌生的人坦白这些？部分原因是因为我是个好听众。人们总是跟我说他们的人生故事，他们总是对我说他们之所以这么做是因为我是个好听众。实际上我是个糟糕的听众，我一个字也没听进去：我所做的只不过**看上去**像在听，其实正竭尽全力不听而是在寻求话语之外的庇护。在美国做个好听众非常容易：你只要不打断就行了，而当你没在注意听时不去打断很容易。不过我还是听了这家伙够多的故事，这足以让我生气了，他找到自我意味着失去他在更大范围人群中的认同。我喜欢劳伦斯生气地坚持——“我只不过是孤身一人流浪了这么些年”——做自己，不是同性恋，或犹太教或英国人。

加里的爱人斯蒂夫出现了，我们以友好的美国方式和一群人交谈。劳拉说着西班牙语，我听着，对斯蒂夫说英语，而后者正在跟我聊陶斯。

“我在这里感觉像在家里一样，”他说，“有些很特别的东西。你理解我的意思吗？”

“某种神秘物？”我说。

“呃，你信轮回吗，吉姆？”他像一些美国人一样认为我的名字叫吉姆。

“唔……”我说。

“哦，你要知道我对这个地方有这种感觉，我第一次来这里时就有了这个感觉。我第一次来这里就觉得自己以前来过。一个通灵师说我上辈子是个纳瓦霍人。”

“好吧，斯蒂夫，”我理性地说，“如果真有轮回这种事，你可以确定你上辈子的生活比这辈子还无聊。你每得到一个还算体面的人生也许就不得不先过上一百个无聊的。所以你上辈子可能在盖洛普做个国税局的小职员或快餐店的服务员。如果你上辈子与陶斯和印第安人有任何关系的话，可能就是在礼品店卖纳瓦霍人的饰品。”斯蒂夫没有感觉被冒犯。你可以对某类美国人想说什么就说什么，只要不用攻击性或辱骂的语句，他们都无所谓。不过安全起见我给他买了一瓶铁锚蒸汽啤酒。之前他给我买了一瓶，然后我的怒气就全没了。我喜欢像这样围坐在篝火旁，举行着某种巫术仪式，和也许上辈子就认识的人一起——甚至也许上辈子我就是他——但在这辈子我只是与他有了一场邂逅。

“实际上，史蒂夫，你知道我确信自己上辈子是什么吗？”我后来说。铁锚蒸汽啤酒在我的脑子里聚集，我突然有了这个借来的灵感。“我相信上辈子的我就是现在的我，这辈子的我。我以前就是这么活的，每一个细节，每一件已经发生和将要发生的事以前都发生过，以后还会再发生，包括这个谈话。现在如此，将来永远如此。”

“那种想法太恐怖了，吉姆。”斯蒂夫说。

“别担心，他今天不在状态。”劳拉说，“走吧，洛伦佐。我们回去睡觉。”她叫我洛伦佐——我喜欢这个叫法——为纪念我们来到陶斯。

回到那个“**怪异**”酒店，瘫坐在椅子上，显然状态不佳的萨基在等我们。他看上去仿佛没几分钟好活了。与他的老板相比，约翰尼找到了永远保持中年的秘诀。他之前的氧气供给装置被换掉了，新的这个更小巧、易携带，背在他的后背上，因此他看起来不像个宇航员而像个潜水员，尽管是个永远处于不能弯腰状态下的潜水员。昏昏欲睡的萨基坚持要带我们去他的办公室，给我们看那些今天早些时候约翰尼带我们看过的画。他指着墙面，我们完全按照几个小时前约翰尼带我们走的路线又走了一遍。我相信永久的循环重现，但我不认为会重现得这么快。劳拉问了萨基成堆的问题，每当他从文件柜里抽出一本刊登有自己和劳伦斯的禁画的杂志，劳拉就发出惊讶的欢呼声。那些杂志有各种语言的，尤其是日语，上面都有萨基在他的书房被劳伦斯的画包围着的特写照片。一本又一本的杂志照片显示着他在这个房间，现在我站在这里看着杂志。

早晨劳拉还没有睡醒。

“我做了有趣的梦，”她说，躺在我的臂弯里，“不断梦见地图和岔道。”

“我梦见自己回到那间办公室，又在看劳伦斯的画，”我说，“然后我意识到那不是梦。我**确实**又去那儿了。”更准确地说我是在看那个房间的录像带：就在我准备离开萨基的办公室回去睡觉时，他劝我看了一部关于他办公室里那些画的电影。为了将再次被带去看劳伦斯的画的可能性降到最小，我们起床结账，离开了拉方达酒店，出发去劳伦斯牧场。

西边是一片绵延的平顶山，远方的蓝色是连绵的山脉。东边是有坡度的山丘。那天有风。云朵在空中乱窜。风撞着汽车，催它快点离开。出陶斯十五分钟后我们下了高速公路，转到碎石路上。树枝刚抽出新芽。从后视镜里看去我们身后一片广袤；前方变得越来越窄，那往往意味着接近目的地了。

我们停下车，走出来站在风里。与我们开车经过的那些地方相比，这个特别的地方更像是被劳伦斯所歌颂的空灵庇护着而不是被吞没。空旷与虚无还在远处。一条小径通往弗丽达的坟墓。坟墓的后面是安杰洛·拉瓦尼利建的一座神龛，劳伦斯的骨灰就埋在里面。很好的一个场所。白色巴士候车亭大小的神龛有着陡峭的尖顶，顶上刻着劳伦斯的象征，一只凤凰。很容易想到1939年诗人奥登来到此地时所描述的场景："一车车的女性朝圣者每天虔诚地站在那儿，心里好奇着跟他睡一觉会是什么感觉。"

神龛的后面是个祭坛，又有一只凤凰作为装饰并刻有劳伦斯的首字母D.H.L.，那在伊斯特伍德的另一件崇拜物，劳伦斯的旅行箱上也印有这三个字母。在游客留言簿里有一些评论，大部分只是姓名和地址。不过昨天有个人想知道，"D.H.L.和弗丽达对今天的性别之战会做何感想。有一件事我能确定：我们高速公路上男性司机的男子汉气概——脚踩油门的家伙们——会令他失望"。

祭台里面零星散落着朝圣者留下的纪念品：硬币

(劳伦斯会喜欢的)，一张布鲁克林某个商店的信用卡收据，半张电影票，一根蜡烛，一盒火柴，一块硬糖，一个纸折的青蛙。一位总部在波士顿的律师，约翰·J. 彭茨三世留下了他的名片。有些人在小纸条上写下了个人信息。在一大张厚纸上——从某个艺术家的素描本上撕下来的，我想——用黑色的粗笔写着一首诗："来自半世之眼的语言。"我至今也没有读到过。

"你觉得怎么样，洛伦佐?"劳拉说。

"我不知道，"我说，"你呢?"

"它有点让我想起吉姆·莫里森[1]位于拉雪兹公墓的墓。"她说。

两旁种有松柏，通向牧场的小径让我们的视线越过平顶山，投向无尽的天边。树林里的风声响得如同高速公路上的车流声。劳拉给我拍了张照片，后来用相框裱起来了：我站在那儿，面向横在眼前的巨大开阔地。云层流过天际。

我们原以为是牧场的门上有一个说明，解释说这座建筑物是劳伦斯离开后建的：他与弗丽达住过的房子就是后面那一栋。我们准备绕过去，但受到一只恶狗的阻

---

① Jim Morrison（1943—1971），美国创作歌手、诗人，其最出名的身份是洛杉矶摇滚乐队门户乐团的主唱。

挠，它被圈在铁丝网围栏里，但围栏故意设计成不牢固的样子，提供着让它逃跑的可能性。它不断出现在这个牢笼的各个薄弱点，吠叫着，口水直流。劳拉说如果你捡起一块石头做砸它状，再凶的狗也会被吓住。我捡起一块石头，做出攻击的姿势，那狗溜走了。真叫人惭愧：这么讨厌的一只狗，我真想用那块石头砸烂它的鼻子，甚至用棍子把它打死。

劳伦斯的牧场看起来很糟。“牧场”这个词让我想到的是成排的黄松木，但这里似乎更像是间房子而不是牧场，与其说是房子还不如说是棚屋。盖在屋顶上的材料我认识但叫不出名来：一种防水油布与砂纸的混合物。屋顶有些坍塌了，好像状态不佳的样子。我想着劳伦斯和他所有的工作，所有的手工活，都是在这间屋子里完成的。没有太阳的时候屋里很冷，即使是在4月中旬，我在想冬天该会有多冷，又会有多惬意——看着群山和树上的积雪，炊烟从烟囱里袅袅升起。

门廊里有一把摇椅，上面饰有印第安图案。它看上去有一副忧伤等待的表情，像一条忠心耿耿的狗。近处，靠门放着一把扫帚。不管在劳伦斯的岁月里它们是否在那里——几乎可以肯定不在——那椅子和扫帚比我们看过的任何其他遗物都更能体现他的精神：它们是依然能使用的物品，它们存在的目的超越了仅作为保存品的事实。

劳拉坐在摇椅上摇起来。藏在云彩后面的太阳突然冒出来，我们立马暖和起来。劳拉在椅子上身体往后仰，扬起脸对着太阳，和往常一样可爱地皱了皱鼻头。我拿起扫帚开始扫门廊上的灰尘。风停了。阳光灿烂，四下里寂静无声。连树都安静下来。唯一的声响是椅子在木头门廊上发出的嘎吱声和扫帚扫地的沙沙声。

回到旧金山后，我在绿苹果书店找到了一本《凤凰》：企鹅出版社出版的。我一看到它就一把抢过来，人们在这种情况下往往会这么做，因为担心在最后一刻会被别人抢先一步。十美金——而且它旁边就是《凤凰Ⅱ》。

我还买了一本打折的伊丽莎白·毕肖普[①]诗集，这样我就能读《旅行的问题》了，她在这首诗里表达出的种种根本性不确定因素是所有旅行者经常思考的问题。

> 想起回家的长途旅程。
> 是否我们应该待在家里，偶尔怀想这里？

① Elizabeth Bishop（1911—1979），美国著名女诗人，普利策奖得主。代表作《北方·南方》《一个寒冷的春天》。

[……]

这样是不是很幼稚，只要身体里有一丝生气，
我们就坚决奔去看别样的日出？ [……]
但是当然，不曾看到这条街边的树木
会有点遗憾，
没有看到它们的姿态，
像风度不凡的哑剧演员，身着粉红长袍，
它们的确对自己的美丽很自负。
——不曾被迫停下来加油，听见
两只不一样的木屐
在油腻腻的加油站地板上噼里啪啦踩过
发出悲伤的二和弦木声旋律。

劳伦斯很多次想弄明白为什么他要远离所爱，四处隐居：“是什么让一个人想离开？”“为什么不能坐着不动呢？”“为什么人要给自己找不痛快！”在陶尔米纳我们想知道不远万里跑去看他住过的地方有什么意义；在墨西哥我们实际上觉得什么意义也没有。然而，在它所包含的无数可能性中，毕肖普的回答——她一系列偶然的回答——接近了最终决定性的答案：如果我们没去陶尔米纳就不会听到富尔奇的老头叫卖牛至，就不能在西斯特纳的铁轨上奔跑；如果我们没去陶斯就不会看到

那样的路标，“阵风可能会存在”，就不会看到劳伦斯祭坛上的纸折青蛙，或沿途我们注意到和没注意到的其他上百样东西中的任何一样。

如果我们没有去看和去做所有这些事情，我们就不会是我们。更简单点说，如果我们没去陶斯就不会来旧金山，我就不会找到这本已寻找了多年的《凤凰》。或许还可以归结得更远一点：如果我不决定写一本关于劳伦斯的书就不会去陶斯，也就不会找到这本《凤凰》。那实际上是不是意味着为了找到这本《凤凰》我必须写这本书？如此简单的一个愿望真的可以要求投入这么大量的精力吗？这个问题引出了另一个更难的问题：现在要做什么，既然我已经去了陶斯，既然我已经找到了那本《凤凰》？

这些问题我越玩味越能肯定：这本书真正的主题，写它是为了逃避，是因为绝望。

我人生最大的渴望是什么也不干。并不是缺乏动机，因为我**的确**有强烈的渴望：什么也不干。放下工具，停下来。但我知道如果那么做的话我将会陷入绝望，我也知道人值得尽最大的努力去避免抑郁，因为抑郁与绝望之间只有难以察觉的一步之遥：绝望是自我最后的避难所。

一旦你抑郁了，你几乎对它毫无办法。试图赶走它或振作起来是没有用的，因为不可能看到做任何事情的意义。抑郁是对任何事完全没有兴趣。你想不到任何一件可做的事，或可去的地方，或可读的书。在他“巨大停滞”期佩索阿[①]的贝尔纳多·索阿雷斯将他的情况比作“困在无限的牢房里被剥夺行动自由的囚犯”。

第一次抑郁时我甚至都没有意识到。我知道自己感觉不太好，其实是非常糟糕，实际上是抑郁，但由于之前没有经验，我没有意识到自己所经历的是抑郁。第二次感觉四周都像是被打上了灰色的石膏。但第三次发生在罗马，紧随我们“野兽般的瓦哈卡”的失败之旅后面，根据之前的丰富经验我知道自己抑郁了——但由于在前面的经历里我没有意识到自己是抑郁所以不记得——也不在乎——我是怎么好起来的。也许那是野兽的天性。消除抑郁就像在钻法律的空子：你钻过一次之后它就关起来，封住漏洞让你无法再干第二次。

那次持续了好几个月。劳拉出去工作，我待在家什么也不干。我什么也不看什么也不做。我大部分时间都在看电视，也许并没有那么极端但那么多个上午和下午，又是**意大利**电视——这是关键——电视机甚至都没

① Fernando Pessoa（1888—1935），葡萄牙伟大诗人、作家，代表作《不安之书》。

被打开。什么都引不起我的兴趣——这最终拯救了我。我对任何事都不感兴趣，没有好奇心。我所能感受到的一切就是：我抑郁，我抑郁。于是抑郁本身产生了恢复的火花。**我开始对抑郁感兴趣了**。由于我处于相当极端的状态——虽然一个极端的声明其特征，如同心满意足其实是一种消极表达一样，便是毫无极端性可言——我想我可以看一些书：威廉·斯泰伦[①]的《看得见的黑暗》，朱丽娅·克里斯蒂娃[②]的《黑太阳：抑郁和抑郁症》。（我一定对读了那个老婆子的东西感觉坏极了！）后来我读到霍尔拜因的画《基督尸体》曾对陀思妥耶夫斯基产生过巨大的影响。克里斯蒂娃大量引用了《白痴》，我想我会很高兴自己读到那些片段，即去掉引号的。这重新勾起了长期蛰伏的作家描写画作的兴趣：里尔克写塞尚和罗丹，劳伦斯写自己的画。我又开始对事物感兴趣了。我开始跟进事物。我想我会很高兴去瑞士看霍尔拜因的画《基督尸体》。我开始期待我的羊角面包，而在前几个星期当我迈着沉重的步伐去法尔内塞时

① William Styron（1925—2006），美国作家，普利策奖得主，代表作有《躺在黑暗中》和《苏菲的选择》。他后半生遭受抑郁症折磨，并将这段经历写在回忆录《看得见的黑暗》中。

② Julia Kristeva（1941—　），法国哲学家、作家、精神分析学家、女权主义者。

几乎不关心他们是否还有羊角面包。现在——确定康复的信号——我再次因为他们没有羊角面包了而生气。我开始抱怨、嘀咕。最重要的是我开始后悔：我后悔从来没去看过巴黎的罗丹博物馆，后悔当大部分劳伦斯的画在展览时我们没有去新墨西哥州，后悔浪费了这几个月的时间，因为抑郁而什么都没干。我痊愈了。

我重新对世界感兴趣了。在认识到这一点之前我插手所有引起我兴趣的事。我一着手做某件感兴趣的事马上就被另一件更感兴趣的事打断了。我再次高兴地承认有些事物，比如剧院，我一点儿兴趣也没有。

如今那个小伎俩——通过对抑郁感兴趣来摆脱抑郁——只管用一次。我现在对抑郁不感兴趣。也许它里面还有很多可学的东西，但我不感兴趣。对于抑郁，我唯一感兴趣的是离它越远越好。既然避免抑郁和绝望的唯一方法是去做些什么，哪怕是你憎恶的事，其实是**任何事**，我强迫自己继续马虎草率地做些事情，任何事情。福楼拜说只有感谢工作让他“能够消除忧郁”，他与生俱来的忧郁。这是个简单的选择：工作或屈服于忧郁、抑郁和绝望。不管你喜不喜欢都得试着一辈子做些什么，你必须继续埋头苦干。

何况另一个选择，屈服和放弃从不像表面看起来那么简单。相信我，我知道的。我在思考放弃这件事上所花的时间比我能想到的任何人都多。尼采说自杀的念头让他撑过了许多难熬的夜晚，考虑放弃大概就是让我继续前行的一件事。我每天思考这个问题，但总会冒出与之相对的另一个问题：放弃以后做什么？放弃了一件事，你马上不得不去做另一件。彻底放弃的唯一方法是自杀，但这个行为所需要的坚强果断的意志力相当于继续活下去的总和。自杀不是放弃，它更像是一种灾难性的快进，没什么比自杀更能给人强加种种讨厌的责任了。像你想的那样终止生命固然很好——但然后怎么样呢？然后你不得不**开始**另一种生命。停止做一件事你就不得不开始做另一件：甚至是更讨厌的事，会让你毫无疑问地想重回短短五分钟前被你抛弃的生活。

比如让我们来假设，我决定——如我提醒过你的，即便不是每时每刻也是每天我都被诱惑着思考这个问题——既然我已经有了《凤凰》，那就到此为止吧，放弃，抛开所有仅在维持生活的努力，应该**享受**生活。从这一刻开始，比方说，我将不再积极参与我自己的生活。（啊，多么诱人的想法，像是一个奢华的梦惹人浮想联翩！）但然后呢？接下来会发生什么？五分钟之内我会想到要听音乐，放了一张 CD 到音响里。五分钟之后我又会站起来因为已经听腻了，会在一个个 CD 架上寻找，结果只是徒劳，因为没有哪一张是我没有听厌的，我心想如果有更多 CD 的话就一定会有**一张**我想听的。世界的某个地方，我会对自己说，一定有一张我还没听厌的 CD……然后还没等我反应过来我可能就出门去大超市找新 CD 去了。

如果有人讨好地问我们在寻找什么，寻求什么，我们会立马，几乎出自本能地想到一些空洞的词——上帝，成就，爱——但实际上我们的生活是由许多微不足道的寻觅构成的，像找一张没听厌的 CD，一本绝版的《凤凰》，一张我十七岁那年看到的劳伦斯的照片，一双跟我现在脚上穿的一模一样的软皮鞋，甚至，我假设，一个羊角面包，理想情况下一个每天足量供应完美的羊角面包的地方。将它们汇总在一起，这些琐碎的小事会组成一部史诗般华丽的心愿单，足够你找一辈子了。

来具体想一下找 CD 的事，我们假设在决定放弃、坐下听 CD、出门买新 CD 之后，我找到了一张想听的 CD。然后我会跑回家，在不确定的时间段里我会满意或失望地听这张 CD，要么一遍又一遍地听因为我喜欢它（或至少某些歌曲），要么快进着听并意识到买它是个错误。不过，从某种意义上说，不论这张新 CD 买得是否成功，我不会仅是对它感到厌烦，实际上是会对听 CD 这个想法感到厌烦，我会在心里想：坐下来听 CD 会是一种更享受的行为，更享受的**不作为**，如果它是作为一种解脱，从其他事情——任何事情——中解脱出来的话。因此，在浪费了一整天干这些令人沮丧的事情——之前的无数天我一直在干——之后，我将会投降，实际上是**屈从于**不放弃，拿起笔再次尝试，在我的D.H.劳伦斯研究上取得一些进步，不为别的，只为不要让听CD这件事变得那么沮丧。

于是你理解了。不管怎样，我们每个人都必须写自己的D.H.劳伦斯研究。即使它们永远不会被出版，即使我们永远不会完成，即使经过多年的努力之后我们所剩下的不过是一则未完成、无法完成的记录，记录了我们如何没能坚持住早期的理想与野心，但我们每个人必须试着在我们关于D.H.劳伦斯的书上取得一些进步。世界在结束，从陶斯到陶尔米纳，从我们去过的地方到从未涉足的国家，所以我们最好努力在我们的D.H.劳伦斯研究上取得一些进步。